新 潮 文 庫

# かがやき荘西荻探偵局２

東川篤哉著

新 潮 社 版

11571

# 目　　次

# かがやき荘西荻探偵局2

Case 1

# 若きエリートの悲劇

1

「それでは法子《のりこ》さん、今日はこれで失礼いたしますわね。久しぶりにお目にかかれて、とても楽しかったわ。次にお会いするときには、ゆっくりお食事でもしたいところだわねえ――」

重厚な扉の前で和服姿の中年婦人が頭を下げる。だが顔を上げた瞬間、彼女は口許《くちもと》に手を当て、素《す》っ頓狂《とんきょう》な声を玄関ホールに響かせた。「あら、嫌だ。わたくしとしたことが！」

婦人の両側に控える男性二人が一瞬、何事かと顔を見合わせる。その直後、彼女の左隣に立つ中年男が、おごそかに口を開いた。「どうなさいました、社長？」

ダークスーツに身を包み、落ち着きのある低音を響かせる彼は、社長秘書の村上《むらかみ》という男だ。問われた女社長、磯村佐和子《いそむらさわこ》は和服の胸に手を当てて甲高い声を発した。

「ええ、とっても大事な用事を忘れるところだったわ。――ねえ、法子さん、あなたにぜひ相談したいことがあったのよ。悪いけど、もう少しだけお時間よろしいかしら？」

「ええ、もちろん構いませんとも、佐和子さん」

そういって艶然《えんぜん》と微笑《ほほえ》むのは、屋敷の女主人である法界院《ほうかいいん》法子夫人だ。自称四十六歳、実年齢だと四十九歳になる彼女こそは、ＪＲ中央線界隈《かいわい》で絶大な権勢を誇る法界院財閥の会長。数々のグループ企業を従え、その中心に太陽のごとく君臨する偉大な資産家である。

濃いアイシャドウと鮮やかな口紅。ド派手な化粧を施した彼女は、停止信号かと見《み》紛《まが》うばかりの真っ赤なドレス姿。対照的な装《よそお》いの磯村佐和子に微笑みかけながら、

「わたくしでよければ、なんなりと相談に乗りますわよ」

その言葉に嬉《うれ》しそうに頷《うなず》いた佐和子は、「じゃあ、光一《こういち》さん、そういうことだから」といって、今度は右隣に佇《たたず》む紺色スーツの三十男へと顔を向けた。「あなた、悪いけどひとりで会社に戻ってもらえるかしら。わたくしは村上さんと一緒に、もう少しここに残るから」

女社長は秘書の村上を手で示す。紺色スーツの男は意外そうに目を瞬《しばた》かせた。

「え、ええ!?　ちょ、ちょっと母さ……いえ、社長!」取り繕うように、そう呼びなおしてから彼は不満げに唇を尖《とが》らせる。「なんですか、急に私だけ帰れだなんて」

「詳しく説明している暇はないの。ああ、もうこんな時刻だわ。確か午後三時から本社で大事な重役会議があるはずよね。ほら、光一さんも遅れずに出席しないと」

「そうですけど、その重役会議も社長がいなければ始まらないじゃありませんか!」

「あら、そんなことないわよ。社長なんて、他の重役の報告を聞いて『はいはい』って頷くだけだもの。いなくても全然平気よ。光一さん、代わりに頷いておいてちょうだい」

「なに適当なこといってんですか、母さん!　重役会議ですよ、重・役・会・議」

女社長の率直過ぎる発言に、慌《あわ》てふためく磯村光一。いうまでもなく彼は磯村佐和子の息子である。年齢は三十代前半。綺麗《きれい》に撫《な》で付けた髪。僅《わず》かに日焼けした精悍《せいかん》な顔立ち。有名ブランドの高級スーツを一分の隙《すき》もなくダンディに着こなすその姿は、いかにもヤンエグといった雰囲気だ。――いや、待てよ、ヤンエグという呼称はさすがに古いかな?

法子夫人の背後に控えながら、成瀬《なるせ》啓介《けいすけ》は自分の時代遅れな言語感覚に苦笑した。

とはいえ、ヤンエグに取って代わる言葉を、啓介は思いつくことができない。まあ、要するに、若い身でありながら母親の経営する会社で取締役を務める気鋭のエリートだ。ヤングなエグゼクティブだ。しかも母親の会社というのが、建設機器の総合メーカー『磯村重機』というのだから、なかなか凄《すご》い。いや、凄いといっても法子夫人が指一本、口先ひとつで動かす法界院財閥に比べれば、所詮《しょせん》ちっぽけな会社ではあるのだが――

と、いかにも失礼な比較をしつつ、磯村親子の押し問答を眺める啓介。そんな彼は、法子夫人の数多い秘書の中でもっとも底辺に位置する、いわば見習い秘書。ちょっと複雑な事情があって、この春から法子夫人のもとに仕える身となった。ただし、その任務は雑用もしくは力仕事、あるいは『啓介君、パン買ってらっしゃい』などと命じられた際には『はい、アンパンですね』と笑顔で頷いて全力ダッシュでコンビニに走る、というような役割――要は《使いっぱしり》がほとんどである。

そんな啓介だから、佐和子の秘書を務める村上とは、おそらく経験とスキルが全然違うのだろう。実際、村上は押し問答を続ける女社長とイケメン取締役を前にしながら、眉毛《まゆげ》ひとつ動かすことなく、二人の背後で完全に気配を消している。こんな不毛な親子喧嘩《げんか》に巻き込まれたら『こちらが損……』と充分に心得た態度である。まさに秘書の鑑《かがみ》であるなあ、勉強になるなあ――と見習い秘書としては感服するしかない。

そうこうするうち、磯村親子の間で話が付いたらしい。折れたのは光一のほうだった。まあ、佐和子のほうが社長で、なおかつ母親でもあるのだから必然の帰結だ。社長の権力の前に屈した若き取締役は、憮然《ぶぜん》とした顔で口を開いた。

「ええ、判《わか》りましたよ、社長。それでは私はひとりで社に戻ります。重役会議では社長の代わりに私が頷いておきますから。――テキトーにね」

「そう、よろしく頼むわね」

よろしく頼んでいいのかよ？　大丈夫ですか、『磯村重機』さん！

他人事《ひとごと》ながら心配になる啓介。その視線の先で、秘書の村上が洗練された仕草で玄関扉を開け放つ。磯村光一はどこか納得いかない様子で玄関を出る。そして法子夫人に対して、ひとり辞去の言葉を述べた。「では私はこれで失礼いたします。――母をよろしく」

そう言い添えてから玄関先で踵《きびす》を返す磯村光一。やがて村上が再び重たい扉を閉める。息子が去った玄関で、女社長はホッとしたような溜《た》め息。そして法子夫人のほうに向きなおると、切実な表情でいった。

「相談したいのは、実は息子のことなのよ」

「そうらしいですわね」法子夫人はどこか愉快そうに頷く。そして女社長の和服の背中にそっと腕を回していった。「では、お話はわたくしの執務室で伺いますわ」

荻窪《おぎくぼ》のお屋敷街でいちばん偉そうな威容を誇る法界院邸。磯村佐和子が息子と秘書を引き連れてこの屋敷を訪れたのは、大した理由があってのことではなかった。そもそも佐和子と法子夫人は女性経営者同士、古くから仲の良い知り合いだ。今回の磯村親子の来訪も、お互いの会社が共同で新規事業を始めるにあたっての表敬訪問。それにかこつけたオバサン同士の愉快なお喋《しゃべ》りが、お目当てのひとつである。もうひとつの目的は、将来的に『磯村重機』の社長になるであろう光一を、法子夫人に引き合わせることにあったものと思われる。

だが佐和子はその光一を半ば無理やり屋敷から追い払った。どうやら息子の前では憚《はばか》られる話があるらしい。——だったら最初からオバサンひとりでくりゃいいのに！　と身も蓋《ふた》もないことを思う啓介。一方、執務室に通された佐和子は、勧められたソファに腰を下ろすと、いきなり法子夫人に問い掛けた。

「法子さん、どうお思いになられたかしら、うちの息子のこと？　お会いになったのは久しぶりだと思うけれど」

法子夫人は正面のソファに座りながら、「そりゃあもう、とっても立派になられましたわ。以前、お会いしたときは、光一君、まだ大学生だったかしら。それがいまでは若き取締役ですもの。まさにヤンエグって感じですわねえ」

法子夫人は何の照れも迷いも躊躇《ちゅうちょ》もなく、その古臭い呼称を堂々と使用した。

「おまけに顔も素敵。強い意思と精神力を感じますわ。ええ、目を見れば判《わか》りますもの。それに引きかえ、わたくしの会社の男たちといえば、芯《しん》の通っていないような頼りない連中ばかり。ナヨナヨしてて野心の欠片《かけら》もなくて、ぬるま湯の中にどっぷり浸《つ》かって、ただ毎日を楽チンに暮らしていければ、それでOKと思ってるような情けない男が多すぎて、もうウンザリ――ああ、ごめんなさい。べつに啓介君のことをいってるんじゃないのよ」

「…………」ええ、僕だって自分のことをいわれているとは、微塵《みじん》も思っていませんからね！

夫人の背後に控えながら、啓介は抗議するような視線を彼女に注ぐ。法子夫人はその視線に気付きもせずに、正面の先輩経営者を見詰めた。

「立派な後継者がいて、羨《うらや》ましい限りですわ」

「ええ、あなたのいうとおり、光一は理想的な後継者だわ。母親のわたくしがいうのもナンだけれど、ご覧になったとおり光一はルックスもいまどきの二枚目顔で背も高く、鍛えられた肉体は鋼《はがね》のよう。スポーツも万能で、おまけに頭脳も明晰《めいせき》。一流大学を優秀な成績で卒業して、しかも将来的には社長の椅子《いす》が約束された超エリートですの。――オホホッ」

おいおい、まさかオバサン、息子の自慢話をするために、わざわざ居残ったわけではあるまいな。

執務室に不穏な空気が流れる中、女社長のお喋りを咎《とが》めるように、彼女の背後で秘書の村上が「ゴホン」とわざとらしい咳払《せきばら》い。それをキッカケに、女社長は話を本題に戻した。

「そう、それで法子さんに相談というのはね、その息子の結婚に纏《まつ》わる話なの」

「まあ、光一君、ご結婚なさるの？」

「違うのよ。その逆なの。光一がなかなか結婚する気を起こさないのよ」

「あら、そう。だけど、いまどきの若い男性はみんなそうですわよ。きっと光一君も気ままな独身暮らしが楽しいんでしょう。べつに心配するほどのことではないのでは？」

「だけどね、法子さん、実は息子には許婚《いいなずけ》の女性がいるの。『星野《ほしの》建設』っていう建設会社の娘さんで星野香織《かおり》さんって方よ。『星野建設』はうちの会社の取引先で、社長さんとも長い付き合いなの。そういった縁もあって、お互いの娘と息子を一緒にさせようという約束を、親たちの間で随分と昔に交わしたのね。――日本酒を七合ほど飲んだ勢いで」

許婚とは、また随分と古臭い言葉だな、と啓介は呆《あき》れた。しかも話の内容から察するに、許婚とはいいながら、要は態《てい》のいい政略結婚ではないか。そのようなお仕着せの縁談を、あのイケメン取締役がすんなり受け入れるとは到底思えない。ましてや酒を飲んだ勢いだなんて、あんまり酷《ひど》すぎるではないか。他人事ながら義憤を覚える啓介だったが――

「それで、その星野香織さんという女性は、どういう方ですの？」

法子夫人が尋ねると、

「素敵なお嬢さんよ。とっても美人で料理も得意なの！」と佐和子が太鼓判を押す。

畜生、だったら問題ないじゃんか！　と啓介はさっきまでの義憤を一瞬で引っ込めた。お仕着せだろうが政略結婚だろうが、日本酒七合だろうがワイン一リットルだろうが、そんなことは関係ない。相手が美人で料理も得意？　羨ましい話ではないか。自分が代わってやりたいくらいだぜ――と単純思考の啓介にはそう思える。

　磯村光一はそんな彼女の（いや、どんな彼女か、実際はほとんど知らないが）いったい何が気に入らないというのか。

　すると同様の疑問を覚えたのだろう。法子夫人は顎《あご》に手を当てながら、

「光一君はなぜその女性との結婚に前向きにならないのかしら？」

「そう、そこなのよ、法子さん」佐和子はソファの上で身を乗り出した。「わたくしが思うに、ひょっとして光一には他に意中の女性がいるのではないかと……」

「ああ、なるほど。そういうことは考えられますわねえ。光一君なら、きっとモテるに違いないでしょうから。――で佐和子さん、その意中の女性が誰か、心当たりはありますの？」

「それがサッパリなのよ。だけどこんなこと、息子に直接尋ねるのも憚られるし、聞いても正直に答えてくれるかどうか」

「それもそうですわね。確かに、それはご心配でしょう」そう応《こた》えた直後、法子夫人は何を思ったか、いきなり指をパチンと弾《はじ》く。そして自らもソファから身を乗り出すようにして、目の前の女社長に提案した。「ならば佐和子さん、探偵を頼んで調べさせるというのは、いかがかしら？　うってつけの者たちが余って――いえ、待機しておりますわよ」

「はあ、探偵!?　うってつけの者たちって、いったい……」

意味が判らないとばかりに、首を傾《かし》げる磯村佐和子。その背後では、秘書の村上も眉をひそめて怪訝《けげん》な表情。それをよそに、ソファの上の法子夫人は指一本で見習い秘書を呼び寄せる。そして、ひとつのことを確認した。

「ねえ、啓介君、『かがやき荘』の三人組、そろそろ家賃が溜まっているころよね?」

――まるで『マイルが溜まっている』みたいな言い方ですね、会長!

小さく溜め息をついた啓介は、言葉で答える代わりに指を三本、夫人の前に示した。

「ふーん、三ヶ月滞納ね」法子夫人は万事理解した様子で頷くと、見習い秘書に新たな使いっぱしりを命じた。「それじゃあ啓介君、さっそく今夜にでも西荻窪にいってちょうだい」

*2*

西荻窪。そこは吉祥寺文化と荻窪文化の狭間《はざま》に位置する魅惑の小宇宙。駅の南口に広がるのは、あまりに狭すぎるアーケード商店街。その傍にあるのは《ここだけ昭和》な飲み屋街だ。夜ともなれば焼き鳥、焼肉、ホルモン焼きの匂《にお》いが渾然《こんぜん》一体となって漂い、道行くオジサンたちを誘惑する。その魅力に抗《あらが》うのは、酒飲みとしては至難のワザだ。

そのことをよく知る成瀬啓介は西荻窪駅に降り立つなり、南口には目もくれずに北口から通りに出た。道の両端に点在する骨董《こっとう》店やアンティークショップには、まだ明かりがあるが、通りを歩く人の姿は少ない。庶民的な住宅とお洒落《しゃれ》なカフェが混在する通りを進むこと、しばらく。やがて啓介の目の前に見慣れた建物が現れた。

四角四面のサイコロを思わせる特徴的な外観。これぞまさしく『かがやき荘』だ。いまどき流行のシェアハウスといえば聞こえはいいが、その実態は、生活苦に喘《あえ》ぐアラサー女たちに半ば乗っ取られた賃貸共同住宅である。

電話もせずにいきなりきてみたが、果たしてどうだろうか。三人揃《そろ》って正社員の座を失い、現在はかりそめのバイト暮らしに明け暮れる彼女たちのことだ。この時間でも夜のバイトに出払っている可能性は充分ある。――と、いちおう心配したのだが、

「畜生、まさか三人とも雁首《がんくび》並べて酒宴の真っ最中とはな！」

建物に足を踏み入れた啓介は、共用リビングにたむろする三人組を見やりながら、ガックリと肩を落とした。「これじゃあ、マイルが溜まるわけだ……」

「えー、マイルって何のことですかぁ？」

と啓介の言葉尻《ことばじり》を捕らえたのは、長い髪を少女っぽく二つ結びにした関礼菜《せきれいな》だ。純白のブラウスにチェックのスカート。素足に紺のソックスを履いた彼女独特のスタイルは、一見すると現役女子高生のよう。だが間近でじっくり観察すれば、彼女が現役引退から十年は経《た》った元女子高生であることが窺《うかが》えるはずだ。そんな礼菜はリビングの床にペタンとお尻をつけて座り、チューハイのグラスを傾けている。もちろん違法飲酒でも何でもない。二十九歳の女が酒をかっ食らっているだけである。「礼菜たち、飛行機なんて乗ってないですぅ。――ねえ、美緒《みお》ちゃん」

「ああ、そもそも乗るカネなんかないけえ」

と中国地方かどこかの方言で応えるのは占部《うらべ》美緒、三十歳だ。茶色い髪を男の子のように短くした彼女は、赤いパーカーにデニムの短パン姿。外見は極めて中性的、もっというなら地方のヤンキー的だ。その眼光は鋭く攻撃性に溢《あふ》れている。すれ違いざまに睨《にら》みつけられたなら、気の弱い中坊などはたちまち震え上がるだろう。そんな美緒はソファに座って缶ビールを手にしている。もっとも『カネなんかない』彼女が飲むのは、ビールはビールでもいわゆる第三のビールというやつだ。「飛行機乗るカネがあるなら、本物のビールを飲むっちゃ。――ねえ、葵《あおい》ちゃん」

「そうね。でも彼がわざわざ『かがやき荘』で飛行機の話をするはずないわ」

と鋭く断言するのは三人の中での最年長、三十一歳の小野寺《おのでら》葵だ。黒い髪をただ無造作に長く伸ばしただけの雑なヘアスタイル。着ているものも、洗いざらしの白シャツに細身のデニムパンツと、実に素っ気ない。目許を覆《おお》う眼鏡だけが、辛うじて知的なお洒落アイテムとして機能しているが、実際は単に視力が悪いだけらしい。そんな葵が手にするのは、ジョッキになみなみと注がれたハイボールだ。それを豪快に傾けてから、彼女はなかなか察しの良いところを見せた。「マイルとは家賃のことね。確か二ヶ月分ほど溜まっているはずよ」

察しは良くても、数を数えるのは苦手らしい。啓介は葵の前に指を三本突き出して、彼女の誤りを訂正した。「三ヶ月分だ。いまはもう十月だぞ！」

しかし葵は「あら、そう」と薄い反応を示したかと思うと、「でも仕方がないわ。ここ最近、事件らしい事件が起こらなかったんだもの」と頓珍漢な言い訳を口にする。

「あのなぁ、家賃ってのは、事件で払うんじゃなくて現金で払うんだぞ、普通は」

しかし、この三人組は支払いに当てる現金が慢性的に不足気味。そこで大家である法子夫人の計らいにより、彼女たちが事件やトラブルを解決するたび、『かがやき荘』の家賃は免除されてきた。だが、あくまでもそれは温情であり特別措置だ。

「――だから、事件のないことが家賃滞納の言い訳にはならないんだよ。そんなの当たり前だろ」

啓介が正論を吐くと、三人の女たちは「うッ」と呻《うめ》いて硬直。そして――

「じゃあ、どうしろっていうのよ」といって葵はハイボールのジョッキを傾ける。

「カネなら、いまはないっちゃよ」といって美緒は缶ビールをゴクリとひと飲み。

「ここから、追い出す気ですかぁ」といって礼菜はグラスのチューハイを飲んだ。

「あ、あのなぁ……」とりあえず、おまえら飲み物を置けよ！　事態の深刻さを理解しているなら、呑気《のんき》にアルコールを摂取している場合じゃないだろ！

呆れ返る啓介は「やれやれ」と小さく首を振ってから、テーブルの上に一枚の写真を投げた。「べつに追い出したりはしない。代わりに新しい仕事をしてもらう。この写真の男を調べるんだ」

「あら、随分いい男ねえ」ジョッキを置いた葵は、写真を手にして感嘆の声をあげる。

「ホンマ、イケメンっちゃねぇー」美緒も缶ビールを置いて、横から写真を覗《のぞ》き込む。

「えー、見せてくださぁーい」礼菜はグラスを置いて、葵の持つ写真に手を伸ばした。

――畜生、イケメンのためならアッサリ飲み物を置くんだな、おまえら！

女どもの本性を垣間見た啓介は、あらためて法子夫人からの依頼内容を説明した。

「よく聞けよ。男の名は磯村光一。『磯村重機』の社長の息子で、会社では取締役だ」

するとアラサー女たちの顔に驚きの表情。すぐさま額を寄せ合いながら「てことはヤンエグね」「まさにヤンエグっちゃ」「ヤンエグそのものですぅ」と同じ感想を披露する。時代遅れの呼称も、この三人が口にすると違和感がないから不思議だ。

啓介は構うことなく説明を続けた。「君たちは、この男に張り付くんだ。そして彼に現在、付き合っている女性がいるかどうか、その点を明らかにしてもらいたい。というのも、磯村光一には星野香織という許婚の女性がいてだな……この写真の女性なんだが……」

そういって啓介は星野香織の写真を三人の前に提示する。だが三人は美女の写真には敵意のこもった視線を投げつけただけ。またそれぞれのアルコールを手にしながら、彼の話に半分ほど耳を傾けるのだった。

それから、しばらくの後。啓介は依頼の内容をひと通り話し終えた。すると彼の目の前で三人は互いの額を寄せ合いながら、大きな声で極秘会談。

「ねえ、どうする……」「なんか難しそうじゃけど……」「でもぉ渡りに舟ですぅ……」「確かにそうね……」

「…………」おいおい、この期《ご》に及んで自分たちに選択権があると思っているのか？

これは命令だぞ、命令！　やらなきゃ大家さんから『出ていけ』っていわれて、おまえら路頭に迷うんだぞ。

呆れる啓介の前で、やがて密談の輪が解ける。三人を代表して葵が口を開いた。

「事情は判った。いいわ。やってあげる」

――畜生、何様目線なんだよ！　べつに俺がお願いしてんじゃねーからな！

頭に血が上る啓介をよそに「それでぇ、具体的には何をどうするんですかぁ？」と礼菜が問いを発する。「見張るといってもぉ、やり方はいろいろありますよぉ」

「ああ、そうだな」啓介は気を取り直して、また説明に戻った。「『磯村重機』の本社は荻窪にある。そして光一が暮らすのは、本社ビルから歩いて二十分ほどのところにある一戸建てだ。彼は母親の住む実家を出て、その家で気ままなひとり暮らしを謳歌《おうか》している」

「ちゅうことは」と美緒が横から口を挟む。「ウチらが見張るんは、光一の自宅？」

「ああ、それと帰宅時だな。光一は会社と自宅の間を徒歩で通勤しているんだ」

「だとしても」と葵がいった。「帰宅途中に女性と待ち合わせする可能性は、充分考えられる。念のため車が必要だわ。女性と一緒にタクシーに乗られたら、追いかけようがないもの」

「判った。法子夫人に頼んで適当なやつを一台借りよう。他に用意するものは？」

「晩メシ」と美緒が答える。

「お菓子」と礼菜が答える。

「勝手に食え！」啓介は思わず叫んだ。「食事代は領収書で清算。お菓子は却下だ」

その後も具体的な細部が検討されて、《エリート張り込み作戦》の概要は決定した。

さっそく明日から作戦決行ということで話は纏《まと》まり、後はもうアラサー女たちと啓介との単なる飲み会へとなだれ込む。

啓介は缶ビールを一本もらって疲弊した喉《のど》を潤《うるお》した。

するとジョッキを手にした葵が、眼鏡を指で押し上げながら、「――にしてもさあ」といって磯村光一の写真を再び見詰めた。「このルックスでお金持ちで取締役で、おまけに独身なのよ。女っけが全然ないなんて考えられないわ。絶対、誰かいるはずよねえ」

「当然、女がおるに決まっとる。ウチらが見つけるっちゃ」と怪気炎を上げる美緒。

「いったいどんな女なんでしょねぇ。こんなイケメンさんと付き合える女ってぇ」

礼菜の口にした素朴な疑問に、三人はそれぞれ自説を唱えた。

「どうせ、見てくれだけのくだらない女だわ」

「たぶん、頭の中はカラッポの尻軽女っちゃ」

「きっと、カネと地位がお目当ての女ですぅ」

――悪意と偏見、それに嫉妬《しっと》と羨望《せんぼう》がハンパないな、こいつら！

啓介は三人の偏《かたよ》った見解に、寒々とした思いを禁じ得ない。だが次の瞬間、三人が口にしなかった可能性に思い至って、啓介は思わず口を開いた。「いや、待てよ。ひょっとすると若き取締役のお相手は、意外と男だったりしてな……ははは、はは……は？」

「…………………………男？」

「……………おとこ？」

「……オトコノコ？」

啓介が乾いた笑い声を響かせた直後。気付けば、『かがやき荘』の共用リビングには、深い沈黙が舞い降りていた。

それは、かつて経験したことのない微妙な静寂だった。

いや、誰も『男の子』とはいっていない。そもそも冗談半分、いや全部冗談のつもりだったのだ。だが啓介の発言は、どうやら彼女たちの胸の奥にある特別な引き出しを開けてしまったらしい。彼女たちはいっせいに自分の飲み物をテーブルに置くと、磯村光一の写真を取り囲むようにしながら、一気にその妄想力を全開にした。

「こ、このイケメン取締役のお相手が……だ、男性だなんて、やだ、そんな……ゴクッ」

「け、けど可能性はあるっちゃよ。美人の許婚がいながら、その娘に見向きもせんちゅうことは、ひょっとすると彼のお相手は許婚よりも魅力的な男、あるいは美少年……ムフッ」

「そ、それですぅ。も、もはや、それしか考えられませぇーん……ウフッ」

――ゴクッ、ムフッ、ウフッって何だよ、おまえら！　明らかに喜んでるじゃないか！

どうやら自分は、飢えたメス狼《おおかみ》たちの群れに、香ばしいエサを投げ入れてしまったらしい。

愕然《がくぜん》とする啓介の前で、三人組の妄想トークはなおも続いている。

「若きエリートに惹《ひ》かれる駄目な後輩君じゃないかしら……」

「いや、出世争いをするライバルのエリート社員っちゃ……」

「違いますぅ、相手は街で出会った綺麗な男の子ですぅ……」

――そんなわけあるか！

三人の声を無意味なＢＧＭのように聞きつつ、啓介は自分の缶ビールを飲み干した。

## 3

『かがやき荘』のメンバーによる張り込み作戦は、予定どおりに翌日の夕刻から開始された。

作戦のスタート地点は、荻窪の中心街にある『磯村重機』の本社ビルだ。コンビニでのバイトを終えた小野寺葵は約束の時刻ちょうどに、その場所に駆けつけた。周囲を見渡すと、街路樹の陰に何者かの姿。太い幹に身を隠すのは、茶色いブレザーに白いシャツ、チェックのミニスカートに身を包んだ関礼菜である。彼女は手招きで葵を呼び寄せると、

「どうですかぁ、葵ちゃん。この恰好《かっこう》なら全然怪しくないですよねぇ？」

と得意顔で聞いてくる。葵は「どこが？」と首を傾げずにはいられなかった。なぜなら、この日の礼菜は普段どおりのインチキ女子高生スタイルながら、口許には巨大なマスク、目許には殺し屋のごときサングラスを装着していたからだ。

充分、不審者っぽい恰好ね——と葵は思わず眉をひそめたが、事実を告げれば、た

ちまち礼菜は機嫌を悪くするだろう。なので、反応は苦笑い程度に留めておく。「ま、まあ、大丈夫なんじゃないの。日が暮れたらグラサンはいらないと思うけど……」

そういう葵は黒いセーターに黒いパンツと黒い靴、黒髪の上に黒いキャップを目深《まぶか》に被《かぶ》って、夜の闇《やみ》に溶け込む気マンマンである。――これなら目立つ心配はないはずだわ！

実際にはグラサン女子高生スタイルの礼菜と黒尽くめの葵の組み合わせは、道行く人の中で誰よりも目立っていた。すると、二人の背後から突然――

「まったく、葵ちゃんも礼菜も判ってないっちゃねえ」

と上から目線でダメ出しする声。振り返ってみると案の定、占部美緒だ。彼女は普段どおり赤いパーカー姿。確かに、不審な装いではないけれど、そんな彼女が納まっているのは黒塗りのベンツの運転席だ。路肩に停めた外車の窓から茶髪の頭を突き出しながら、ピースサインを送る美緒。そんな彼女は葵と礼菜に責めるような視線を向けると、再びダメ出しの言葉を口にした。「そもそも、二人とも見た目が怪しすぎるんよ！」

「何いってんのよ、あんたがいちばん怪しいでしょ！」

「そうですぅ、ヤンキーはベンツには乗りませぇん！」

「仕方ないやん、これがいちばん地味な車じゃけえ！」

たちまち路上で言い争いを始めるアラサー女たち。そんな彼女たちのことを、大勢の通行人が「なんだ、この怪しい女たち……？」と気味悪そうに眺めながら通り過ぎていった。

そうこうするうちに秋の日はとっぷり暮れて、あたりは夜。終業時刻を過ぎた『磯村重機』の正面玄関からは、スーツ姿の男性や小奇麗な私服に着替えた女性が続々と吐き出されていく。

葵と礼菜は街路樹の陰から、美緒は車の運転席から、その光景をジッと見守る。やがて午後八時を回ったころ――「葵ちゃん、現れましたぁ、ほら！」

街路樹の陰から礼菜が指を差す。葵は慌てて、そちらに視線をやった。

高級感のあるスーツに身を包んだ三十男が、いままさに正面玄関からその姿を現したところだ。見栄《みば》えのする長身。ピンと伸びた背筋。ギリシャ彫刻を思わせるような彫の深い顔立ちは、写真で見たイケメン取締役に間違いない。今宵《こよい》の標的、磯村光一の登場だ。

「よーし、いくわよ」

葵は礼菜の肩を叩《たた》いて歩き出す。礼菜は小声で「はーい」と応えて葵の後に続いた。

「うふふ、どんな美男子が現れるか楽しみですねぇ、葵ちゃん」

「そうね。だけど、お相手が男と決まったわけじゃないから、あまり期待しすぎないでね」

と葵は礼菜の勝手な妄想に念のため釘《くぎ》を刺す。そんな二人の横では、美緒の運転するベンツが超低速で動きはじめる。こうして三人の尾行は静かにスタートした。

ところが——

高級スーツの背中を追うこと約二十分。荻窪の中心街を離れ、とある住宅街を歩きながら、葵は今宵のミッションへの期待感が急速にしぼんでいく感覚を味わっていた。前を歩く磯村光一の足取りに変化はない。彼が三人の尾行に気付いていないことは明らかだ。そんな光一の前方には、そう大きくはないがデザイン性の高い、お洒落な一軒家が見える。光一がひとり暮らしを満喫する我が家だ。それを見て、礼菜が落胆の声をあげる。

「あーあ、結局、自宅まで真っ直《ま》ぐ《す》にきちゃいましたぁ」

「うーん、どこにも寄り道しないなんて、随分と真面目《まじめ》な男ねぇ」

どこかで一杯やったりするのではないか。そこで綺麗な女性、もしくは綺麗な男性と密《ひそ》かに会ったりするのではないか。そんな場面を葵は想像していたのだが、その期待はどうやら裏切られたらしい。葵と礼菜の見詰める先、磯村光一は小さな門を入ると、郵便受けをチェック。数種類の郵便物を取り出すと、今度は玄関先に備えられた宅配ボックスを確認する。

どうやら不在中に荷物が届いていたらしい。光一は宅配ボックスの中から、小さな箱を取り出した。そのとき彼の横顔に、なんだか妙に嬉しそうな笑みが広がった気がしたが、それも一瞬のこと。光一は大事そうに小箱を抱えながら玄関扉を開け、そのまま建物の中へと消え去っていく。葵と礼菜は、高級スーツの背中を黙って見送るしかなかった。

「なんよ、ホンマに呆気《あっけ》ないっちゃねえ……」

いつの間にか葵たちのすぐ傍に黒塗りのベンツ。運転席のドアが開くと、美緒が路上に降り立って葵に聞いてきた。「これから、どねえするん？　今夜の仕事はこれで終わり？」

「いいえ、まだ終わりじゃないわ」葵はキッパリ首を振った。「お相手の女性、もしくは男性は、これから光一の部屋を訪ねてくるのかもしれない。あるいは光一が着替えて、夜の街に繰り出す可能性もある。このまま、もうしばらく見張るのよ」

葵の言葉に、美緒は退屈そうに伸びをしながら、「ふう、気の長い仕事っちゃねえ」

「礼菜、お腹《なか》が空《す》きましたぁ」

「そうね、じゃあ負けた人がコンビニでお弁当買ってくるっていうのは、どう?」

いいながら葵は自ら拳骨《げんこつ》を作る。呼応するように二つの拳《こぶし》が突き出される。そして

十月の荻窪の夜空に、女たちが発する「最初はグー」の掛け声が響き渡った。

――


「……と、まあ、そんな調子で今回のミッションを開始したのが二週間前……」

小野寺葵は手許のカップから珈琲《コーヒー》をひと口啜《すす》ると、遥《はる》か遠くを見るような目付きで、二週間前の出来事に思いを馳《は》せる。それからソファの上でガックリ肩を落とすと、深い溜め息をついた。

「結論からいうと、この二週間、磯村光一の行動に不審なところは何もありませんでした。密かに付き合っている女性などは、まったく見当たりません。おそらく、そんな相手はどこにも存在しないのでしょうね。――聞いてますか、オバサン?」

「誰が、オバサンよ、誰が!」

正面に座る法界院法子夫人が、目を吊《つ》り上げて叫ぶ。どうやら眠っていたわけでは

ないらしい。目を瞑《つぶ》りながらも、ちゃんと耳は働かせているのだ。オバサン呼ばわりはマズかったか。葵はシマッタと顔をしかめる。

そんな葵の脇腹《わきばら》を、両側に座る礼菜と美緒が左右から突っつきながら、

「そんなこといっちゃ駄目じゃないですかぁ、葵ちゃん」

「オバサンじゃなくてオオヤサンじゃけえね、葵ちゃん」

と形ばかりのツッコミを入れる。しかし凍りついたような空間には、いっさい何の笑い声も起きない。ただ夫人の背後に立つ成瀬啓介が、ひとりニヤニヤするばかりである。

場所は荻窪の高級住宅地に建つ法界院邸。時刻は午後八時を過ぎている。

葵、美緒、礼菜の三人は、今回のミッションの最終報告のため、嫌々ながら法子夫人の執務室を訪れていた。大富豪の大家と正面から向き合う家賃滞納者たち。リーダー格の葵は、自らの口でもって簡単な報告を終えたところである。

すると、たちまち法子夫人から質問の矢が飛んできた。「何もないといったって、何かしらあったのでは？　例えば会社帰りに誰かと食事に出かけるようなことは、なかったの？」

「それが、ほとんどないんよ」と美緒が腕組みして首を捻《ひね》る。「会社を出たら、ほぼ

毎日、歩いて自宅に直行。いったん家に入ったら、もう二度と出てこんのよ」

「ふうん、光一君は夜遊びしないタイプなのね。だけど『ほぼ毎日』ってことは、そうじゃない日もあったんでしょ。誰かと食事するような日が」

「確かにぃ、それは一日だけあったんですけどぉ」と横から答えたのは礼菜だ。「ただ、そのときのお相手は許婚の方だったんですぅ」

「え、星野香織さん？　彼女が光一君と一緒に食事したの？　あら、だったら問題ないじゃない。許婚同士がデートするのは当然のこと。じゃあ、光一君と香織さんは普通に付き合っているってことね。二人はすでにデキているのね。そうなのね――ムフッ！」

いままでにない興奮を示す法子夫人。すかさず背後に控える啓介が夫人に顔を寄せ、やんわりと警告を発した。「あの……鼻息、荒くなっていらっしゃいますよ、会長」

「は、鼻息じゃないわよ、これは安堵《あんど》の溜め息よ！　二人の仲が意外に順調だと知って、安堵の溜め息が漏れただけ！」

どうやら高貴な方の溜め息は鼻から漏れるらしい。葵は苦笑いを浮かべながら、法子夫人の思い込みを打ち消した。「いいえ、それがどうも、さほど順調でもないようですよ。というのも、あの二人、事前に約束を交わしてデートしたわけではないみたいなんです。だって普通のデートなら、ハチ公前とかで待ち合わせしますよね？」

「まあ、荻窪にハチ公はないけどね。——何がいいたいわけ、葵？」

「私が見た印象では、磯村光一の帰宅途中を星野香織が路上で待ち伏せして、そのまま強引に食事に誘った。そんなふうに見えました」

「あら、意外と積極的なのね、香織さん」強く興味を惹かれたらしい法子夫人は、ソファから身を乗り出す。「でも、とにかく二人は一緒に食事したのね。——え、焼肉!? だったら完璧《かんぺき》じゃないよ。後は成り行きに任せて、自分の家に誘い込むか、彼の家に上がりこむか、あるいはホ、ホテ、ホテ、ホテルにでも直行しちゃえば……ムフッ！」

「あの、会長……また『安堵の溜め息』が、鼻から……」

再び啓介が《異常鼻息注意報》を発令する。夫人は「判ったわよ」とうるさそうに手を振って、目の前の女たちに話の続きを促した。「で実際どうなったのよ、食事の後、二人は？」

「それが、二人は一緒に焼肉屋を出てから、その後……」

「二人で彼女のマンションまで向かったんじゃけど……」

「そのまま玄関先でサヨナラしてしまったんですぅ……」

そのときの光景は葵の記憶にも強く残っている。

星野香織の部屋を目前にしながら、マンションの前でアッサリと別れの手を振る磯村光一。そのとき香織の顔に滲《にじ》み出た激しいショックと悲しみの色。その様子を電柱の陰から眺めながら礼菜は、「なんでぇ？　なんでサヨナラするんですかぁ……」と戸惑いの声。その隣では葵もまた「えー、許婚なんだから堂々と部屋に上がって××すりゃいいのに……」と憤慨の声を漏らす。一方、車道のベンツに目をやれば、運転席では同じく納得いかない様子の美緒が、拳でハンドルを叩いている。その口許《くちもと》は「なんじゃアイツ、アホかいな！」と怒りの言葉を発したようだった。

実際、女心が判らない朴念仁なのか、それとも意図的に許婚の思いを無視したのだろうか。いずれにしても磯村光一は星野香織のマンションをひとり立ち去った。そして、その足で真っ直ぐ自分の家へと、何事もなさ過ぎる帰還を果たしたのだった。

そのときの様子をかいつまんで説明すると、法子夫人は最初キョトン。やがて憤懣《ふんまん》やるかたないといった表情を浮かべながら、「なによ、それ！　許婚なんだから堂々と部屋に上がって×××すりゃいいのに！」と、葵とまったく同じ感想を口にした。

夫人のあまりの剣幕に、見習い秘書も警告するのをやめて、もはや黙り込むばかりのようだ。

「判らない。謎《なぞ》だわ。なぜ光一君は香織さんを抱かないの？　他に恋人がいる様子もないというのに、いったいなぜ？　ハッ……ひょっとして男性としての機能に問題が……ああ、だけど、これぱっかりは確かめようがないわね。本人に聞くわけにもいかないし……」

聞いているほうが赤面するような可能性を口にしつつ、法子夫人は再び前を向いた。

「まあ、いいわ。それで、他に何か変わったことはなかったの？」

聞かれたところで、葵には心当たりがない。「さあ、そういわれても――ねえ？」

「べつに、ないっちゃねえ。ウチらが見張ってる前で、宅配便の荷物が届いたんが二、三回ほどあっただけ。おおかたネット通販か何かでエッチなグッズでも買ったんやろね。なんだか妙に嬉《うれ》しそうな顔しとったけえ」

実際は取引先からのお届け物かもしれないのだが、美緒はさほど根拠のない想像を適当に語る。お陰で女たちの会話はいったん途切れた。唯一《ゆいいつ》の男性は完全に沈黙している。そこで法子夫人が口を開き、葵に最終確認をおこなった。

「判ったわ。要するに、光一君に別の女がいる気配は全然なかったのね」

「ええ、ありませんでした。女の気配など、どこにも……」

するとそのとき、夫人の背後から啓介が余計な質問。

「じゃあ、『男』の気配は？」

もちろん、それもなかったわ――そう答えようとする葵の目の前で、突如、法子夫人の顔色が一変した。

手にした珈琲カップがグラグラと揺れ、琥珀《こはく》の液体がカップの縁からこぼれ落ちる。爛々《らんらん》と輝く二つの眸《ひとみ》は、葵たちの背後に広がる虚空《こくう》を見詰めていた。

「……お、男……オトコですって！」

激しい興奮を露《あらわ》にする法子夫人は、音を立ててカップを置くと、ソファから立ち上がって執務室を犬のようにウロウロ。やがてパチンと指を弾くと「そうよ、それだわ！」と、いきなり大声で叫んだ。「ああ、なんで、いままで気付かなかったのかしら。そうよ、なにも光一君のお相手が女性と決まったわけじゃない。だって、あれほどの美男子ですもの。その美しさに惹かれる男性だって必ずいるはず。いいえ、むしろそっちの可能性のほうが高い。きっと、そうよ。ええ、そうに決まってます！　これぞまさしく耽美《たんび》の世界……」

四十九歳腐女子の、まさかの覚醒《かくせい》。その瞬間を目の当たりにした葵は、あまりの意外さにしばし沈黙。それから妹分二人と顔を寄せ合うと、女同士の秘密の会話を交わした。

「まさか、法子夫人がＢＬ好きとはね……」

「見かけによらんな、このオバチャン……」

「他人のことは、いえませんけどねぇ……」

小声で囁《ささや》き合う三人をよそに、法子夫人の独り言はなおも続く。

「……だとすれば、光一君のお相手はどんな男性かしら。駄目な後輩君？　それともライバルのエリート？　ひょっとして街で偶然の出会いを果たした美少年？　ああ、どれだか判らないけれど、どの可能性も絶対アリよ、アリだわ、アリアリっ……ムフフゥ～！」

大富豪のあまりの豹変《ひょうへん》振りに、すっかり毒気を抜かれて唖然《あぜん》とする葵たち。それを尻目に見習い秘書が夫人のもとに歩み寄る。そして、彼女の耳元で囁くようにいった。

「あの、会長……鼻から『妄想の溜め息』が……」

4

それから数時間が経過した同じ夜のことだ。小野寺葵は『かがやき荘』の自室のベッドで、すでに深い眠りに就いていた。夢の中ではイケメン取締役と駄目な後輩君が甘美な（あるいは法子夫人にならうなら《耽美》な）ロマンスを展開中だったのだが、そこに突然、無粋極まる着信音。ハッと目を覚ました葵は、ご馳走《ちそう》を横取りされた気分で、枕元《まくらもと》のスマホを睨みつける。時刻は午前一時を回ったところである。――ああもう、こんな時間に誰よ。もう少しで、いいところだったのに！

内心で不満を呟《つぶや》きながらスマホを耳に当てる。飛び込んできたのは、聞き覚えのある中年女性の声だ。『葵ね。私よ、私――判る？　法界院法子よ』

「ふぁあ、ふぉーくわひんのひこふぁん……ええッ、法界院法子さん！」

大家のフルネームは葵の目を一瞬で覚まさせ、美男子同士の甘美で耽美なロマンスを現実の向こう側へと吹き飛ばした。葵はベッドの上で身体《からだ》を起こしながら、

「ど、どうしたんですか、法子さん、こんな夜中に？　私、何か報告し忘れましたっけ？」

『そうじゃないわ。全然違う用件なの。実はたったいま、私のところに電話があったのよ。それが変な電話でね。相手は名前を名乗らない正体不明の男よ。そいつが私にいうの。〈青空児童公園にいってみろ。おまえの知り合いが酷い目に遭っているから〉ですって。それで私が〈知り合いって誰よ？〉って聞くと、その男、〈自分の目で確かめてみろ〉って、それだけいって勝手に電話を切ってしまったの。――あなた、ど

う思う？』

「さあ、どう思うっていわれても、ええっと……」

葵は寝ぼけた頭で記憶の引き出しを探ってみた。確か、これと似たケースが以前にもあったはず。そう、あのときも深夜だった。成瀬啓介のところに謎の電話があったのだ。そこで彼が相手の指示どおり善福寺公園に駆けつけてみると、実際そこでは美緒が気絶して倒れていたのだ。今回、法子夫人に掛かってきた電話は、それとよく似ている。単なる悪戯《いたずら》ではない。そう判断した葵は夫人に的確なアドバイスを与えた。

「よく判らないけれど、とにかく、いってみるべきだと思います。その公園に」

『そうね。じゃあ悪いけど、お願いするわ』

「はあッ、私がいくんですか――青空児童公園に!?　こんな夜中に!?　嘘《うそ》でしょ!?」

『だって私がいくより断然早いじゃない。そこからなら公園は歩いてすぐの距離でしょ。ねえ、お願いよ！　私の代わりに、公園の様子を見にいってちょうだい。でないと、気になって夢の続きが見られないのよー』

「……………」

いったい何の夢を見ていたんだか。まあ、他人のことをいえた義理じゃないけどね。そう心の中で呟きつつ、仕方がないので葵は次善の策を夫人に授けた。「こういうときこそ、成瀬君の出番なんじゃありませんか。ここは彼をいかせるべきです」

すると法子夫人も、それが筋だと納得したらしい。『そうね、そうするわ』といって電話の向こうで素直に非礼を詫《わ》びた。『ごめんなさいね、深夜にお騒がせしてしまって』

「いーえ、どーいたしまして、はい、どーも、どーもー」

こうして葵と法子夫人の通話は終了。葵は甘美な夢の続きを見るべく、再びベッドの上で目を閉じる。だが、それから五分もしないうちに再び枕元のスマホが鳴った。

「あーもう、まったく、今度は誰よ！」布団《ふとん》を撥《は》ね除《の》けてスマホを耳に当てる葵。

その耳に飛び込んできたのは中年女性ではなく、若い男の声だった。

『小野寺葵だな。僕だ、成瀬だ。実は、たったいま僕のところに法子夫人から電話があってだな、彼女の話によると、青空児童公園で誰かが酷い目に遭っているらしくて……』

「……はあ」なによ、これ？　ひょっとしてデジャビュってやつかしら。「で、あなた、私にどうしろっての？」

『うん、悪いが君、見にいってくれないか。そこから近いだろ、その公園』

——やれやれ、会長が会長なら秘書も秘書よね！

葵は観念するように、深々と溜《た》め息を漏らすしかなかった。

「なんで葵ちゃんだけじゃなくてウチらまでもがぁ……」

「こんな深夜に出かけなくちゃならないんですかぁ……」

葵の手によって叩き起こされた美緒と礼菜は、当然ながら不満顔。その口からは牛のよだれのごとくダラダラと不満の言葉がこぼれ落ちる。しかし葵は「何いってんのよ、私だけいかせる気？　あなたたち、いつからそんな薄情者になったの！」と妹分たちの尻を叩いて、強制的に着替えさせる。そして三人は揃って『かがやき荘』から夜の闇へと飛び出した。

まだ十月とはいえ、深夜の住宅街は随分と肌寒い。

先頭を切る葵は肩をすくめながら、小走りに目的地を目指す。美緒と礼菜はブツブツ不満を呟きつつも、ちゃんと後から付いてきてくれているので多少は心強い。これなら夜道で変質者に遭遇した場合でも、番犬程度の役割は果たしてくれるはずだ。

――とかなんとか思ううち、結局、変質者にも不審者にも遭うことなく、三人は青空児童公園に到着した。

葵は息を弾ませながら、ざっと周囲を見渡す。

そこは住宅地にありがちな、ごく普通の狭い公園だ。敷地内には街灯が設置されているので、ある程度は明るさがある。その明かりに照らされて、滑り台やブランコといった遊具、あるいはベンチや花壇などが確認できる。葵は妹分二人を引き連れながら、狭い公園を丹念に見て回った。やがて拍子抜けしたような声を発したのは美緒だった。

「なんよ、人っ子ひとりおらんやん。いったい誰がリンチに遭っとるって？」

美緒の勝手な思い込みを、礼菜がすぐさま訂正した。

「リンチに遭ってるなんて、誰もいってませんよぉ。ただ、酷い目に遭ってる人がいる、というだけの話でぇ……」

「だから、どこにおるんよ？　その酷い目に遭っとる人って」

美緒は額に手をかざしながらキョロキョロとあたりを見回す。その視線がコンクリートの四角い建物にピタリと止まる。

公園の片隅に建つそれは、もちろん公衆トイレだ。

「なあ、葵ちゃん、あのトイレは調べんでええの？」

「そうね。残るは、あそこしかないみたい」

そういって葵は自ら灰色の建物へと歩み寄っていく。美緒は呑気に鼻歌を歌いながら、礼菜は怖々と背中を丸めながら、それぞれ葵の後に続いた。

まずは三人で女子トイレを確認するが、こちらは何も問題ない。続いて男子トイレを覗いてみると、酒を飲んだ帰りだろうか、スーツ姿の中年男性が用足しの真っ最中だった。

「………」油断していた三人は一拍おいた後、「わぁぁ！」「ぎゃあ！」「ひゃあ！」と三者三様の悲鳴を響かせる。むしろ驚いたのは中年男性のほうだ。

慌《あわ》てて前のファスナーを引き上げると、「な、なんだッ、君たちは！」と顔面を紅潮させながら、男性は公衆トイレから駆け足で立ち去っていった。「チクショーッ、まだ途中だったのにーッ」

遠ざかる男の声を聞きながら、美緒が胸を撫《な》で下ろす。

「あー、ビックリしたっちゃ！」

「ていうか、ビックリさせてしまいましたぁ」と礼菜は申し訳なさそうな顔。

「だけど、このトイレもべつに問題なさそうね」

葵は冷静に個室の中まで確認を終えた。

収穫のないまま四角い建物を出る三人。どうやら深夜の公園に怪しいところは見当たらない。では法子夫人に掛かってきた電話は、やはり単なる悪戯だったのだろうか。

だとすれば随分タチの悪い悪戯だが——あのオバサン、よっぽど誰かに嫌われているのかしら？

そんなことを考えながら、公衆トイレの前で葵は腕組み。そのとき初めて、葵は捜索の盲点に気が付いた。死角になる場所の少ない狭い公園の中で、もっとも見通しの悪い場所。それはトイレの建物の裏側ではないだろうか。もはや捜索すべき場所は、そこしか残っていない気がする。葵は念のため用意していたペンライトを、ここへきて初めて点灯させた。そして鼻先の眼鏡を指で押し上げながら、

「——美緒、礼菜！」

二人の名を呼ぶと、ペンライトの明かりを四角い建物の角へと真っ直ぐ向ける。

葵の意図するところを察して、美緒がゴクリと唾《つば》を飲む。礼菜はあらためて恐怖を感じたように二つ結びの髪をブルッと震わせる。そんな二人を従えながら、葵は建物の角へと歩み寄った。

この角から顔を覗かせて、向こう側を確認すれば、今夜のミッションは完了だ。これが家賃の何日分に相当する仕事か、確認するのを忘れたけれど、後で必ず法子夫人に認めさせてやろう。これが、ゆうに家賃一週間分に相当する大仕事だったということを——

「いいわね。いくわよ！」

葵の言葉に、美緒と礼菜が黙って頷《うなず》く。そして三人は建物の角から、いっせいに顔を突き出した。葵の持つペンライトの明かりが、建物の裏側を明るく照らす。

瞬間、視界に飛び込んできた意外な光景に、葵はハッと息を呑《の》んだ。

枯れ草の目立つ茶色い地面。そこに長々と横たわるのは、ひとりの男性だった。両脚を葵たちのほうに向けて仰向けに倒れている。

だが、ただ単に倒れているのではない。

男性は服を着ていなかった。上着もシャツも着ておらず、ズボンも穿《は》いていない。それどころか下着や靴下さえ身に付けていない。当然ながら靴も履いていなかった。つまり男性は裸だった。これ以上ないほどの全裸状態だ。にもかかわらず男性は、冷たい秋風の吹く夜空の下で、震えるどころか身動きひとつしていない。

その姿を見て、美緒がボソリといった。「この人、死んどるんと違う……？」

確かに、そう思われた。だが、あまりの意外な光景に、不思議と三人の口からは悲鳴のひとつさえあがらない。かといって、男性ヌードをジッと眺めることも憚《はばか》られ、三人はオドオドと視線を泳がせるばかり。そんな中、両手で顔を覆った礼菜が、指の隙間《すきま》から男の顔をチラ見しながら叫んだ。

「ね、ねえ、葵ちゃん、この人ひょっとしてぇ！」

「え、なに!?」葵はペンライトの明かりをあらためて男性の顔面に向ける。光の輪の中に浮かび上がったその顔に、不思議と見覚えがあった。ギリシャ彫刻を思わせる彫の深い顔。端整な目鼻立ち。葵は震える声でその名を口にした。「こ、これは、磯村光一……」

「え、マジかいや！」と美緒も驚きの声をあげる。

だが何度見返しても間違いはなかった。倒れている全裸男性は、『磯村重機』の若き取締役だ。さらによく見ると、その額には鮮やかな赤い傷口が見える。そこから流れ出した大量の血液は、周囲の地面をドス黒く染めていた。

事ここに至って葵は、ようやく目の前の事態を把握した。

磯村光一は何者かに頭部を殴打《おうだ》され、なおかつ全裸にされた状態で絶命しているのだった。

## 5

当然というべきか、磯村光一殺害事件は世間の注目を集めた。被害者が有名企業のエリート取締役であったこと。写真でもハッキリそれと判《わか》るイケメンだったこと。そしてなにより、被害者の死体が全裸に剝《む》かれていたことが、多くの人々の関心を掻《か》き立てたのだ。メディア上では様々な憶測が飛び交い、数々の推理が語られた。警察は犯人逮捕に全力を挙げているはずだが、いまのところ捜査は難航しているらしい。

そうして事件発生から数日が経過した、とある午後――

法界院邸の執務室には、あらためて事件について説明する成瀬啓介の姿があった。

「……とまあ、そういったわけで、『かがやき荘』の三人組が全裸の遺体を発見。その場で一一〇番通報をいたしまして今回の事件が公《おおやけ》になった、という流れでありました……」

啓介は開いた手帳からいったん顔を上げ、上司の姿をチラリと確認する。

愛用のプレジデント・チェアに座る法子夫人は、巨大なデスクに向かって前傾姿勢。天板の上に両肘《りょうひじ》を突き、結んだ両手の上に顎《あご》を乗せている。目を瞑ったその姿は、まるで居眠りでもしているように映るが、油断してはいけない。『聞いてますか、オバサン？』などとウッカリ尋ねようものなら、たちまち両目をパチリと開いて、『誰が、オバサンよ！』と怒りの咆哮《ほうこう》をあげるに違いない。現に、先日も小野寺葵がそんなヘマを犯したばかりなのだ。

触らぬ神にたたりなし。心の中でそう呟きながら啓介は再び手帳に視線を落とした。

「……その後の警察の調べによりますと、被害者の死因は頭部の打撲による脳挫傷《のうざしょう》。凶器としてはハンマーのようなものが考えられるとのこと。ですが現場付近から凶器らしきものは発見されておりません。遺体が発見されたのは深夜一時半過ぎですが、実際の犯行時刻は、ちょうど日付が変わる前後だったものと思われます。なお、被害者の脱がされた衣服ですが、いまだ発見されておりません。なぜ服が脱がされていたのか、それも不明であるとのこと。以上です」

啓介は説明を終えた。だが法子夫人はなおも目を瞑っている。両手の上に顎を乗せた恰好のまま微動だにしない。啓介は強めの口調で繰り返した。「――以上ですよ、オバサン！」

と次の瞬間、両手の上に乗せた彼女の顎がガクンと下に落ちる。あやうく天板に顎でキスしようとする寸前、法子夫人はハッと目を見開いて難を逃れた。その顔には、寝起きのようなポカンとした表情が浮かんでいる。そんな彼女は見習い秘書の冷たい視線に気付くと、慌てて背筋を伸ばす。そして何かを取り繕うように右手を振った。

「け、結構よ。あ、ありがとう、成瀬君」

オバサンと呼んで感謝されたのは、秘書になって初めてだ。

新鮮な感動を覚える啓介は、

「いーえ、会長、どーいたしまして」

慇懃《いんぎん》無礼にいってデスクの前から一歩下がる。法子夫人は啓介から視線を外すと、今度は目の前の客人に顔を向けた。「どう？　彼の話、お聞きいただけたかしら」

自分は全然聞いてなかったくせに——と心の中で不満を呟きつつ、啓介は二名の客人の姿を、あらためて横目で確認した。

ともに三十代と思《おぼ》しき男女である。女性のほうは部屋の中央に置かれた肘掛け椅子《いす》に座っている。黒い髪を肩のあたりで切り揃《そろ》えた美女だ。濃紺のスカートに濃紺のジャケットという地味な装《よそお》い。いちおう初対面の女性ではあるが、啓介は彼女の整った顔に見覚えがあった。以前に写真で見たことがある。名前は星野香織。殺された磯村光一の許婚《いいなずけ》だった女性である。喪服のごとき服装は、彼女なりの弔意の表れであると思われた。

一方、男性のほうは初めて見る顔だ。名前は星野照之《てるゆき》。香織の弟だという。きちんとした印象の姉に比べて、弟のほうはどこか崩れた印象。膝《ひざ》の破れたブラックジーンズに黒いシャツ姿。姉と同様に全身黒っぽい装いだが、これは弔意の表れではないだろう。ボサボサの髪の毛は目許を覆《おお》い隠すほどに長く、お陰でその表情を窺《うかが》うことは困難だ。そんな照之は姉の香織から少し離れたところにある応接セットのソファに、ひとりポツンと座りながら、姉と法子夫人の様子を眺めている。啓介の存在は目に映らないかのようだ。

星野姉弟は一向に進展を見せない捜査に業《ごう》を煮やして、この法界院邸を訪れたらしい。どうやら、変死体発見に至る経緯が納得いかないようだ。そこで事情をよく知る啓介が、姉弟の前で事件の夜の一部始終を、あらためて語って聞かせたのだった。

するとと星野姉弟の姉、香織が法子夫人の問いに答えていった。

「ええ、大変判りやすくて、よく事情が飲み込めました。それに、さすが法界院家というべきでしょうか。随分とお詳しいのですね、今回の事件に関して」

「あら、これぐらい大したことないわ」法子夫人が悠然と片手を振る。「私はただ荻窪署の署長から、情報を入手しただけ。だってあの署長は、私の力で現在の地位まで昇り詰めたのだから、それぐらいはしてもらわないとね。彼、本来なら副署長止まりの男よ」

――駄目じゃないですか、会長！　警察の人事に介入しちゃ！

思わず舌打ちする啓介の前で、法子夫人は平然とした顔。プレジデント・チェアから身を乗り出すと、正面に座る美女をあらためて見詰めた。「――で、どうかしら、香織さん。いまの彼の話を聞いて、何か思うところなどは？」

「はあ、やはり問題に思うのは二つの点です。ひとつは当然の疑問ですけど、犯人はなぜ光一さんを裸にしたのか。もうひとつは、なぜ犯人は法子さんのところに電話してきたのか、という点です。わざわざ電話して遺体を発見させようとする意図が判りません。犯人にとって、何のメリットがあるというのでしょうか」

「確かに、二つとも奇妙ではあるわね。ただし、私に電話してきた男が、光一君を殺害した真犯人とは限らないわよ」

「え……!?」

「むしろ誰かが善意でもって、光一君の死を報《しら》せてくれたのかもしれないでしょ」

「善意の誰か、ですか？　だけど、それなら警察に一一〇番すれば良いのでは？」

「うーん、それもそうね。確かに電話の男は正体を明かさなかったわ。声はほとんど地声みたいだったけれど……」

ひとしきり首を捻った法子夫人は、あらためて香織のほうを向くと、

「それで香織さんは、これからどうなさるおつもり？　自分の力で真犯人を挙げてみせようとでも？」

「ええ、そのぐらいの気持ちは充分にございます。だって、このままでは、あんまり

光一さんが可哀想《かわいそう》ですもの」

「まあ、いい心意気だわねえ。だけど具体的に、どうなさるの？」

「とりあえず、照之に調べさせてみようと思っています」

香織は離れたソファに座る弟のほうに顔を向ける。いままで黙っていた照之は、突然、自分のことが話題に上がって驚いたような表情。法子夫人はそんな彼の頼りない顔を横目で見やりながら、「弟さんは私立探偵か何かなの？」

「いえ、そんなんじゃありません」そう答えたのは星野照之自身だ。彼はソファから立ち上がると、夫人のデスクの前まで進み出ていった。「実は僕、フリーのライターをやってましてね。以前は有名な雑誌の編集部にいて事件モノの記事を書いたり、人気芸能人の不倫スキャンダルを追ったりしていました」

「え、有名な雑誌って……まさか、いま話題の『週刊○春』とか！」

それこそ『まさか』と思えるような法子夫人の大胆発言。啓介は顔面蒼白《そうはく》になりながら彼女のもとに歩み寄ると、慌ててその耳元に囁いた。「かかか、会長ッ、そそそ、それをいうなら『週刊新潮』でしょ？　ね、『週刊新潮』ですよね！」

「ええ、そっちかもしれないけど……なに慌ててんの、成瀬君？」

「いーえ、べつに。全然、慌ててなどいませんけど」と懸命にとぼける啓介。

——実際、自分は何に気を遣っているのだろうか。

我ながら馬鹿馬鹿《ばかばか》しく思う啓介だった。

そんな二人のやり取りを眺めつつ、照之がボサボサの髪を右手で掻き上げていった。

「いえいえ、そんな超一流の雑誌ではありません。僕がいたのは三流のゴシップ誌ですよ」

だったら具体的な雑誌名は聞かないほうがいいな、と啓介は的確な判断を下した。

すると香織が弟を指差しながらいった。「三流ゴシップ誌だろうと記者は記者。事件を追うことに関しては、私よりも遥かに慣れているはず。それに光一さんは昔から照之と仲が良かったんですよ。まるで本当の弟のように接してくれていたんです。そうでしょ、照之？」

「ああ、そうだったな。実際、姉貴が光一さんと結婚すれば、光一さんにとって俺は義理の弟になる。それで、親しくしてくれていたんだと思う。その光一さんが、あんな酷《ひど》い目に遭うなんて……」

そういって照之は強く唇を嚙《か》む。その姿を見やりながら、香織が深く頷いた。

「そういうことですから、今回の事件を調べるのに弟は適任だと思います」

「あら、それはどうかしらね」

法子夫人は挑発するようにニヤリとしながら、「雑誌記者は確かに事件を追うプロかもしれない。だけど、事件を解決するプロとはいえないわ」

「はあ……!?」おっしゃる意味が判りません、というように香織はポカンとした顔。

法子夫人はそんな彼女に提案した。「あなた、探偵を雇ってみない？　ちょうどうってつけの三人組が余ってる……いえ、待機してる……いえいえ、もうすでに事件に片足突っ込んで、依頼人の登場を待ち焦《こ》がれているわ。彼女たちに頼んでみたら、いかがかしら？」

「はあ……!?」

なおさら意味が判らない、というように星野香織は弟の照之と顔を見合わせる。よく意味が判る啓介は「また西荻ですかぁ」と呟き、小さく息を吐いた。

## 6

それから数時間が経過した夜のこと。西荻窪を訪れた成瀬啓介は、『かがやき荘』の共用リビングで例の三人組を相手にしながら、状況の説明に努めていた。

「……とまあ、そういったわけだから、ひとつよろしく頼むよ。いいだろ、な？」

フローリングの床にあぐらを掻きながら頭を下げる啓介。だが三人組の誰も『はい、OK』とはいってくれない。すると白シャツ姿の小野寺葵がローテーブルの向こう側から真剣な顔を啓介へと向けた。

「プロの刑事たちでさえ、いまだ解決できない事件なのよ。素人《しろうと》の私たちが束になったところで、真相究明の力になれるかどうか、かなり疑問ね」

いっぱしの正論を口にしながら、葵はハイボールのジョッキを傾ける。啓介は思わず溜め息だ。——おまえら、俺が訪ねてくるたびにアルコール飲んでやがんな！

そして啓介はジロリと他の二人に視線を向ける。女子高生スタイルの関礼菜はチューハイのグラスを持ち、赤いパーカー姿の占部美緒は缶ビールを手にしている。数週間前のリプレイのごとき光景だ。しかし、あのときと決定的に違う点がひとつ。それは、話題の中心人物である磯村光一がすでにこの世の者ではない、という事実だ。

啓介は三人組を説得するべく、リーダー格の葵に対していった。

「君がいうことは、もっともだ。殺人事件の謎なんて、そう簡単に解決できるはずがない。そんなことは法子夫人だって百も承知さ。僕が思うに、これはいわば法子夫人の温情だな。彼女は解決しろといってるんじゃない。調べてみろといってるんだ。——ま、やるだけやってみるんだな。やる気を見せれば、夫人も君たちを追い出すような真似《まね》はしないはずだ」

たぶんね、と心の中でそっと付け加える啓介。だが彼の言葉は一定の説得力があったらしい。葵は少し前向きになって、

「判ったわ。でも何をどう調べればいいのかしらね」

その問い掛けに応じたのは、缶ビールを手にした美緒だった。

「やっぱ、全裸問題っちゃね」

隣で礼菜も「それですよねぇ」と頷きながらチューハイのグラスを傾ける。

「そうね、じゃあ、そこから考えてみましょ」葵はテーブルの向こうで指を一本立てると、あらためて問題提起した。「なぜ犯人は磯村光一の死体を裸にしたのか」

葵の問い掛けに真っ先に反応したのは、やはり美緒だった。

「普通に考えたら、被害者の身許を判りにくくするためなんと違う？」

「ありふれた目的だわ。それに大した効果は見込めないんじゃないかしら。顔を潰《つぶ》して指紋も判らなくして——って具合に念を入れるならともかく、あの目立つ二枚目顔がそのままなんだもの。服を脱がせたくらいで身許が判らなくなるなんてこと、期待できないわ」

「だったらぁ、彼の着ていた服そのものに、金銭的な値打ちがあったとかぁ」

「確かに光一は常に高級スーツを着ている印象ね。だからって、いまどき追いはぎみたいな犯罪者が、西荻に現れるかしら。そもそも盗んだ高級スーツって売れるの？」

「いや、高くは売れないだろうな」啓介は首を左右に振った。

するとと再び美緒が別の考えを披露する。「じゃあ、値打ちの有る無しはともかくとして、彼の着とった服の中に、犯人に繋《つな》がる何かがあったっちゅうのは？」

「ん、『犯人に繋がる何か』って、具体的には何よ？」

「例えば、そう、ネクタイとか！」美緒は自分の言葉に自ら手を叩《たた》いた。「そう、光一のネクタイは犯人からプレゼントされたものじゃった。犯人はそのネクタイをそのままにしとったら、自分と光一との関係性がバレると思って、そのネクタイを奪うことにした」

「だったら、ネクタイだけ奪えばいいですぅ。裸にする必要はありませぇん」

「そうでもないっちゃよ、礼菜。死体からネクタイだけが盗まれとったら、見るからに不自然じゃろ。当然、警察は奪われたネクタイの意味を考えるっちゃ。それを避けるために、犯人は敢《あ》えて衣服をすべて奪い去った。——どねえ思う、葵ちゃん？」

「確かに、いい線いってるかもね。でも、下着や靴下まで脱がせることはないんじゃないの？」

「なーに、きっと念には念を入れたんよ」

自らのアイデアに酔うように、美緒は缶ビールをグビリとひと飲み。しかし葵は若干、腑《ふ》に落ちない顔つきだ。「――他に何か考えられないかしら」

そこで啓介も自分の胸にあった、ひとつの考えを口にした。「犯人は被害者を裸にすることで捜査の攪乱《かくらん》を狙《ねら》っただけ。要するに、服を脱がせたのは単なる目くらまし。実際は、全裸殺人に特別な意味なんてないんじゃないか」

敢えてちゃぶ台返しを狙った独自の見解。だが『かがやき荘』での評判は悪かった。

「いまさら、つまらんことというなっちゃ！」

「そうですぅ、もっと考えてくださぁい！」

充分、考え抜いた上での意見だったのだが、やっぱり論外なのだろうか。

啓介は視線で葵の見解を求める。

すると葵は「いちおう、それも考えられなくはないけど……」と前置きしてから首を真横に振った。「やっぱり被害者の全裸には、それなりの意味があると思う。だって、現場は公園のトイレの裏なのよ。犯人はトイレの建物の裏で光一を殴り殺し、その場で服を脱がせて裸にした。これって結構、危険なことよね。真夜中とはいえ、公園にはいつ誰がやってくるか判らないんだから。しかし、この犯人は敢えてその危険を冒してまで被害者を裸にした。そこには単なる捜査の攪乱とか目くらましとかじゃない、もっと重大な意味があると思うのよねえ」

「まあ、そういわれれば、そうかもな」啓介も葵の言葉に頷かざるを得なかった。思うに、捜査の攪乱が目当てにしては、死体の服を脱がせるという行為は、あまりに重労働過ぎるのだ。だとするならば――「いままでの話の中では、美緒のいったネクタイの話が、いちばん面白いような気がするな。正鵠《せいこく》を射ているか否《いな》かは別として」

「そーじゃろ、そーじゃろ」と美緒は缶ビール片手に得意顔だ。

「ただし！」と啓介は釘《くぎ》を刺すように付け加えた。「事件の夜に光一が、どんな恰好《かっこう》で現場の公園に向かったのか、本当のところ誰にも判らないんだ。会社を出るときに高級スーツを着ていたことは間違いないが、それ以降の足取りが摑《つか》めていないらしい。そのままのスーツ姿で深夜の公園に現れたのかもしれないし、どこかで着替えた可能性もゼロではない。ネクタイをしていたかどうかだって、ハッキリとは判っていないんだ」

「てことは、犯人がどんな服を奪っていったのか、いまだ不明ってことなのね」

葵の問いに、啓介は「そういうことだ」と頷く。

すると葵は鼻先の眼鏡を指で押し上げながら、こう聞いてきた。

「ねえ、磯村光一の自宅を調べることは可能かしら。彼のクローゼットの中とか見られたらいいんだけど」

なるほど、と啓介は思った。この奇妙な事件を調べる端緒としては、そのあたりが相応《ふさわ》しいのかもしれない。そこで彼は、少し考えてから首を縦に振った。

「ああ、光一の母親の了承が得られれば、たぶん大丈夫だ」

「磯村佐和子社長ね」

「そうだ。法子夫人から佐和子社長に頼んでもらおう。法子夫人の頼みとあらば、おそらく佐和子社長も嫌とはいわないだろうからな」

啓介の言葉を聞いて、葵はひと言、「じゃあ、頼んだわよ」と念を押すのだった。

## 7

実際、磯村佐和子社長は嫌とはいわなかった。それどころか、アラサー女たちの調査に自分も立ち会いたいと申し出てきた。結果、成瀬啓介は『かがやき荘』の三人組プラス磯村佐和子社長とともに、荻窪の街を歩くこととなった。目指すは磯村光一の自宅である。

「――とはいえ、わたくしも無制限に捜索を許可するわけではありませんよ」

と佐和子社長は釘を刺すようにいう。今日の彼女は黒のセーターにこげ茶のパンツルック。それにベージュのコートを羽織っている。先日会った際の和服姿とは大きく印象が異なっているが、それとは別に先日と異なる点が、もうひとつ。それはベテラン秘書の村上を連れていないことだ。あくまでも今日の立会いは『磯村重機』の女社長としてではなく、息子を失った母親としての行為ということか。そんな佐和子社長は三人組の《無制限な捜索》を禁止するために、いくつかの条件を提示した。

「わたくしの要望は、どれも基本的なことよ。――まずは、事件と無関係な故人のプライバシーを詮索《せんさく》しないこと。それから故人の遺品を乱暴に扱わないこと。壊したり傷つけたりしないこと。盗まないこと。勝手に持ち出さないこと。盗んだら訴える――以上よ」

「いわれなくても、盗まないわよ！」

「ウチら、どんだけ疑われとるん！」

「ホントですぅ、あんまりですぅ！」

三人の抗議の声がいっせいに沸きあがる。佐和子社長は涼しい顔で先頭を歩き続ける。有無をいわせぬ女社長の態度に、葵たちもそれ以上の不満を口にすることはなかった。

そうこうするうちに、啓介たちは目的地に到着した。大きくはないがデザイン性の高い二階建て住宅。磯村光一の自宅だ。

小さな門の前には、不揃いな男女の姿があった。

星野香織と照之の姉弟だ。先日同様、姉は濃紺のスカートに濃紺のジャケット。弟は黒いジーンズに黒いシャツ姿だ。星野姉弟もまた、この機会に乗じて光一の自宅を見せてもらおうというのだ。星野姉弟が参加することについては、佐和子社長も了承済みである。

啓介は自然な笑顔で二人に歩み寄った。「これは、どうも香織さん……」

挨拶《あいさつ》されて、星野香織が小さく頭を下げる。続けて啓介は『かがやき荘』の三人を何食わぬ顔で紹介する。香織は「初めまして」と丁寧に一礼して初対面の挨拶。だが実際は初対面ではない。三人組は以前、光一を尾行した際に香織の姿をバッチリ見ているのだ。もちろん、そんな事実はおくびにも出さず、三人はこれ以上ないほどの笑顔で応じた。

「こちらこそ、初めましてー」

「あんたが、香織さんやなー」

「うわあ、綺麗《きれい》な人ですぅー」

なんと白々しい連中だろうか。啓介は呆《あき》れながら、密《ひそ》かに溜め息を漏らすしかない。

互いの顔合わせが済むのを見計らって、佐和子社長がコートのポケットから一本の鍵《かぎ》を取り出す。それを使って彼女は息子の自宅の玄関を開錠し、扉を開け放った。

「さあ、みなさん、どうぞお入りくださいな」

真っ先に扉をくぐるのは葵たち三人だ。まるで『かがやき荘』に帰り着いたかのように、遠慮なくドヤドヤと上がりこむ。遅れて足を踏み入れるのは星野姉弟。最後に啓介と佐和子社長が一緒に中へと入っていった。

玄関を入ると短い廊下があって、その先はリビング。独身男のひとり暮らしとは思えない、実に快適そうな空間だ。フローリングの床に大きなサッシ窓。壁際《まどぎわ》には大画面テレビがあり、それに向かう形でローテーブルとソファが置かれている。ザッと見る限りでは余計な物が何もない部屋だ。それを見るなり、葵が驚嘆の声をあげる。

「あら、随分と綺麗ねえ。ビールの空き缶とか飲みかけのペットボトル、脱ぎ捨てた服や散らかしたゴミ、見捨てられたフィギュア、破れたクッション、読み終えた雑誌とか読まずに積んである本――そういった物が、このリビングにはいっさい見当たらないわ」

「あ、ああ、確かにな……」と啓介は頷くしかなかったが、むしろ驚くべきことは、いま葵がいったようなガラクタが『かがやき荘』のリビングには全部揃っているという事実だ。これは三人組の女子力の欠如なのか。まあ、確かにそれもあるだろうが、その一方で磯村光一が男性にしては異様に綺麗好きだということも、間違いなくいえるだろう。

「にしても、ちょっと綺麗すぎるっちゃ」と不審そうな顔で部屋を見回すのは美緒だ。

すると、いままで黙っていた星野照之が意味深なことをいった。

「ひょっとして、部屋を綺麗にしてくれる女性とか、いたんじゃねえのか。姉貴の他によ」

遠慮のなさ過ぎる弟の発言に、香織の肩がピクリと反応する。

それを見て、照之がさらに質問を投げた。「なあ、姉貴はいままでこの家に上がったこと、一度もないのかよ。俺はいま初めて、上がらせてもらったんだけどよ」

「私はあるわよ。あるにきまってるでしょ。許婚なんだから何度もあるわよ」

「へえ、そうなんだ。じゃあ聞くけど、姉貴が前にきたときも光一さんの部屋って、こんなに綺麗に片付いていたのかい？」

「ええ、そうね。私が訪れたときも、だいたいこんな感じの部屋だったわ」

アッサリ答える香織。

一方、葵たち三人は「ふうん」「へえ」「そうですかぁ」と揃って意外そうな表情を覗《のぞ》かせる。傍らで聞いていた啓介も、彼女たちと同じ気持ちだった。

どうやら磯村光一は許婚の香織のことを完全に拒絶していたわけではないらしい。過去には彼女を自宅に上げたこともあるという。何よりその点が意外だった。啓介の感覚からすれば、それはもう二人が完全に付き合っていた、という意味に思えるのだが、違うのだろうか。どうも啓介には磯村光一と星野香織の関係性が、よく理解できない。

すると今度は葵が香織に質問を投げた。「以前と比較して、何かなくなっているものとか、逆に増えているものとか、気付きませんか」

「さあ、正確なところは、よく判りません。なにしろ私がこの家を最後に訪れたのは、もう一ヶ月以上も前のことですから」といって香織は曖昧《あいまい》な表情を浮かべた。「ですけど、大まかな印象としては、ほとんど変わったところはないと思います。もともと、こういう何もない部屋でしたから」

「そうですか」頷いた葵は、振り向きざま妹分たちに呼び掛ける。「まあ、いいわ。とにかく他の部屋も見てみましょ――美緒、礼菜、あれ?」

と葵が首を傾《かし》げたときには、もう妹分の二人はリビングの外。それぞれにトイレのドアと風呂場《ふろば》の入口を開け放ち、興味深そうに中を覗き込んでいた。

「ふうん、トイレは最新のシャワートイレっちゃね」

「わあ、浴槽も床もピッカピカで新品みたいですぅ」

「ホンマ、いうことないっちゃ」

「住み心地、バッグンですねぇ」

——おまえら、ここに住む気かよ！　賃貸物件の内覧やってんじゃないんだぞ！

心の中でツッコミながら、啓介は廊下へ飛び出す。佐和子社長も苦い顔だ。

一方、遅れて廊下に出てきた葵は、上に向かって伸びる階段を指差しながら、

「ねえ香織さん、二階にはどんな部屋があるんですか。やはりベッドルームとか？」

「はあ、たぶんそうだとは思うんですが……」

といって香織は意外な事実を口にした。「実は私、二階に上がらせてもらったことは一度もないんです」

「え、二階に上がったことがない!?」葵は怪訝《けげん》な顔で尋ねる。「それじゃあ、あなたたち、どこで愛し合っていたんですか。ひょっとしてリビングで……？」

——こらこら、葵、ドサクサ紛れに変なことを聞くんじゃない！

「いいえ、私たちは主にホテルや私のマンションの部屋で……」

——おいおい、あんたも、よく真顔で答えられるな！

女たちの赤裸々な会話に、聞いている啓介のほうが顔を赤らめる。しかし葵は何事もないような顔で淡々と質問を続けた。「つまり、香織さんはこの家に入ることは許されていたけれど、二階に上がることは禁じられていたってこと？」

「ええ、そうです。実際、光一さんは二階の部屋を、けっして私に見せようとはしませんでした」

「そうですか。——じゃあ、佐和子社長はこの家の二階に上がられたことは？」

すると女社長は一瞬考えてから、こう答えた。「そういえば、息子がこの家に引越した直後には二階に上がったこともあるけど、最近はまったくなかったわね」

「そうですか。だったら上がってみるしかありませんね。——いくわよ、美緒、礼菜！」

いうが早いか、葵は自ら先頭を切って階段を上がっていく。直後には当然のように妹分二人が続いた。美緒はどこかウキウキした口調で礼菜に語りかける。

「案外、しょーもないもんがあるんかも。所詮は独身男のひとり暮らしじゃけえ」

「あは、アイドルのお宝グッズが壁いっぱいに並んでる、とかですかねぇ」

「いや、アダルトＤＶＤが山ほど積んであったりしてなあ」

「うふふ、楽しみですねぇ」

「おう、楽しみっちゃねえ」

企《たくら》むような笑みを浮かべて、互いに顔を見合わせる美緒と礼菜。

「こら、おまえたち、なに期待してんだ！」思わず声を荒らげた啓介は、三人組の背中を追うように階段を駆け上がる。星野姉弟と佐和子社長もその後に続いた。

二階に上がると、そこには二つの扉があった。片方の扉を開けると、どうやらそこは書斎である。Ｌ字形のデスクにハイバック・チェア。天板の上にはデスクトップのパソコン。壁際には大きな本棚があり、ビジネス関係の書物で埋め尽くされている。部屋の片隅に置いてあるエアロバイクなどの健康器具は、気分転換を図るためのものだろうか。

「なんじゃ、つまらん……」

「べつに普通ですねぇ……」

落胆の溜め息をつく美緒と礼菜。逆に佐和子社長は安堵《あんど》の溜め息だ。

一方、葵は部屋全体を見回しながら、「クローゼットはないみたいね」と呟《つぶや》く。うっかり忘れそうになるが、葵の最大の関心事は光一のクローゼットを調べることにあるのだ。「てことは、きっと隣の部屋にあるのね」

そういって書斎を出た葵は、もうひとつの部屋の前へ。扉を開け放つと、そこは寝室だった。

大きめのベッドが窓際にデンと置いてある。やはりリビング同様、余計なものが何もない空間だ。少なくとも、美緒や礼菜が期待するような興味深いアイテムは、ここにはないだろう。その代わり葵の期待するものが、この部屋には確かにあった。

寝室の片側の壁。ひと目でそれと判る両開きの扉が見える。

「クローゼットだわ」葵は真《ま》っ直《す》ぐ扉に歩み寄ると、それを左右に開け放つ。目の前には、数名が入れるほどの余裕のある空間が現れた。「凄《すご》い。ウォークインクローゼットね。ふうん、いかにも男性ビジネスマンのクローゼットって感じ」

「ホントですぅ、スーツやコートがいっぱいですぅ……」

ハンガーに掛かった衣服を眺めて感嘆の声を発する礼菜。

一方、美緒は三段ほど積まれた衣装ケースの引き出しを勝手に開けながら、

「シャツや下着類は、この中っちゃよ」

「どれも綺麗に整頓《せいとん》されているようね。私の洋服ダンスとは大違いだわ」

葵が肩をすくめて呟くと、「ウチの洋服ダンスも中はグチャグチャ……」「礼菜も同

じですぅ……」と妹分たちも揃って敗北感を滲《にじ》ませる。だが彼女たちの衣服の収納状況がどのようなものであろうと、啓介としてはまったくどうでもいい。そんなことより、このクローゼットから事件解決の手掛かりが摑めるか否かが重要だ。

するとと啓介の目の前で、「ありゃ!?」と美緒が唐突に声をあげた。

「なあ、葵ちゃん、おかしいと思わん？」美緒は三段重ねの衣装ケースの真ん中の段の引き出しを示しながら、「この衣装ケース、二段目の引き出しだけ中がスカスカなんよ」

「あら、ホント」葵は興味を惹《ひ》かれたらしく、眼鏡の縁に指を当てる。

啓介も彼女の後方から、問題の引き出しを覗き込んだ。

確かに、その引き出しの中には不自然な余裕があった。半袖《はんそで》シャツやトランクスといった下着類が半分ほどを占めているが、残り半分のスペースはポッカリと空いているのだ。

「変ね。なんだか、ここにあった何かが消えてなくなったみたいだわ」

「ふむ、なるほど」と啓介はいちおう頷きながら、「しかし、この引き出しは最初からこういうスカスカの状態だったのかもよ」

すると美緒が「いんや、それは違うっちゃ」と首を振って真っ向から否定。そして三段目の引き出しを開けながら、その根拠を語った。「ほれ見てみーよ。三段目の引き出しは一段目と同様、下着やら靴下やらでいっぱいになっとる。なのに、二段目の引き出しだけスカスカなんて不自然っちゃ」

なるほど確かにそうだ、と啓介も納得せざるを得なかった。整理整頓の行き届いたこのクローゼットの中で、この二段目の引き出しだけが妙な違和感を放っている。だが、それが殺人事件に関わるほどの重要性を持つとまで、果たしていえるだろうか。

判断しかねる状況の中、葵は眼鏡越しの視線を二段目の引き出しに注いでいる。

すると今度は礼菜の口から「おやぁ!?」と何か発見したような声。そして高いところに設置された棚に向かって、「ふんッ、ふ～んッ！」と懸命に両手を伸ばす。しかし悲しいかな、三人組の中で礼菜はもっとも低身長。その指先は棚の縁に触れるのが精一杯のようだった。

「なんだ、手が届かないのかよ」啓介は礼菜の背後から手を伸ばしながら、「取ってやるよ。どれだ？　これか。この黒いケースか……あん、なんだこれ？」そういって手にしたケースの表面を見るなり、啓介は思わず素っ頓狂な声をあげた。「わッ、『昼下がりの団地妻たち』って、これアダルトＤＶＤじゃないか！」

「よっしゃあ！　とうとう見つけたっちゃね。さっすが礼菜！」

グッジョブといわんばかりに、美緒はぐいっと親指を立てる仕草。それとは対照的に佐和子社長は、ついに堪忍袋《かんにんぶくろ》の緒が切れたとばかり顔面を朱に染めながら、

「おやめください。死んだ息子の性癖を暴《あば》くような真似は！」

しかし礼菜は「違います、違いますぅ」と盛んに首を振って訴える。「それじゃないんですぅ。その隣にある小さな箱……そう、そっちですぅ」

「ん、この箱のことか？」

啓介は再び手を伸ばして、問題の箱を棚から下ろした。それは菓子箱くらいの大きさで、色は鮮やかなオレンジだ。箱の表面には『キャロット西新宿』という店名が書かれている。重量感はまるでない。「なんだ、これ空き箱じゃないか」

啓介は肩透かしを喰らった気分。だが奪い取るようにその箱を手にした礼菜は、葵の前にそれを示しながら、「ねえ、この箱、見覚えありませんかぁ、葵ちゃん？」

聞かれて葵も「ああ……」と記憶を呼び覚まされた様子で頷《うなず》く。「そういえば、この箱、私たちが光一を尾行した初日に、宅配ボックスに届いていた荷物に似てるみたい。大きさといい色といい、そっくりだわ」

「ははん、思い出したっちゃ。光一が大事そうに抱えとった、あの荷物やね」

新たな発見を前に、興奮が抑えられない様子の三人。だが彼女たちの会話を聞きな

がら、啓介は内心大いに慌《あわ》てた。――おいおい、おまえら、大事な何かを忘れていないか？

すると案の定、星野照之の口から疑問の声。「――ん、ちょっと待てよ。いま『光一を尾行した』っていったよな。それ、何の話なんだ？　姉貴、そんな話、聞いてるか？」

「いいえ、私も初耳よ」そういって香織も疑惑に満ちた視線を葵たちに向ける。「どういうことなんですか、尾行って。あなたがた、光一さんのことを尾行したんですか。いったい何の目的で？　誰に頼まれたの？」

三人組に詰め寄る香織。たちまち言葉に詰まる葵たち。すると、そのとき――

「頼んだのは、わたくしです」と佐和子社長が悠然と手を上げた。「わたくしが法子さんを通じて、この三人に頼んだの。息子のことを尾行するようにと」

女社長の告白を聞いて、今度は香織のほうが顔色を変えた。驚きに満ちた眸《ひとみ》で葵たちを見やりながら、「まあ、それでは、あなたたちは私のことをすでにご存知だったんですね？　先ほどは初対面のように振舞っていたけれど、もっと以前に、あなたたちは私のことを見て知っていた……」

「まあ、そういうことね」バツが悪そうに長い髪を掻き上げる葵。しかしすぐさま香織を正面から見詰めると、「だけど、これでもう何も隠し立てする必要はなくなりましたね。だったら率直に尋ねますけど——香織さん」

「はい!?」

「あなた、磯村光一とはお付き合いしていたんですよね？」

「ええ、もちろん。許婚ですもの」

「じゃあ、なぜ、あの夜、彼はあなたのマンションの部屋に上がらなかったんです？ほら、あなたも記憶にあるはず。あなたが帰宅途中の光一を待ち伏せして……いや、待ち伏せっていう言い方はアレだけども……つまり、なんというか……」

「いいえ、実際、あれは待ち伏せです。煮え切らない態度の光一さんに業を煮やした私は、あの夜、彼の帰り道で待ち伏せしたんです」

「そう、認めてくれるなら話が早いわ。だったら聞きますけど、あの夜、あなたと光一は二人で焼肉を食べて、それからあなたのマンションへ向かった。しかし光一はあなたの部屋には上がらず、マンションの玄関先で二人は別れた。それは、なぜだったんです？　彼に急な用事でもできたんですか？」

「いいえ、そういうわけではありません。彼はただ『悪いけど今日は帰る』と……」

「それだけ？　うーん、判《わか》らないわね。なぜ光一はあなたを抱かなかったんです？」

――こらこら、いくらなんでも率直過ぎるだろ、葵！

「私にも判りません。私は抱かれる気マンマンだったのですが」

――おいおい、このお嬢様も随分と赤裸々だな！

呆れ返る啓介の前で、葵は「うーん」と呻《うめ》き声をあげて考え込む表情。寝室の床の上をウロウロと迷い猫のごとく歩き回る。するとスマホをいじっていた美緒が、いきなり歓声をあげた。「判ったっちゃよ、葵ちゃん。西新宿の『キャロット』って、たぶんこの店じゃと思うけど、あれ……この店って……」

「なによ。洋服店なんでしょ？」葵が足を止めて尋ねる。

すると美緒は困惑の表情で答えた。「うん、洋服の店には違いないんやけど、この店、紳士服じゃなくて、婦人服の専門店っちゃよ」

「婦人服!?」小声で呟く葵の横顔にハッとした表情。そして次の瞬間にはニヤリとした笑みが浮かんだ。「ああ、そうか。そういうことなのね……要するに彼は……」

「どうした。何か判ったのか、葵？」啓介が尋ねる。

しかし葵は首を左右に振りながら、とぼけるような口調でいった。

「え……ううん、どういうことかしら？　ぜーんぜん見当も付かないわねえ……」

*8*

夜の住宅街は静まり返っていた。路上に人通りはほとんどなく、遠くを走る車の音が、ときおり聞こえてくる程度。闇《やみ》と同じ色をした不吉な猫が、我が物顔で道端を横切っていく。そんな中、その五階建て高級マンションは悠然とした佇《たたず》まいを見せていた。整然と並んだ窓には、ところどころに明かりが見える。まだ眠りについていない住人がいるらしい。あるいは、これから帰宅する住人もいるのだろうか。

と、そのとき――

闇の向こう側から徐々に接近してくる車のエンジン音。やがて橙色《だいだいいろ》のヘッドライトを輝かせながら、一台の車がマンションの敷地内に進入してきた。ひと目でそれと判る黒塗りの高級車だ。それはマンションの玄関先を通り過ぎ、敷地の奥へ真っ直ぐ向かうと、いったん建物の裏へと消えた。そこに住人専用の駐車場があるらしい。と次の瞬間、玄関先を彩《いろど》る灌木《かんぼく》の陰から、黒いコートの人物がぬっと姿を現す。その視線は、車が通り過ぎていった方角をジッと見据えている。と同時に、その右手はコートのポケットの中で、何かをしっかりと握り締めている。やがて黒いコートの人物は、意を決したかのように灌木の陰を離れて、前へと大きく足を踏み出す。だが、その背後から突然響く女の声――

「おやめなさい」

瞬間、後ろから伸びてきた女の右手が、黒いコートの肩をぐっと摑む。ビクッと背中を震わせて、コートの人物が後ろを振り向く。女は相手の顔を正面から見据えると、低い声でもう一度同じ言葉を繰り返した。「おやめなさい」

「………」

「これ以上、罪を重ねても無意味よ。星野照之さん」

黒いコートの人物、星野照之は図星を指されたとばかりに「うッ」と息を呑《の》む。そして、女の姿を見やりながら呻くようにいった。「お、おまえは……な、なぜ、ここに？」

彼の目の前に佇むのはデニムパンツに白シャツ姿の三十女、小野寺葵である。しかし葵は彼の疑問には答えない。その代わり、右手を高く掲げて指をパチンと鳴らす。すると、それを合図に葵の背後から、いきなり飛び出してくる二人の女たち。占部美緒と関礼菜だ。二人は絶妙な役割分担で、星野照之の身体《からだ》の両側にしがみつく。身動きを封じられた彼に、じわりと歩み寄る葵。そして彼女はコートのポケットに突っ込まれた彼の右手を、ぐっと摑んで一気に引き上げる。そこに握られていたのは一本のハンマーだった。

「やっぱり、そうだったのね」満足な成果を得て、葵はニヤリ。

一方、星野照之はついに観念したのだろう。抵抗の素振りも見せず、ガクリと地面に片膝《かたひざ》を突く。それを取り囲む三人の女たち。事情を知らない者の目には、その光景は女性三人によるカツアゲ現場のように映ったかもしれない。事実、駐車場に車を停めて戻ってきたダークスーツの中年男性は、四人の姿を見るなり、一瞬怪訝そうな表情。気味悪そうな目で葵たちのことを眺めながら、ひとり共同玄関を入っていった。

葵は星野照之に尋ねた。「いまの中年男は誰？」

星野照之は答えた。「あの男は村上……磯村佐和子社長の秘書だ……」

「ふーん、そう」葵は呟くようにいった。「じゃあ、あの男が磯村光一を殺したのね」

瞬間、星野照之はハッとした表情。そして黙ったまま深々と頷いた。

## 9

どうやら星野照之が逮捕されたらしい。正確には自首して出たとのことだ。真夜中の荻窪署に自ら出頭する星野照之の傍らには、なぜか三人の女たちが付き添っていたという。

成瀬啓介がそのことを知ったのは、逮捕から一夜明けた翌日のこと。法界院邸の執務室にて、法子夫人の口から伝え聞いたのだ（法子夫人の情報ソースは、例によって荻窪署の署長だと思われる）。だが法子夫人も詳しいことは、よく判らないらしい。ただ、ひとついえることは、星野照之に付き添った三人の女たちの正体が、『かがやき荘』の三人組と見て間違いないということだ。そこで法子夫人は当然のごとく見習い秘書に命じた。

「啓介君、あなた、あの三人に本当のところを聞いていらっしゃい」

そんなわけで、その日の夜、啓介はまたしても『かがやき荘』を訪れた。すると三人組は例のごとく酒宴の真っ最中。啓介は缶チューハイを一本もらって、話の輪に加わった。

「どういうことなんだ？　星野照之が自首したって話だが、彼が磯村光一を殺したってことか。それにしちゃ、殺人犯逮捕って報道はないようだが」

「そりゃそうよ」小野寺葵がハイボールのジョッキを持ち上げて頷く。

「星野照之は磯村光一を殺してないけえね」占部美緒が缶ビールを傾ける。

「殺したのは村上って人ですぅ」関礼菜はチューハイのグラスを片手に、その名を告げた。

「な、なんだって!?　村上って、あの村上のことか」

啓介はかつて法界院邸で一度だけ村上に会ったことがある。磯村佐和子の傍らに影のように控えるその姿は、いかにも熟練の秘書といった雰囲気だった。啓介はその姿に憧《あこが》れさえ抱いたものだが、

「あのダンディな社長秘書が、佐和子社長の息子を殺したっていうのか。嘘《うそ》だろ。なぜだ。なぜ村上が犯人だと判る。いったいどういう推理だ？」

「推理なんてべつに。ただ星野照之がそういってるから、たぶんそうなんでしょ？」

「え、『そうなんでしょ？』って、僕に聞かれても困るんだが……」葵の言葉はどこか他人事《ひとごと》のようで、啓介を困惑させるばかりだった。「うーん、サッパリ理解できないな。僕にも判るように……いや、法子夫人でも判るように、ちゃんと説明してもらえないか」

「ほいじゃあ、ウチの口から！」

「では、礼菜が説明しますぅ！」

「いや、悪いが君らは黙って酒でも飲んでてくれ。説明は葵に頼もう。たぶん、その

ほうが早い」

啓介の容赦ない言葉に、美緒と礼菜は頬を膨らませて不満顔。それをよそに葵はジョッキのハイボールをひと口飲むと、「じゃあ、私の口から……」といって説明を開始した。

「今回の磯村光一殺害事件には、三段階の流れがある。第一段階は当然ながら光一を殺害することよね。第二段階は死体の服を脱がして裸にすること。そして第三段階は法子夫人のもとに電話を掛けること。この三つの行為を、ひとりの犯人がおこなったと考えることも不可能ではない。ていうか、普通はひとりの犯人の仕業と見なすところよね。でも、実際はそうとは限らない。特に法子夫人に電話を掛けるという行為、あれは本当に犯人の仕業だったのかしら？」

「その点については、法子夫人も疑問を呈していた。で、君はどちらだと考えるんだ？」

「電話の男は光一殺しの犯人じゃないわ。明らかにその男は、善意に満ちた親切な人物よ」

「善意!?　親切!?　そうかな……」

「そうよ」といって、葵はまたハイボールをひと口飲んだ。「考えてみて。仮に、あの深夜の電話が掛かってこなかった場合、光一の死体はどうなったと思う？」

「どうなったかって……死体の発見は大幅に遅れただろうな。たぶん翌朝あたりに」

「翌朝なら、まだいいほうだわ。でも死体が転がっていたのは、人目に付きにくいトイレの裏なのよ。朝になっても誰も気付かないまま、昼ごろになって発見されたかも。子供遊びにきた子供たちが見つけたりしてね。そうなったら、公園一帯は大騒ぎよ。子供と一緒にきていたお母さん、お年寄りや通りすがりの住人たち、不特定多数の人々が現場を覗き込み、そして彼らはバッチリと見るのよ。そこに転がるイケメン男性の全裸死体を……」

「な、なるほど。光一の死体は公衆の視線に晒《さら》されるってわけだ。素っ裸のままで」

確かにそれは、ただでさえ可哀想《かわいそう》な死者を、さらに鞭打《むちう》つに等しい行為だ。光一としては死んでも死に切れまい。「じゃあ、その電話の男は、そうなることを避けるため、深夜のうちに法子夫人に電話を入れたっていうのか」

「少なくとも私には、そう思える。実に善意に満ちた行為だわ」

「なるほど、確かに君のいうとおりかも。——しかし待てよ」啓介の胸に当然の疑問が湧《わ》き起こる。それは以前、星野香織が口にしたのと同じ疑問だった。「君がいうように、電話の男が善意の人物だとしよう。ならば、なぜその男は警察に電話せずに、敢えて法子夫人のもとに電話してきたんだ？　本来なら一一〇番通報するべきだろうに、なぜ？」

「まあ、普通はそうよね。何も疚《やま》しいところのない人物なら、間違いなくそうしたと思う」

「疚しいところのない人物なら？　てことは……」

「逆にいうと、その男には何か疚しいところがあったのね。だから一一〇番に掛けることを避けた。一一〇番通報の音声が全部録音されることぐらい、誰でも知ってるものね」

「ふむ。てことは、その男は犯罪者ってわけだ。つまり光一殺しの犯人……」

「だーかーら、それは違うって、さっきもいったでしょ。光一殺しの犯人なら、善意で法子夫人に電話なんかしないはず。仮に電話するなら、正体がバレないように声色を変えるぐらいの慎重さは見せると思うのよね」

「それもそうだな」啓介は頷いた。法子夫人の話によれば、男はほとんど地声のまま電話してきたらしい。自分の正体を絶対に知られたくない、というほどの必死さは持ち合わせていなかったということだ。ということは——「つまり、その電話の男、疚しい部分はあるにはあるけれど、そこまで疚しいってわけでもない、微妙な犯罪者っってことになるわけだ」

冗談半分で、啓介は電話の男の人物像をそのように描いてみる。しかし、その言葉に葵は意外なほど真剣に頷いた。「ええ、そのとおり。まさしく微妙な犯罪者よ」

「ん、それって、どういうこと……？」

「あったでしょ、微妙な犯罪。殺人ほど重大ではないけれど、明らかに犯罪的な行為が。今回の事件の中でも特に象徴的な部分。――ほら、第二段階よ」

「第二段階って、ああ！」

啓介はようやく葵のいわんとするところに思い至った。「君がいってるのは、死体の服を脱がせるって行為のことか。確かに、それは微妙な犯罪行為だな。実際には、どんな法律に反するのか、よく判らないけれど……死んだ人間から服を奪っても、やっぱり『窃盗罪』なのかな？」

「さあね。知らないわ」と葵は首を傾げた。「死体をいじくり回す行為だから、むしろ『死体損壊罪』じゃないの？」

「いんや、違うっちゃ、二人とも！」いきなり美緒が酒臭い息を吐きながら、話に割って入る。そして彼女は缶ビール片手に、自らの考える罪状を口にした。「死体の服を脱がせて全裸にする行為じゃろ。それやったら、もちろん『猥褻物《わいせつぶつ》陳列罪』っちゃね！」

なるほど、確かに猥褻物を陳列する罪だな――って、そんなわけあるか！

呆れながら肩をすくめる啓介。それをよそにトロンとした眸の礼菜が「わぁ、さっすが美緒ちゃん、メチャクチャ頭いいですぅ～」と賞賛の拍手を送る。照れくさそうな美緒は「なーに、それほどでもないっちゃよ」と謙遜《けんそん》しながら短い茶髪を掻《か》く。

美緒の発言の中に謙遜できる要素など、まったくなかったように思うのだが、それはともかく――

「てことは、その電話の男が光一の死体から服を脱がせたんだな。だから、その男は自分で一一〇番通報することができなかった。そういうことなのか、葵？」

「そう、それが私の推理。どう、筋が通ってるでしょ？」

「筋が通りまくりっちゃよ、葵ちゃん！」

「ホント、ぜーんぜん異議ナシですぅ！」

――株主総会のサクラかよ、おまえら！　楽チンな立ち位置だな、まったく！

心の中で激しくツッコミを入れながら、啓介は逸《そ》れかけた話題をもとに戻した。

「仮に葵の推理が正しいとしてだ、その男はなぜ死体の服を脱がせたんだ。高級スーツをカネ目のものと見なして奪ったとか、そういうんじゃないよな？」

「もちろん違うわ。法子夫人への電話と同様、これも善意から出た行為よ」

「はあ!?」葵の言葉は、啓介の理解の範疇《はんちゅう》を遥《はる》かに超えるものだった。「死体の服を脱がせることの、どこが善意なんだよ。どっちかっていうと、死者に対する冒瀆《ぼうとく》じゃないのか」

「それは着ている服の種類によると思わない?」

「着ている服!? 光一が着ている服っていや、主に高級スーツだろ。あるいはお洒落《しゃれ》な普段着に着替えていたかもしれないけれど……いったい何がいいたいんだ?」

するとその問いには答えず、いきなり話題を転じた。

「光一の自宅のクローゼットに、宅配便で届いた小さな箱があったでしょ。婦人服店から届いたやつが。中身はカラッポだったけれど、あれは何が入っていたんだと思う?」

「はあ!? 突然、なんだよ」話の急な方向転換に面食らう啓介。だが葵には何か意図があるのだろう。そう考えた啓介は、箱の中身について真面目《まじめ》に答えた。「さあ、よく判らないが、たぶん女性へのプレゼントの品とかじゃないのか」

「普通はそうよね。でも光一が付き合っていた女性は、許婚《いいなずけ》の星野香織だけ。他の女性の影は、どこにもなかった。このことは、私たち三人が二週間かけて調べた結果だから、絶対間違いないわ」

「そうだな。じゃあ、箱の中身は星野香織へのプレゼントだった？」

「しかし香織と光一が顔を合わせたのは、ここ最近では一度きり。香織が光一を待ち伏せした、あの夜ね。だけど、そのとき香織はプレゼントなんて受け取っていない。ただ一緒に焼肉を食べただけ。そして二人は彼女のマンションの前で別れた」

「てことは、プレゼントの品物は、まだ光一の自宅のどこかに？　いや、しかしそんなものは見当たらなかったな」啓介は磯村光一の自宅の様子を思い返してみる。クローゼットのある寝室、片付いた書斎、何もないリビング。見た限りでは、箱の中身と思《おぼ》しき品物はどこにもなかった。「しかしまあ、部屋の隅々まで調べたわけじゃないし……」

「確かにそうね」葵は小さく頷き、「ところで――」と続けた。「あのクローゼットにあった三段の衣装ケース、覚えているわよね」

「ああ、真ん中の引き出しだけ妙な隙間《すきま》があったやつな」

「あの隙間には本来、何が収納されていたんだと思う？」

「さあ、よく判らないけど、同じ引き出しには下着や靴下が入っていたんだ。やっぱり下着とかが入っていたんじゃ……」

そう口にした瞬間、脳の奥で閃《ひらめ》くものがあった。カラッポの箱の中身。ポッカリと開いた引き出しの隙間。両者が結びついたとき、啓介にもその正体がおぼろげながら判った気がした。「ひょっとして箱の中身は下着だったんじゃないのか。下着なら、あの小さな箱の中にも収まる。その下着は衣装ケースの真ん中の引き出しに収納された。そして、それが何者かによって奪われたのだとしたら、どうだ？　あの空き箱も引き出しの隙間にも説明が付く。——いや、待てよ」

勢い込んで思いつきを語った啓介だったが、ふと違和感を覚えて首を傾げた。

「違うな。やっぱり変か……」

「変って、何が？　いい線いってるじゃない」

「だって、あの箱は婦人服店から届いたものだ。仮に中身が下着なら、それは当然、女性用ってことになる。光一がそれを自分の衣装ケースの引き出しに仕舞うなんて、そんなことあり得な……あり得な……ええッ！」瞬間、啓介はあり得るひとつの可能性に思い至って、叫び声を発した。「え……ま、まさか、そんな！」

「ええ、おそらく、その『まさか』よ」葵は意味深な笑みを浮かべた。「宅配便で届いた箱の中身は女性用の下着。要するにブラジャーとショーツね」

「ブブブラジャーーとショショショーーツ！」あまりの衝撃に動揺を隠せない啓介。

「なにを興奮しとるんよ、成瀬ぇ？」

「まるで中学生男子みたいですぅ！」

美緒と礼菜がからかうように声をあげる。葵は冷静に推理の結論を述べた。

「届いたブラジャーとショーツは、女性へのプレゼントなんかじゃないわ。それは彼が自分自身のために婦人服店の通販サイトで購入したもの。つまり、磯村光一は密かに女性用の下着を愛好する男性、いわゆる《ブラ男《お》》だったのね」


外見はごくごく普通のスーツ姿。だが、その堅苦しい服装の下に、敢《あ》えて女性用の下着を身につける男性が存在する。最近は、そのような趣味の男性を指して《ブラ男》などと呼んだりするらしい。もちろん《ブラ男》の《ブラ》とはブラジャーの意味だ。わざわざ名前が付くほどだから、それに該当する男性も相当数いるのだろう。そのことは、啓介も知識として知っていた。だが、まさかまさか、あの高級スーツのイケメン取締役が――「ブブブブラ男だったなんてぇ！」

「いつまで興奮しとるん、成瀬ぇ？」

「そうですよぉ、ブラ男なんてそんなに珍しくないですぅ！」

平然とした態度の美緒と礼菜。しかし啓介は手を振って反論した。「いやいや、充分珍しいだろ。少なくとも僕は《ブラ男》なんて一度も会ったことがないぞ」

「そねえいうけど成瀬ぇ、会ったことがあるかないか、どうして判るんよ?」

「そうですぅ。《ブラ男》さんは、見た目ではそれが《ブラ男》さんかどうか、全然判りませぇん。知らないうちに成瀬さんの周りにも存在しているかもですぅ」

「そのとおりよ。最近はそんな彼らのために、男性用のブラジャーも売られているわ。いわゆる女装趣味とも違うらしいわね。『締め付けられる感覚がいい』とか『なんだか安心する』とか『ストレスから解放される』というような現実的な効能を求めて愛用する人が多いみたい。だからプレッシャーに晒されることの多いお堅い仕事や管理職の男性に限って、スーツの下は意外にもブラジャーとショーツ——そういうケースが見られるんだって」

「安心するのか……僕は着用した経験がないから判らんが……」

「でも、そう考えると光一の行動も腑《ふ》に落ちるでしょ」と再び葵が口を開いた。「星野香織が磯村光一を待ち伏せして強引に食事に誘った夜、なぜ彼は彼女のマンションの部屋に上がらなかったのか。なぜ彼女を抱こうとしなかったのか。実際は抱かなかったんじゃなくて、抱けなかったのよ。なぜなら彼はそのとき、女性用の下着を身につけていたから。前もって約束されたデートならば、彼は男性用の下着で出掛けたはず。でも、あの夜の場合、そもそも香織と会う予定はなかったから、彼にはその準備がなかったのね」

「なるほど。女モノの下着じゃあ、彼女の前で裸にはなれない。光一は許婚の香織に自分の秘密を知られたくなかったわけだ。てことは、香織や母親を自宅の二階に上げなかったのも、同じ理由からだな。二階の寝室のクローゼットには女性用の下着がある。光一はそれを誰かに見られる危険を冒したくなかった」

「そういうことね。ひょっとすると光一が許婚との結婚に前向きでなかったのも、やはり彼の持つ秘密がネックになっていたとも考えられるわ」

「うむ、さすがに結婚したら、いままでどおりってわけには、いかないだろうしな」

啓介は深く頷いた。磯村光一が女性用下着の愛好者であることは、もはや間違いのない事実のように思われた。だがそうなってくると、彼が全裸死体となって発見された今回の事件も、いままでとはまったく違ったものとして見えてくる。葵はハイボールをひと口飲んで、そのことを指摘した。

「成瀬君、あなたは、死体の服を脱がせる行為は死者への冒瀆だといったわね。だけど、さっきもいったけど、それは着ている服によるわ。カネ欲しさに高級スーツを奪うのは、単なる泥棒よ。でも社会的地位のある男性の死体から、女性モノの下着を奪ってあげる行為は、むしろ優しさだと思わない？　だって殺された人間の死体は詳しく調べられる。大勢の前で服を脱がされるのよ。結果、ひた隠しにしてきた自分の秘密が白日のもとに晒される。その事実は遺族にも知らされるでしょうね。当然、母親である佐和子社長の耳にも入る。そうなることを、果たして光一が望んだかしら？」

「いや、望まないな。むしろ、そういう事態だけは回避したいと願うだろう。じゃあ、そんな光一の思いに応《こた》えたのが、例の善意あふれる男ってわけだ」

「そう。その善意の男はべつに死体を裸にしたかったわけじゃない。ただ下着を脱がせたかっただけなのよ。だけど下着を脱がせるためには、上着もズボンも脱がせる必要がある。結局、死体はほぼ全裸状態になるわ。そこで男は思ったのね。いっそ靴も靴下も全部脱がせてしまったほうが、不自然に思われずに済むんじゃないかと」

「なるほど。それで光一の死体は素っ裸になったってわけだ」

「そう。でも善意の男がやったことは、それだけじゃないわ。死体から下着を脱がせるだけではまだ不充分よ。だって光一の自宅には、彼の愛用する女性用下着が他にもたくさんあるはず。それを始末してあげないと、光一の秘密は結局バレてしまうわ」

「それもそうか。てことは、その善意の男は光一の持っていた鍵《かぎ》を使って、彼の自宅に忍び込んだんだな。そして寝室の衣装ケースの中から女性モノの下着を奪い去った。

その結果、衣装ケースの真ん中の引き出しにだけ、妙な隙間が生まれたってわけだ」

「そういうこと。すべては死者の名誉を守るための行為だったのね」

「死者への冒瀆どころか、その真逆の行動だったわけだ。——ん、でも待てよ」

啓介はふと引っかかるものを覚えて、思わず腕組みした。「しかし、その善意の男は光一が女性用下着の愛好者だと、なぜ気付けたんだ？　さっき美緒たちもいってたように、光一が《ブラ男》かどうか、端から見ても絶対に判りっこない。それなのに、なぜ？」

「確かにね。だけど、その答えはひとつしかないと思わない？」葵は指を一本立てて、その唯一《ゆいいつ》の答えを口にした。「おそらく光一自身が死に際《ぎわ》に伝えたのよ。自分が女性用の下着を身につけていることを。そして、それを脱がせてくれと、善意の男に懇願した。それしか考えられないわ。つまり光一は自分の死を察して、後のことをその男に託したのね」

「そうか。じゃあ、光一は即死ではなかったんだな。——あッ、ということは！」

「そうよ。やっと判ったみたいね」

葵は眼鏡を指先でくいっと押し上げていった。「そう、光一は即死ではなかった。少なくとも自分の下着について最後の頼み事をする程度の息は残っていた。だとすれば当然、自分を殴打《おうだ》した犯人が誰かってことも、なんとか伝えられたはずよね。その善意あふれる男――星野照之に対して」

確かに葵のいうとおりだ。深々と頷く啓介の前で、葵はあらためて投げやりな結論を述べた。

「だから、ね、これで判ったでしょ。推理なんて必要ないのよ。だって、星野照之は死に際の磯村光一と会話を交わしている。磯村光一は『死に際の伝言』を星野照之に残したってわけ。そして、その星野照之がハッキリ認めているのよ、村上が犯人だって。だったら、きっと村上が犯人なのよ。そうにきまってるじゃない」

なるほど確かに推理なんていらないわけだ。啓介は納得するしかなかった。

## 10

「……というわけで、後はもう例のごとく怒濤《どとう》の飲み会モードに突入いたしまして、日付が変わる深夜までアルコール片手のドンチャン騒ぎといった次第で……」

「ちょ、ちょっと待ちなさいよ、啓介君！」

法子夫人はプレジデント・チェアの上でパチリと目を見開くと、デスクから慌てて身を乗り出した。「なにが『……というわけで』よ。それで報告終了なの？　まだまだ判らない部分は、いっぱいあるじゃない」

「はあ、私もそう思ったんですが、なにしろドンチャン騒ぎなものでして」

「どんだけ浮かれてんのよ！」

「はは、まったく、あの三人ときたら……」

「あなたもよ、啓介君！」法界院邸の執務室に法子夫人の怒声が響く。

　昨夜の報告をいちおう終えた啓介は、申し訳なさそうに頭を搔く。法子夫人は憤然とした態度でデスクに肘《ひじ》を突き、目の前に立つ見習い秘書を鋭く睨《にら》み付けた。

「まず、疑問なのは、なぜ星野照之が磯村光一の死に際に居合わせたのかってことよ。まさか、まったくの偶然ってことはないわよね？」

「ええ、偶然ではありません。要するに、星野照之は磯村光一のことを尾行していたんですよ。理由は『かがやき荘』の三人が光一を尾行したのと同じです。光一は星野香織との結婚に前向きでない。ならば別の女がいるのではないか。その疑惑に決着をつけるために、あの夜、照之は光一を尾行していたんですね。もっとも照之の場合、誰かに頼まれたわけではなく、彼自身が可哀想な姉のために独自におこなった尾行だったようですが」

「つまり星野香織は何も知らなかったってことね」

「そうです。そして事件後も照之は姉に対して、その事実を打ち明けなかった。まあ、事件の性質上、打ち明けたくても打ち明けられなかったわけですが」

「なるほどね。それは判ったわ。じゃあ二つ目の疑問。事件が起きたあの夜、なぜ星野照之は電話の相手に私を選んだの？」

「それはかなり偶然に近いでしょうね。照之は本来なら、磯村佐和子社長に光一の死を伝えたかったはず。しかし照之は光一を裸にしてしまった。この全裸死体を母親である佐和子社長に発見させるわけにはいかないでしょう。そこで次善の策として、誰でもいいんですが、佐和子社長と懇意にしている人物に電話を掛けた。それが会長だったというわけです」

「ふうん、そういうことね。じゃあ三つ目の疑問。これがいちばん重要なところよ。——なぜ小野寺葵は、善意の男の正体が星野照之だと判ったの？　それが判ったからこそ、三人組は星野照之に張り付くことができたんでしょ。そこには何か根拠があったはずだわ」

「ええ、おっしゃるとおりです」啓介は手帳に視線を落としながら、「その点につきましては、葵もへべレケになりながら、いちおう説明してくれました」

「あら、そう。——で、ヘベレケの小野寺葵は、なんていってたの？」

「磯村光一が自分の密《ひそ》かな趣味を、相手構わず打ち明けるはずがない。仮に打ち明けたとしても、要望のとおり下着を脱がせてくれる人なんて、そうそういないはず。死体から服を脱がせるという行為は、かなりの重労働ですからね。そう考えると、実際に死体の服を脱がせた善意の男の正体は光一の身近な人物に限られる、ということになります」

「赤の他人ではあり得ないってことね。確かに、それはそうかも」

「しかし、その一方で葵は不思議に思ったそうです。彼女の推理が正しいなら、死体を裸にした善意の男は、光一の口から犯人が誰であるかを聞いたはず。にもかかわらず、その善意の男はなぜか沈黙を守っている。なぜ、その男は警察やメディアに対して働きかけないのか。光一の身近な人物なら、彼の死に際のメッセージを無駄にするような真似《まね》は絶対しないはずなのに……。そう思ったとき、ようやく葵は閃いたそうです」

「判ったわ。復讐《ふくしゅう》ね」法子夫人はパチンと指を鳴らした。「その男は、自らの手で光一殺しの犯人を処罰しようと考えている。だから警察には情報を与えないんだわ」

「ええ、葵もそう考えたようです。つまり、その男は光一の身近な人物であり、なおかつ光一に対して深い愛情を抱いている。例えば親兄弟、あるいは親友、もしくは恋人同士に近いような愛情を。だからこそ犯人に対して復讐心をたぎらせているのだ、と――」

「そうね。善意の男の正体は、イケメン取締役に深い愛情を抱く男性。そうよ！　そうに違いないわ――ムフッ！」

法子夫人は《妄想の溜《た》め息》を鼻から漏らす。啓介は特に注意することもなく、説明を続けた。「……とまあ、そんなふうに考えを巡らせた結果、葵は星野照之に目星を付けたんですね。星野照之から見て磯村光一は、自分の姉の許婚。二人が結婚すれば、義理の兄弟となる関係です。実際、磯村光一は星野照之のことを弟のように可愛《かわい》がっていたそうですしね。光一が最期《さいご》の望みを託す相手として相応《ふさわ》しい人物は、星野照之を措《お》いて他にない。そう葵は睨んだようです」

「それで葵は美緒と礼菜を引き連れて、星野照之の行動を見張ったってわけね」

「はい。すると案の定、照之は怪しい行動に出ました。彼はコートの中に凶器のごとき何かを忍ばせながら、とあるマンションを見張って、何者かを待ち伏せする素振り。そこに黒塗りの乗用車で現れたのが村上です。照之はそれを見るなり、臨戦態勢を取った。しかし彼が飛び出そうとする寸前、葵たちが彼を取り押さえた。結果、照之の復讐は失敗。観念した照之は、ようやく村上が真犯人であることを葵たちの前で打ち明けた。——とまあ、そういった流れだったようです」

「素晴らしい活躍じゃないの!」

法子夫人は感激の面持ちで賞賛した。「あの三人組が星野照之の暴走を食い止め、新たな犯罪を未然に防いだんだわ。——ん、でも待って」

法子夫人はふいに表情を曇らせると、眉根《まゆね》を寄せて呟《つぶや》くようにいった。

「万が一、葵の推理が大ハズレで、善意の男の正体が星野照之じゃなかった場合、彼女たち、どうする気だったの? どこかで全然別の男が見事に復讐を遂げる——なんてことになっていた可能性も充分あるわよ」

「さあ、その点は私も気になったんですがね」

啓介は小さく肩をすくめ、両手でパタンと手帳を閉じた。「結局、聞きそびれました。なにせ三人ともへべレケでしたからね」

へべレケって、なんて便利な言葉だろうか。啓介はそう思った。

それから数日が経過したころ。『磯村重機』の社長秘書逮捕というニュースが、ようやくメディアに流れた。自首して出た星野照之の供述を聞いた捜査員たちは、その時点で村上に疑惑の目を向けたはずだが、照之の供述だけで村上を逮捕することはできない。しかし捜査員たちは慎重に証拠を集め、数日かかってとうとう逮捕に漕《こ》ぎ付けたのだ。

新聞などの報じるところによると、村上は経理部の女性をそそのかし、会社のカネを横領していたらしい。そのことを嗅《か》ぎつけたのが、取締役の磯村光一だった。ただし光一は経理部の女性の背後に、それを操る村上がいる事実にまでは気付いていなかった。そこで村上は、重要な情報があることを匂《にお》わせて、光一を夜の公園に呼び出した。村上が横領事件の黒幕と知らない光一は、無防備なままその場所に現れた。そこで村上は光一をトイレの裏に誘いこみ、ハンマーで殴打して殺害した。それが事件の全貌《ぜんぼう》であるとのことだった。

では被害者はなぜ裸だったのか。それも村上の仕業だったのか。だとすれば、その目的は何だったのか。その点を疑問視するメディアもあるにはあったが、犯人逮捕という事実の前には、所詮《しょせん》それも枝葉のこと。若き取締役の秘密が世間に知られることはなかった。そして『かがやき荘』の三人組は、溜まっていた家賃三ヶ月分の支払いを、まんまと免れたのだった——

# Case 2

# ビルの谷間の犯罪

# 1

それは田辺惣太郎《たなべそうたろう》巡査、三十二歳独身が西荻窪駅周辺で白バイを走らせているときの出来事だった。白バイといっても、彼が跨《また》がっていたのは白いオートバイではなくて、白いペンキで塗装された中古のバイシクル。お巡《まわ》りさんが街中でよく乗り回している、あの白くてゴツくて超カッコいい自転車だ。早い話が、交番勤務の田辺巡査は、そのとき自転車で街中をパトロールしていたのである。

季節は秋も深まった十一月の上旬。平日の午後八時過ぎのことだ。駅周辺は帰宅を急ぐ会社員や学生たちの姿で、それなりの賑《にぎ》わいを見せていた。とはいえ、そこは中央線特別快速がけっして停まらない街、西荻窪。土日祝日には快速すらも平気で通過する街だ。駅からほんの少し離れれば喧騒《けんそう》とはまるで無縁の、実に閑静で落ち着きのある——というか、少し静かすぎるぐらいの住宅街が広がっている。田辺巡査が事件に遭遇したのは、そんな賑わいを見せる駅周辺と閑静な住宅街の、ちょうど境目のあたりだった。

道行く人もまばらな暗い夜道。歩道に沿って並ぶのは中層のマンションや雑居ビルだ。五、六階建てのそれらの建物が、互いにもたれあうかのように建ち並ぶ一角。そこを何気なく自転車で通り過ぎようとした田辺巡査は、「——おや!?」

視界の片隅にふとした違和感を覚えて、咄嗟《とっさ》にブレーキレバーを握った。整備不良の白い自転車はギギィーッと耳障《みみざわ》りな音を立てて、路上に急停止。すぐさま自転車を降りた彼は、数メートルほど後戻りして、先ほど違和感を覚えた場所にゆっくりと歩み寄った。

ぴったりと並んで建つ二つのビル。建物と建物の隙間《すきま》は、ほんの一メートルほどしかない。そこは路地とも呼べないデッドスペースだ。だが、そんな不毛な空間に何かがあるような、いや、誰かがいるような——漠然とそんな気がしたのだ。

だが本来、このようなビルの隙間に立ち入る者など誰もいないはず。いるとすれば前後不覚に陥った酔っ払いオヤジか、立ち小便を試みる男性ぐらいだろう。——いや、待てよ。

ふと田辺巡査は妄想した。ひょっとすると、密《ひそ》かにビルへの侵入を企《たくら》む泥棒という可能性も考えられるのではないか。だとするなら——「窃盗犯発見。で現行犯逮捕に至れば、思わぬお手柄。出世の道が開けるかもだぞ。——うふッ」

まさに《捕らぬ狸《たぬき》の皮算用》あるいは《捕らぬ鼠《ねずみ》の……》とでもいうべきか。いずれにせよ、そんな素敵なことわざなどいっさい脳裏に浮かべることもなく、田辺巡査は窃盗犯逮捕の瞬間を夢見て、ひとり気色の悪い笑みを漏らす。建物の角で気配を消して、ひとつ大きく深呼吸。そしてLEDライトを手にした彼は、ビルとビルの谷間へと、おもむろにその光を差し向けていった。

「——ん!?」

瞬間、目に飛び込んできたのは、想像とは少し違う光景だった。

確かに、そこには誰かがいた。しかし酔っ払いオヤジや立ちション男性ではない。そもそも、そこにいるのは男ではなかった。女——それも茶色のブレザーにチェックのミニスカート、紺色のハイソックスという装《よそお》いの女だ。長い髪の毛を頭の左右で二つ結びにしている。後ろを向いているので顔は確認できない。足許《あしもと》には紺色のスクールバッグが転がっていた。

まず女子高生と見て間違いない、と田辺巡査は一瞬そう思ったが、目の前で振り向いた彼女の顔を見るなり――いや、待てよ、と考えを改めた。本当に女子高生か？ 確かに恰好《かっこう》は女子高生そのものだけれど、その顔つきや肌艶《はだつや》に若干の無理があるといえうか、妙にくたびれた雰囲気を感じるのは、いったいなぜだ？

戸惑いを覚える田辺巡査の視線は、次の瞬間には、その怪しい女子の足許へと再び注がれた。

そこにも別の誰かがいる。いや、いるというよりも倒れている。仰向けの状態で長々と地面に横たわっているのだ。膝丈《ひざたけ》のスカートからは、ハイヒールを履いた二本の脚が覗《のぞ》いている。どうやら若い女性のようだった。

目の前の状況が田辺巡査には、よく理解できなかった。

そこで彼は早々に、警察官としての伝家の宝刀を抜くことを決断した。つまりは、目の前に佇《たたず》む謎《なぞ》の女子高生（仮）に職務質問をおこなおうと決めたのだ。ビルの隙間に身体《からだ》を滑り込ませながら、

「ああ、そこの君……ちょっといいかな……」

と田辺巡査は冷静な口調で彼女に呼びかけた。茶色いブレザーの女性がビクリとして一歩後ずさる。瞬間、彼女が右手に握り締めている銀色の物体が、ＬＥＤの明かりを反射して眩《まばゆ》い輝きを放つ。それを目の当《ま》たりにするなり、田辺巡査は激しく狼狽《ろうばい》し

て足を止めた。

「お、おいおい、君、それは何だ……ナ、ナイフか、それとも包丁……」

「え!?」と暗がりの中でブレザーの女子は一瞬キョトンとした様子。マジマジと自分の手にした物体を見詰めると、次の瞬間、その口から「きゃあッ！」と小さな悲鳴。そして凶器を握った右手をブンブン振り回しながら、「ち、違うんですぅ。違いますからぁ！」

わめき声をあげる彼女は、凶器を手にしたまま田辺巡査へと真っ直《まっす》ぐ向かってくる。その鬼気迫る姿は、彼の目には《見られてはならない場面を見られた挙句、破れかぶれの攻撃に打って出る女子高生》として認識された。まさかの事態を前にして、

「――ひゃ、ひゃ、ひゃあッ！」

田辺巡査の口からも引き攣《つ》った悲鳴が漏れる。顔面蒼白《そうはく》になった彼は、ビルの隙間で思わず後ずさり。《刃物を構えて荒れ狂う凶暴な》女子に、大声で警告を発した。

「き、君ッ、馬鹿《ばか》な真似《まね》はやめなさい！　は、刃物を捨てろ。さもなくば撃つぞ！」

田辺巡査は実際、撃つ気マンマンで腰のホルスターに右手を回した。

制服警官のこれぞ正真正銘、伝家の宝刀――いや、銃なのに宝刀っていうのは変かもしれないが――とにかく黒光りするニューナンブがそこにある。

しかしまさか今月今夜、年若い女子を相手に、この拳銃《けんじゅう》を抜くことになろうとは！

だが、そんな彼の仕草が充分すぎる威嚇《いかく》となったのだろう。次の瞬間、茶色いブレザーの彼女は、再び「きゃあ！」と悲鳴をあげると、刃物を持つ右手を大きくブンと振り抜いた。メチャクチャな投球フォームから放たれた銀の刃物は、一直線に暗闇《くらやみ》を切り裂き、そのまま田辺巡査の足許の地面に、ものの見事にブスッ。――と突き刺されば、むしろ良かったのだが、特別快速が停まらないとはいえ西荻窪もそれなりに都会なので、そうそう土がむき出しになった地面などはない。コンクリートの地面に激しく衝突した刃物は、ガキーンと耳障りな金属音を奏《かな》でると、ワンバウンドしてクルクルと宙を舞う。回転する銀の刃《やいば》は一瞬、田辺巡査の喉笛《のどぶえ》をかすめた。

「ぎゃ、ぎゃあああぁぁぁ――ッ」

今度こそ、本当にあられもない絶叫が、彼の口からほとばしり出た。尻餅《しりもち》をついてLEDライトを落っことす田辺巡査。その目の前で、怪しい女子はくるりと踵《きびす》を返すと、転がっていたスクールバッグを掴《つか》み、そのまま逃走を開始した。遠ざかるブレザーの背中に、彼は咄嗟に叫んだ。

「お、おい、待て！　くそ、逃がさんぞ。公務執行妨害だ！」

なんとか立ち上がり、ライトを拾い上げて駆け出す田辺巡査。だが、その直後、踏み出した右足が地面に倒れた女性のスカートに絡《から》まり、あえなく転倒。ビルの谷間で四つん這《ば》いになった彼は、そのとき初めて女性の姿を間近で見た。

髪の長い若い女性だった。上は白っぽいダウンジャケットで、下は黒っぽいスカートを穿《は》いている。うりざね顔の美女だ。しかし、美しいはずのその顔からは、何の感情も読み取ることはできない。女性の横たわる地面には、赤い液体が歪《いびつ》な円を描くように広がっていた。ＬＥＤの光の中で、その様子をマジマジと確認した田辺巡査は、喉の奥から震える声を絞り出した。

「し、死んでいる……!?　じゃあ、あの女子高生が……!?」

――だったら、公務執行妨害どころではない。れっきとした殺人罪じゃないか！

謎の女子に対する罪状を変更しつつ、田辺巡査は再び立ち上がる。そしてビルの谷間に消えていった女子高生、いや、ひょっとすると女子高生ではないかもしれない怪しい女子の姿を、再び追いはじめるのだった。

## 2

同じ夜、『かがやき荘』のリビングでは、小野寺葵と占部美緒の二人が、発泡酒の缶を傾けつつ、泣きの涙に暮れていた。テレビ画面の中では、某人気俳優も手にしたハンカチで目頭をそっと押さえている。それを見ながら、

「ううっ、なんて数奇な運命なの！」と葵が感極まった声を発すると、

「ホンマ、泣ける家族愛っちゃね！」と美緒も濡《ぬ》れた頰を両手で拭《ぬぐ》う。

アラサーで独身、もちろん子供もなくて扶養する家族も扶養してくれる家族もいない。それどころか定職すらなく、日々の暮らしをその場しのぎのアルバイトで賄《まかな》っている。そんな彼女たちは、なぜかNHKの人気番組『ファミリーヒストリー』が大好きで、俳優やら芸人やら知識人やら、要するに彼女たちから見れば《赤の他人以外の何者でもない成功者たち》の家族の絆《きずな》や苦難の歴史をアルコール片手に眺めては、まるで我がことのように感動を覚え、決壊したダムのごとく両の目からドバドバと涙を溢《あふ》れさせるのだった。

「けど、なんでウチら泣いとるん？　どうでもいい他人の話やのに……」

「駄目でしょ、美緒。それをいったら、この番組は見てらんないわ……」

結局、アラサー二人を訳の判《わか》らない感動に巻き込んだまま、番組は終了。チャンネルをそのままにしていると、やがてニュースの時間になった。その画面をぼんやり眺めながら、美緒はいまさらながら気掛かりな事実を思い出した。

「ところで、礼菜はどねえしたんやろ？　今日はえらい帰りが遅いっちゃねえ」

「そうね。普段ならあの番組見て、いちばん号泣するのは、礼菜なのに」

と葵も首を傾《かし》げる。それを見て美緒は「なんか、あったんじゃろーか」と、いちおう心配そうに呟《つぶや》いたものの、しかし実際はそれほど心配したわけではなかった。

なぜなら、美緒たちとともに『かがやき荘』をシェアする同居人、関礼菜は二十九歳ながら女子高生風のルックスとファッションを保つことに無駄な情熱を傾ける、いってみれば、ある種の変人だ。普段はコスプレショップなどでバイトに勤《いそ》しんでいるが、根っこの部分が変人なのだから、その行動を読むことはそもそも簡単ではない。

――まあ、夜遊びしてても眠くなったら、ねぐらに戻ってくるっちゃね。

そんなふうに思う美緒の視線の先、テレビ画面の中では真面目《まじめ》そうなキャスターがニュース原稿を読み上げている。

美緒は眺めるともなく、その映像を眺め、聞くともなく、その音声を聞いた。

どうやら、この近所でまたまた殺人事件が発生したらしい。

『今夜、午後八時ごろ、西荻窪のビル街で若い女性が血を流しながら倒れているのを、パトロール中の警官が発見。女性は病院に搬送されましたが、死亡が確認されました。亡《な》くなった女性は中里綾香《なかざとあやか》さん二十八歳。中里さんは脇腹《わきばら》を刃物で刺されており、警察では殺人事件と見て捜査を開始するとともに、遺体発見時に現場から立ち去った女子高生の行方を追っています。——さて次はパンダの赤ちゃんのニュースです♥』

「ふーん、怖いっちゃねえ……」画面に目をやりながら美緒が呟くと、

「そう!? 可愛《かわい》いじゃない」葵は眼鏡を指先で押し上げ、画面を占拠した小さな珍獣の映像を食い入るように見詰めた。「この子のどこが怖いのよ？」

「パンダじゃなくって、西荻で起こった殺人事件のことっちゃよ」

「なんだ、そっちか。だったら大丈夫よ。現場から逃げた女子高生が犯人なんでしょ。きっとすぐに捕まるわ。だって警官に姿を見られて逃げ出すなんて、どうせ頭の悪い女子高生よ。殺人そのものも、きっと計画性の乏しい行き当たりバッタリの犯行に違いないわね」

と葵は訳知り顔で推理するのだが、美緒は葵の発した『頭の悪い女子高生』という言葉に、僅《わず》かな引っ掛かりを覚えた。その表現に該当するかしないか微妙な人物を、ひとり知っているような気がしたからだ。いや、しかし、まさかまさか……

悪い想像を振り払うように、ゆるゆると頭を左右に振る美緒。その耳に、玄関の呼び鈴が奏でる「ピンポ〜ン」という間抜けな音色が飛び込んできた。

「あら、誰かしらね、こんな時間に……」

葵が発泡酒の缶を置き、ゆらりと立ち上がる。

美緒も葵の背後に従うようにして、玄関へと歩を進めた。すると、ひと足先にドアスコープを覗き込む葵の口から、「ええッ！」と意外そうな声。「う、嘘《うそ》でしょ、なんで……？」

「なに、葵ちゃん、誰がおるん？」

その問い掛けに答える代わりに、葵は扉の前を静かに退いた。入れ替わるように、美緒がドアスコープを覗く。

瞬間、視界に飛び込んできたのは、なるほど意外な光景だった。

中央に見えるのは、見知らぬ中年男だ。その背後には数名の制服警官の姿が見える。中年男は背広姿。茶色いハンチングを目深に被《かぶ》り、茶色のコートを羽織っている。この独特なファッションから連想される職業は、おそらくひとつしかない。美緒と葵は互いに顔を見合わせながら、

「あれ、どう見たって刑事っちゃよ」

「ええ、どう見たって刑事だわねえ」

扉の向こうでは、痺《しび》れを切らしたように中年男性が、ドンドンドンとノックの音を響かせる。

仕方ないわね——というように頷《うなず》いた葵は、目の前の扉を開け放った。「はい、どなた？」

葵の肩越しに、美緒も扉の向こうに視線を向ける。いかつい顔の中年男の姿があった。四角い輪郭に日焼けした浅黒い肌。ガッチリした顎《あご》には無精髭《ぶしょうひげ》が目立つ。油断なく二人に注がれる視線は、獲物を狙《ねら》う猟犬のように鋭かった。

男はおもむろに背広の胸ポケットから警察手帳を取り出す。それを黄門様の印籠《いんろう》のごとく二人の眼前に掲げると、自ら名乗りを上げた。

「荻窪署の神楽坂《かぐらざか》という者だ。いきなり夜分に押しかけておいてナンだが、捜査にご協力いただきたい。この家に関礼菜という女がいるはずだ。いるなら、ここに呼んでもらおう」

「………」

葵は一瞬ポカンと口を開ける。それから数歩下がって美緒と密談した。「なによ、あの威圧的な態度。あの横暴な口の利《き》き方。刑事は刑事でも、前世紀の刑事だわ」

「ていうか、漫画の中に出てくる刑事さんみたいっちゃねえ」

「あら、いまどきは漫画にだって、あんなのは出てこないわよ」

「確かに。出てくるとしたら、昔の漫画っちゃね」

まあまあ大きな声で《密談》する二人。すると玄関先の神楽坂刑事は不満げな声で、

「おいこら、聞こえてるぞ。誰が前世紀の漫画だって！」

「あら、『前世紀の漫画』とはいってないわ。『前世紀の刑事』もしくは『昔の漫画』といっただけよ。勘違いしないでね、前世紀の漫画みたいな昔の刑事さん」葵は臆《おく》する様子もなくズバリと言い返してから、両手を腰に当てた。「――で、礼菜がどうしたっていうの？　また食い逃げでもした？」

「そうではないが――そういう前科があるのか、関礼菜という女は？」

「さあ、よく知らないけど、べつにあっても驚かないわね」

本人の不在をいいことに、葵は普段にも増してテキトーすぎる発言。美緒はハラハラしながら、二人の対決を見守る。すると中年刑事の口から意外な事実が明かされた。

「関礼菜には殺人の容疑が掛かっている。下手に隠すとためにならないぞ」

その瞬間、葵の口からは「はあ、殺人!?」と驚きの声。しかし一方の美緒には、思い当たる節があった。「あッ、まさか殺人って、さっきテレビでいってた……」

「え、殺人って、なんのことよ……パンダ!?」

「違うっちゃよ、葵ちゃん！」この国でパンダが殺害された事件は、いまだかつて起きたことがない。頓珍漢《とんちんかん》な発言を繰り返す葵に、美緒は真顔で訴えた。「今夜、西荻

で若い女性が刺されて死んだって、さっきニュースでいってたっちゃ」

「ああ、女子高生が逃走中っていうアレね。——えッ、じゃあ実際に逃走中なのは女子高生じゃなくて、女子高生っぽい恰好をした礼菜ってこと！」

「そうっちゃよ、葵ちゃん！」

事実を知った葵は、しばし呆気《あっけ》に取られた顔。だが、すぐに持ち前のクールな表情を取り戻すと、目の前の刑事に対して首を左右に振った。「だけど残念ね、刑事さん。礼菜はいないわ。今夜は帰ってきていないの」

「本当か？」少しも信じていない様子で、刑事は疑いの目を周囲に巡らせる。「嘘をついて匿《かくま》ったなら、君たちも共犯だからな」

「べつに嘘なんか、つかないわよ。——ねえ、美緒」

「うんうん」迷わず頷いた美緒の口からは、「嘘だと思うんなら、好きに調べてみたらええっちゃ」と、ついつい挑発的な言葉が飛び出す。

それを耳にするなり、刑事の四角い顔に『しめた！』という表情。さっそく玄関の中へと足を踏み入れながら、「よーし、そういってくれるなら有難い。悪いが中を調べさせてもらうぞ。ご協力に心から感謝する！」

いうが早いか、神楽坂刑事は玄関で靴を脱ぐ。そして制止する隙も与えないまま、

『かがやき荘』のリビングへ。そんな彼の後には、さらに複数の制服警官と私服刑事たちが続いた。

「わわ、シマッタ！　そんなつもりやなかったのに……」と思わず顔をしかめる美緒。

一方の葵は小さく溜《た》め息を漏らしながら、「まあ、いいわ。痛くもない腹を探られるくらいなら、このほうがマシよ。どうせ何も出てくるわけないんだし……」と諦《あきら》めの表情を浮かべた。

それから、しばらくの後――

『かがやき荘』の内部をひと通り見て回った神楽坂刑事は、苦々しい表情を浮かべながら、リビングに佇んでいた。「うーむ、どうやら本当に誰もいないらしいな」

「当たり前でしょ。いたら、正直にいうわよ」

「ていうか、刑事さん、そもそも礼菜に殺人容疑が掛かっとるって、どーいうことなん？　礼菜が犯人って、なんで決め付けられるんよ？」

「べつに説明する必要はない」といって神楽坂刑事は二人を見やった。「しかしまあ、君たちだってニュースを見たのなら、だいたい判るだろ。パトロール中の警官が、女子高生っぽい恰好をした怪しい女の姿をバッチリ目撃しているんだ。その女が関礼菜なんだよ。詳しい説明は省くが、こちらの調べに間違いはない」

すると、そのとき二階を調べていた制服警官が、いきなり神楽坂刑事を呼んだ。

「ちょっと気になるものがあります。見てもらえますか」

判った——といって、中年刑事は階段を駆け上がって二階へ。葵と美緒も、すぐさま彼の後を追う。制服警官が案内したのは葵の部屋だ。中に入ると、目に飛び込んできたのは大型のスーツケース。それは部屋の中央に立てた状態で置かれていた。ダイヤル式のロックが掛かっている。それを確認するなり、神楽坂刑事は疑念のこもった声を発した。

「このスーツケース、随分と大きいようだが……海外旅行用かね？」

「いいえ、違うわ」葵はアッサリ否定した。「これは、夜逃げ用のやつ」

——ちょっと、葵ちゃん、正直すぎるっちゃよ！

密かに慌《あわ》てる美緒。それをよそに、神楽坂刑事はなおも疑惑の視線をスーツケースへと注いだ。

「うーむ、怪しいな。これだけの大きさがあれば、小柄な女性くらいはスッポリ隠れられるはず。短時間なら窒息することもないだろうし……」そう呟いた刑事は有無をいわさぬ口調で葵に申し出た。「悪いが、これ、開けさせてもらっていいかね？」

「……え!?」瞬間、葵の顔に浮かんだのは、かつてない動揺の色だ。その顔には——

絶対に開けちゃ駄目！　と極太の文字で書いてある。

それを見るなり、神楽坂刑事の顔に『ビンゴ！』といわんばかりの笑みが浮かぶ。美緒には、なぜ葵がそこまで動揺するのか、サッパリ意味が判らない。すると、しばしの沈黙の後、葵はためらいを振り切るがごとく、顔を真横にそむけながらいった。

「わ、判ったわ。そんなに疑うんなら開けてごらんなさいよ！」

そして葵は施錠《せじょう》を解くためのナンバーを告げた。さっそく神楽坂刑事はダイヤルを合わせてロックを解除する。ついに迎えた緊張の一瞬――「さあ、隠れてないで出てこい、関礼菜！」

神楽坂刑事の声とともに、ケースの蓋《ふた》が弾《はじ》かれたようにパカッと開く。瞬間、ケースの中にぎゅうぎゅうに詰め込まれていた物体が一気に外へと溢れ出た。それは女子高生っぽいファッションに身を包むアラサー女――などではもちろんない。代わりに現れたのは、葵が池袋あたりで買い集めたＢＬ関係の同人誌やイラスト集、ＤＶＤなどだった。

美緒はその充実したコレクションに瞠目《どうもく》した。――さ、さすが、葵ちゃん！

一方の神楽坂刑事は、すっかりアテが外れてしまって微妙な表情だ。

狭い室内に満ちる気まずい沈黙。やがて神楽坂刑事は「判った。まあいい」とひと声呟くと、その場でくるりと踵を返す。しかし部屋から退出しようとする彼の背中を、葵の低い声が呼び止めた。

「ちょっと待ちなさい」

正確に記すなら『ちょぉぉっと、待ぁちなさぁい』という表記になるだろうか。恨みと悲しみ、そして憎悪《ぞうお》を感じさせる低音に、中年刑事の背中がギクリと震える。葵はその背中に向かって問い掛けた。「『まあいい』って何よ？　他人の恥ずかしい趣味を――いや、べつに私は恥ずかしいとは思っていないけれど、世間一般には、ひょっとすると恥ずかしいと思われているかもしれない他人の趣味を――勝手に暴《あば》いておきながら、『まあいい』って、それだけ？」

「え、えーっと……それは、その……スマン……」

「『スマン』じゃなくて、この場合は帽子を取って『ごめんなさい』でしょ？」

すると葵の抗議を正当なものと認めたのだろう、神楽坂刑事は再び葵のほうに向き直ると、いわれるままにハンチング帽を取って頭を下げた。「ご、ごめんなさい」

それを聞くなり、葵はスウッと息を吸い、そして一気に叫んだ。

「ゴメンで済んだら、警察いるかあああぁぁぁ――ッ」

葵のあまりの剣幕に、神楽坂刑事は気おされるように、部屋から飛び出していった。

「畜生、なんだい、なんだい！　自分でいわせておいてよぉ！」

こんなことなら謝るんじゃなかった。いや、そもそもこんなおかしなシェアハウス、捜索にくるんじゃなかった――とブツブツ恨み言を呟く神楽坂刑事は、

「おい、撤収だ、撤収！」

と仲間の警官たちに告げると、逃げるように『かがやき荘』を出ていった。

玄関先の路上から走り去っていくパトカー。遠ざかる赤いテールランプに向かって、葵は「フンッ」と鼻を鳴らして中指を立て、美緒は「べエーッ」と舌を出す。

だが、これで気が済んだわけでも、事が片付いたわけでもない。警察が去ったところで、事態は何も好転してはいないのだ。

「ホンマに礼菜が人を殺したんやろか……」

「まさか。あの娘《こ》に限って、そんなこと絶対……」

と、いいかけてから葵は「うん」と小さく頷いた。「まあ、あり得ない話ではないわね」

「ウチも正直そう思うっちゃ」――あの娘に限って、何が起こっても不思議はない！

「あの刑事さんが、妙に自信ありげだったことも気になるわ」

「警察は何か動かぬ証拠を摑んどるのかもしれんっちゃ」

という具合に、二人の判断が《礼菜、犯人でも仕方ない説》に傾きかけたころ——葵のスマートフォンが突然の着信音を奏でた。「ひょっとして礼菜かしら!?」慌ててスマホを取り出した葵の表情は、しかし次の瞬間には落胆に変わった。

「なんだ、成瀬君よ。こんなときに、いったい何かしら。——もしもし、どうしたの、成瀬君？　いま忙しいんだけど」

するとスマホ越しに成瀬啓介が応《こた》える。それは美緒の耳にもハッキリ届くほどの大声だった。

『いいから、いますぐ法界院家へこい。詳しく説明している暇はない。会長の命令だ！』

*3*

法界院財閥会長、法界院法子夫人といえば中央線沿線では絶大な権力を誇る大富豪。と同時に、小野寺葵や占部美緒にとっては『かがやき荘』の大家でもある。

バイト生活の彼女たちにしてみれば、財閥会長としての法子夫人に従う義理はないけれど、大家としての法子夫人には、いちおう従うポーズぐらいは示さざるを得ない。

でないと、滞納家賃を今後いっさい待ってもらえなくなる――そんな懸念《けねん》があるからだ。

というわけで、葵と美緒はまあまあ寒い十一月の夜道を法界院邸へと向かった。西荻窪駅から電車で一駅。荻窪駅を出て西に向かうと、そこに広がるのは、眺めるだけで嫌でも《格差社会》という現実を思い知らされるような、超の付く高級住宅街だ。その中でもひと際《きわ》、威容を誇る西洋式の豪邸、それこそが法界院邸である。その延々と続く《城壁》に沿って歩きながら、葵がそっと美緒に囁《ささや》きかけた。

「ねえ、気付いてる、美緒？」

「――え、何が!?」

「私たち、『かがやき荘』を出てから、ずっと尾行されているみたいよ」

「ええッ」美緒はまったく気付いていなかった。「ひょっとして、神楽坂刑事？」

「それと、仲間の私服刑事たちね。車で立ち去ったフリをしながら、密かに張り込んでいたんだと思う。――でも、まあいいわ。このまま、何食わぬ顔でいきましょ」

二人は振り向くことなく夜道を進み、やがて法界院邸の正門に到着。さっそく葵がインターフォンのボタンを押して、「こいってていうから、きてやったわよ」と正確に来訪の意を伝えると、秘密基地の入口かと見紛《みまが》うような巨大な門扉《もんぴ》が、音もなくスルスルと開いた。

敷地の中へと足を踏み入れると、二人の背後で再び門扉が閉じられる。その僅かな隙に、美緒は背後の様子を見やった。暗い路上に佇むのは、ハンチングを被った茶色いコートの男。神楽坂刑事だ。その四角い顔には愕然《がくぜん》とした表情が浮かんでいる。

やがて門扉が完全に閉じるのを待って、美緒はそれによじ登ってみた。向こう側を覗き込むと、そこには神楽坂刑事とその仲間たちの姿。彼らは門柱に掲げられた表札を見やりながら、口々に驚きの声を発している。

「おい、法界院だ」「ああ、法界院家だ」「法界院家のお屋敷だ」「彼女らが、なんで？」「サッパリ判らん」「どうする？」「迂闊《うかつ》に手が出せんな」「なにせ法界院家だ」「ああ、法子夫人だ」「財閥会長だ」「大富豪だ」「うちの署長も頭が上がらんらしい」「逆鱗《げきりん》に触れたら、どんな目に遭わされるか」「どれほど遠くに飛ばされるか」「ここは触らぬ神にナントカだ」「そうだそうだ！」「引け引け！」「撤収だ、撤収！」

神楽坂刑事の号令のもと、いっせいに門前から走り去っていく仲間の刑事たち。

門扉越しに彼らの撤収する様子を眺めながら、

――ふーん、あのおばちゃん、よっぽど怖がられとるっちゃねえ！

あらためて美緒は、中央線界隈《かいわい》における法子夫人の凄《すさ》まじい権勢を思い知った。

それから葵と美緒は、歩き疲れるほど広い庭を渡って、ようやく屋敷の玄関へ。

扉の前ではスーツ姿の若い男、成瀬啓介が二人の到着を待っていた。啓介は法界院法子夫人の第五だか第六だか第七だか、とにかく極めて位の低い見習い秘書である。

そんな彼は二人の姿を認めるなり、険しい口調でいった。

「遅かったな。会長が首を長くしてお待ちだぞ」

「ふん、あの年齢を隠しきれない首が、いまさら長くなるもんですか」

「それより、なんでウチら、呼びつけられたんよ？」

「なーに、すぐに判るさ」と短くいって、啓介は屋敷の中へと二人を招き入れた。

長い廊下を進み、やがてたどり着いたのは、法子夫人の執務室だ。啓介が扉をノックして、「例の奴《やつ》らをお連れしました」と告げると、扉の向こうから「お通ししてちょうだい」と気取った中年女性の声。

たちまち葵と美緒の口から、不満の声が湧《わ》きあがった。

「誰が『例の奴ら』よ、失礼ね！」

「ホンマ、何様のつもりっちゃ！」

口々に文句をいいながら、葵と美緒は執務室の中へと足を踏み入れる。

まず目に飛び込んできたのは、巨大なデスクに向かう法子夫人の姿だ。モデルか女優、もしくは百貨店のマネキンでなければけっして着ないような真紅のドレスを身に纏《まと》い、ゆったりとしたプレジデント・チェアに背中を預けている。普段どおりの法子夫人は、普段どおり舞台女優を思わせるような芝居がかった態度で二人を迎えた。

「よくきてくれたわ。こんな深夜に呼び出すのも、どうかと思ったんだけれど、やっぱり早いほうがいいと思ってね。あなたたちも、きっと彼女のことを心配しているでしょうし」

「ん、彼女って誰よ……？」

「え、ひょっとして……！」

思わず顔を見合わせる葵と美緒。その背後から、どこか聞き覚えのある舌ったらずな女性の声が二人を呼んだ。「葵ちゃぁ～～～ん！　美緒ちゃぁ～～～ん！」

ハッとして振り向くと、そこにいるのは女子高生っぽい服装に身を包むツインテールの女の子。いや、正確には女の子ではなくて、結構いい歳《とし》した女性の姿。関礼菜だ。

「無事だったたっちゃね、礼菜！」

喜び勇んで駆け寄ろうとする美緒。だが二人が熱い抱擁を交わそうかという、その直前、礼菜を待ち受けていたのは、葵の右足から繰り出される怒りの一撃、ジャンピング・ニーだった。葵渾身《こんしん》の膝攻撃を胸元に喰らった礼菜は、「ぐふうッ」と呻《うめ》き声を発してガクリと片膝を突く。苦痛に歪《ゆが》んだ唇からは戸惑いと疑問の声が漏れた。

「な、なぜですかぁ……あ、葵ちゃん……!?」

「礼菜ッ、あんたのせいで、私がどんだけ恥ずかしい思いをしたと思ってんの!」

屈辱の場面を思い返すように天井を仰ぎ見た葵は、ブルブルと拳《こぶし》を震わせながら、

「神楽坂刑事の前で……私はねぇ……私はねぇ……」

と悔し涙を堪《こら》える素振り。

気持ちは判らないではないけど、会っていきなりジャンピング・ニーはないのでは
――と正直、美緒はそう思う。一方、礼菜は床に片膝を突いたままで、

「あ、あたし……い、意味が判りませぇん……」

「まだいわせる気なの!」

葵は眼鏡越しの視線を真っ直ぐ礼菜に向けて叫んだ。「あなたが人殺しなんかするから、みんな迷惑してるって、私はそういってんのよおッ!」

葵の魂の叫びが執務室にこだまする。続いて舞い降りたのは、深くて長い沈黙だ。

その静けさを破るように啓介が「ゴホン」とひとつ咳払《せきばら》い。そしておもむろに口を開いていった。

「えーっと、葵がどんだけ恥ずかしい思いをしたかは、よく知らないが……どうやら

誤解があるようだな」

そして彼は、床にしゃがみこむ礼菜を指差していった。

「彼女、誰も殺していないらしいぞ」

*4*

葵の膝攻撃を喰らった礼菜が、なんとか回復して事件の話を始めるまで、そこそこ長い時間が掛かった。肉体的なダメージはともかく、精神的なダメージが著しかったからだ。

「酷《ひど》いですぅ、葵ちゃん。礼菜、まさか葵ちゃんからこんな酷い仕打ちを受けるとは、夢にも思いませんでしたぁ」とソファの上で涙に暮れる礼菜。

そんな彼女の正面に座る葵は「ごめん、このとおり」と両手を合わせ、その隣で美緒が「まあまあ」と二人の仲を取り成す。

ソファの傍らに立つ啓介は「にしても、いきなり蹴《け》る奴があるか」と呆《あき》れた表情。

法子夫人はプレジデント・チェアに悠然と座ったまま「でも良かったじゃないの。これで三人揃《そろ》ったわ」と満足げな笑みを覗かせた。

そうして、ようやく機嫌を直した礼菜は葵と美緒の前で、あらためて自らが今宵《こよい》に遭遇した《事件》もしくは《災難》についての詳細を語った。それによると——

この日の夜、中野のコスプレ専門店でのアルバイトを終えた礼菜は、寄り道することなく中央線の電車に乗り、西荻窪駅に到着。駅を出てからも、真っ直ぐ『かがやき荘』への道のりを急いでいた。『かがやき荘』で葵や美緒と一緒に夕飯を食べ、お酒を飲み、そして『ファミリーヒストリー』を見て全員で号泣する。それこそが、この夜の礼菜の胸にあったプランだった。

その完璧《かんぺき》なプランに若干の綻《ほころ》びをもたらしたのは、突然現れた一匹の猫だった。毛並みの良い三毛猫だ。この世の中でいちばん可愛い生き物はウサギで、その次に可愛いのは猫。そう信じて疑わない礼菜は、現れた三毛猫の前でピタリと足を止めた。なにせ、いまどき都会の片隅で放浪中の猫に遭遇する確率は極めて少ない。これはレアケースなのだ。

幸い『ファミリーヒストリー』の放送時刻までは、まだ随分と余裕があるし、慌てることはない。そう考えた礼菜は、おもむろに道端にしゃがみ込む。そして指をパチパチ鳴らしながら、「ほら、おいで〜〜〜猫ちゃ〜〜〜ん」と文字どおりの猫撫《ねこな》で声を発した。三毛猫を呼び寄せて、あわよくば自らの両手で、あの狭い額やしなやかな胴体を撫で回したいと、そう願ったのだ。

しかし元来、猫というのは気まぐれな生き物。そう簡単に礼菜の思うとおりには動いてくれない。そもそも礼菜は間違いなく《猫好き》だが、猫のほうが果たして《礼菜好き》かどうかは、確かめたことがないのでよく判らない。なかなか近寄ってくれない猫に、若干イラつき気味になる礼菜。そんな彼女が、痺れを切らして片手を伸ばすと、三毛猫はその手を掻《か》い潜《くぐ》るように背中を向けて、スタスタと歩きはじめた。

「あ、待って、猫ちゃん……」

礼菜は自動的にプログラムされたロボットのごとく、何も考えずに猫の後を追う。すると、しばらく歩道を歩いた猫は、いきなり方向転換。ビルとビルの隙間にヒョイと入っていく。そこは路地とも呼べない、幅一メートルほどしかない空間。まさにビルの谷間である。礼菜は三毛猫の尻尾《しっぽ》に導かれるようにして、自らもその場所へと足を踏み入れていった。

そこは当然ながら暗くて狭い空間。歩道側から差し込む街灯の明かりだけが、地面を辛うじて照らしてくれている。三毛猫の姿は数メートル先にぼんやりと浮かんでいた。正直、礼菜もそこまでして猫を追いかける必要性がどこにあるのかと思わないではなかったが、しかしここまできたら乗りかかった船、いや、撫でかかった猫だ。せめて、ひと撫でしないうちは、諦《あきら》めるわけにはいかない。礼菜は両側にビルの聳《そび》える狭い空間を、前かがみの体勢で、ゆっくりと進んでいった。

「猫ちゃ〜ん、ほらほら、こっちへおいで、猫ちゃ〜〜んぐッ！」

その瞬間、何が起こったのか、礼菜自身にもよく判らない。だが、後頭部にガツンという強い衝撃が走ったことだけは確かだ。呻き声をあげた礼菜は、その場であえなく転倒。そのまま意識を失っていったのだった——

「——え、なになに!?　いきなり気絶しちゃったってわけ!?」

驚きの声をあげて、葵が礼菜の話を遮る。隣の美緒も目をパチクリさせながら、

「なんちゅうか、意外な展開っちゃねえ」

といって葵と顔を見合わせる。

そんな二人の前で、礼菜は拳を振って懸命に訴えた。「でも本当なんですぅ。突然、誰かに後ろから殴られたんですぅ。嘘じゃありませんからぁ」

「判ったわ。いちおう信じるけどさ」といって葵は礼菜の顔を見詰めた。「それで、あなた、いつまで気絶していたの？　正気に戻ったのは何時ごろ？」

「午後八時ちょうどでしたぁ。三毛猫を追いかけたのが、午後七時半ごろでしたから、気を失っていたのは三十分程度だったはずですぅ。いいえ、誰かに起こしてもらったわけではありませぇん。礼菜、あの三毛猫に起こされたんですぅ――」

「ううん……」と呻き声を発した礼菜は、自らの頬に柔らかくぷにぷにした感触を覚えて両目を開いた。どうやら彼女の身体は冷たい地面の上に長々と横たわっているようだった。傍らに三毛猫がいて、礼菜の頬のあたりに前足を乗せている。例の《ぷにぷに》は、肉球の感触だったらしい。その三色に染め分けられた小さな額を撫でてやると、三毛猫は今夜の役割を終えたとばかりに彼女の傍らを離れ、そのままいずこともなく立ち去っていった。

頭のハッキリしない礼菜は、ゆるゆると顔を振りながら、なんとか上体を起こす。どうやら気を失っていたらしい。腕時計を見ると、時刻は午後八時ちょうどだ。『ファミリーヒストリー』の放送時刻には、まだ充分間に合う――と、この期《ご》に及んで、まだそんなことを考えている礼菜は、やはり現在の状況がよく飲み込めていなかったのだろう。後頭部に手をやると、鈍い痛みを感じた。幸い出血はしていないようだ。いったい誰が何の目的で？　そう思った瞬間、礼菜の脳裏に《物盗《ものと》りの仕業》という可能性が点滅した。慌ててポケットの中を点検する。だが携帯や財布などには、いっさい手が付けられていない。愛用のスクールバッグも奪われることなく彼女の傍らに転がっていた。

では、いったいなぜ自分は殴られて気絶させられたのだろうか。素朴な疑問を抱きながら、礼菜はその場でゆっくりと起き上がろうとする。そのとき初めて気付いた。このビルの谷間に倒れているのは、自分だけではない。もうひとり別の誰かが、礼菜の足許に仰向けの状態で倒れている。それは髪の長い女性だった。薄手のダウンジャケットに黒っぽいスカート。その姿を見るなり、礼菜の口から「ひいッ」という引き攣った悲鳴が漏れる。そして彼女は震える声で問い掛けた。「だ、誰ですかぁ？　どうしましたぁ……」

だが相手の返事はない。微動だにすることなく、地面に倒れたままだ。この女性も礼菜と同様、誰かに殴られたのか。それとも、この女性こそが礼菜を殴打《おうだ》した張本人なのか。

そんなことを思いながら、ふと見回したコンクリートの地面。そこに礼菜は何やら奇妙な物体が転がっているのを発見した。なんだろうか、と不思議に思った礼菜は深く考えることなく、その細長い物体へと右手を伸ばしていったのだが——

礼菜の話が佳境に入った、その瞬間――

「駄目よ、礼菜！　それに触っちゃ駄目！」

「いけんちゃ、礼菜！　それは絶対に触ったらアウトのやつっちゃ！」

まるで、その場に居合わせたかのごとく、葵と美緒の口から熱烈なアドバイスが飛ぶ。だが、そんな二人を前にして、礼菜は申し訳なさそうに首を左右に振った。

「んなこといわれたって遅いですぅ。礼菜は、それをしっかり摑みましたからぁ。摑んでみて初めて、それが血の付いたナイフだって気付きましたけどぉ……」

「ああもう、馬鹿馬鹿！　摑む前に気付けっての！」

「ホンマっちゃ！　話の流れで判るじゃろ、ボケ！」

落胆と悲嘆のあまり、猛烈に口が悪くなる葵と美緒。散々ないわれようの礼菜は、いまにも泣き出しそうな表情だ。葵と美緒は、さらに話の続きを促した。

「それから、どうなったのよ、礼菜？　まさか、そのナイフを握った姿を誰かに見られたりしなかったでしょうね？」

「礼菜、まさか素手で握ったナイフを現場に放り捨てたりとか、してないっちゃよね？」

「え、えーっと、それが……」問われた礼菜は視線を泳がせながら、「れ、礼菜、その姿を見られましたぁ、偶然、通りかかったお巡りさんにぃ……礼菜、完全に誤解されたらしくって、『違う違う』って叫びながらナイフを振り回したら、逆に怖がられて……それでナイフを放り投げたら、それがお巡りさんの足許で大きく弾んで……お巡りさんは悲鳴をあげて尻餅を……それで礼菜、ついつい逃げ出したんですぅ……捕まったら、もうお仕舞いだと思ってぇ……」

あらためて恐怖と混乱の場面が脳裏に蘇《よみがえ》ったのか、礼菜がソファの上でブルッと身体を震わせる。

「なるほど、そういうことじゃったんやねえ」

どうやら、これで事情は判った。要するに礼菜は、奇妙な経緯によってビルの谷間に変死体を発見。そして考え得る限り最悪の振る舞いをおこなうことで自らを窮地に追い込んだ――ということらしい。美緒は呆れ果てる思いで、深く溜め息をついた。

「神楽坂刑事が自信満々で『かがやき荘』に駆けつけるわけっちゃ」

「そうね。指紋の付いたナイフを現場に残しているんだもの。当然の成り行きだわ」

「ん、けど待って。礼菜の指紋がなんで警察に保管されとったんじゃろ？」

「それもそうね。――あ、さては礼菜、やっぱり過去に食い逃げの前科か何か……」

「違いますぅ！　食い逃げなんて、したことありませぇん」礼菜は二つ結びの髪を、大きく左右に振り回しながら、「ただ、随分と前のことですけどぉ、礼菜、べろんべろんに酔っ払った挙句、居酒屋の看板を素手で叩《たた》き壊して、警察のお世話になったことが一度だけありましてぇ……いえ、本当にお世話になったのは、その一度っきりなんですけどぉ……」

「一度で充分っちゃ！」美緒は同居人の意外な過去を知って唖然《あぜん》。

一方の葵は腕組みしながら頷いた。「ま、食い逃げよりはマシね」

――どこがマシなん、葵ちゃん？

美緒は僅かに首を傾げたが、それはこの際、どうでもいいことだ。疑問な点はもっと別のところにある。美緒は、そのことを尋ねた。

「それで礼菜はビルの谷間から逃げ出した後、どねえしたん？　ウチらのいる『かがやき荘』には戻らんで、こんなところに駆け込んだちゅうことなん？」

美緒の言葉を聞き咎《とが》めて、また見習い秘書が「ゴホン」と咳払いした。「こらこら、『こんなところ』とは何だ。勝手に転がり込んできておいて『こんなところ』とは！」

「はい、そうです、美緒ちゃん。こんなところですけど、『かがやき荘』よりは安全ですからぁ」

「おいこら、何度もいうなよ、『こんなところ』って！　わざといってるだろ、おまえら。いいか、『こんなところ』でも、毎日暮らしてらっしゃる人がいるんだからな。失礼じゃないか！」

「あなたが、いちばん失礼よ、啓介君！」

こんなところに毎日暮らしてらっしゃる御本人、法界院法子夫人が声を荒らげて見習い秘書を黙らせる。そして夫人はその視線をソファに座る礼菜へと向けた。

「でもまあ、確かに、ここは安全かもね。『かがやき荘』には飛んで駆けつける捜査員も、この家にはそう簡単には、やってこられないはずだから」

実際、それは法子夫人のいうとおりだろう。法界院邸は荻窪の中でも特殊なエリア。警察といえども容易に手出しのできないアンタッチャブルな領域。一種の治外法権といっても過言ではない。礼菜はそれなりに正しい選択をしたのだと、美緒は納得した。

「ですが、会長……」と啓介がいった。「いくら警察の手が回りにくいといっても限界があります。そういつまでも犯罪者を匿うわけにはいかないと思いますが」

「礼菜は、犯罪者じゃありませぇん！」

「そうよ、誰も殺してないんだから！」

「犯罪者呼ばわりなんて酷いっちゃ！」

猛烈な抗議の声が、三方向から見習い秘書へと浴びせられる。啓介はウンザリした表情を浮かべながら、「だったら、警察に自ら名乗り出るか？」と皮肉たっぷりに問い掛ける。

たちまち三人のアラサー女子たちは、ドンヨリと曇った顔を見合わせた。

「それは、ちょっと無理ね。礼菜が人殺しでないことは事実だとしても、いまの礼菜の話を警察が信じる保証はないわ」

「ウチも同感。あのガサツで横暴で頭の悪そうな神楽坂刑事のことじゃけえ、『どうせ作り話にきまっとる！』とか何とかいって、礼菜はその場で逮捕されるっちゃ」

二人の言葉を聞いて、あらためて礼菜はソファの上で震え上がった。

「ああ、あたし、いったいどうすれば……」

頭を抱える礼菜。言葉もなく見詰める葵と美緒。我関せずといった態《てい》の啓介。

深い沈黙が支配する執務室に、そのとき絶対的君臨者の声が響いた。もちろん法子夫人である。プレジデント・チェアからすっくと立ち上がった夫人は、ゆっくりと一同の姿を眺め回すと、

「こうなった以上は仕方ないわね」

といって小さく溜め息。そして見習い秘書に命じた。「啓介君、若い女性のパスポ

ートを用意してちょうだい。それから東南アジアあたりに向かう飛行機のチケットを

……ああ、それとも横浜港を出る貨物船のほうが安全かしら……」

「か、会長！　いまはまだ、国外逃亡の手配をする段階ではないと思いますが……」

「あら、そうかしら？　じゃあ他にどんな手があるというの？」

真顔で尋ねる法子夫人に、啓介はもちろん、アラサー女たちも揃って呆れ顔だ。

そんな中、見習い秘書は単純極まる解決策を夫人に授けた。「いっそ、こいつらに調べさせましょう。葵と美緒の二人で礼菜の無実を証明する。それしかありません」

「ああ、そういうことね」

法子夫人はようやく腑《ふ》に落ちたように頷くのだった。

*5*

小野寺葵と占部美緒は、さっそく翌日の昼から行動を開始した。

本当は朝から行動開始の予定だったのだが、そもそも二人とも早起きは苦手。おまけに昨夜、法界院邸で法子夫人や関礼菜との緊張に満ちた会談があった直後、すっかり喉《のど》の渇いた葵が飾り棚に並ぶ洋酒の瓶を眺めながら、「どれか一本飲ませてよ、ね

えねえ、いいでしょ」と法子夫人にせがんだため、深刻だったはずの会談はやがて単なる飲み会に突入。結果、べろんべろんに酔っ払った葵と美緒は、見習い秘書の運転する車で『かがやき荘』へと強制送還されたのだった。

ちなみに、二人と同様べろんべろんに酔っ払った礼菜は、容疑が晴れるまで法界院邸で匿ってもらえるらしい。そういうことで話が付いた――という記憶が美緒の中には薄《うっす》らと残っているので、たぶん大丈夫だろう。なにせ法界院邸は治外法権なのだ。

そんなわけで酷い二日酔いの葵は、名前のとおり青い顔。シェアハウスの玄関を出た直後、「ねえ美緒ぉ～最初はどこにいくのよ、私たちぃ～」といおうとした、その「たちぃ～」の途中で突然「うッ」と呻いて、なぜか路上で四つん這《ば》い。次の瞬間、「オエーッ」という叫び声とともに、葵は盛大なゲロをぶちまけるという大失態を犯した。

――ちょっと葵ちゃん、この先、ホントに大丈夫なん？

不安に駆られる美緒は、いちおう武士の情けでアサッテの方角を見やりながら、

「うーん、まずはゲロの始末をして、それから現場にいくのがええんと違う？」

と極めてまっとうな意見を述べた。

殺人現場はビルとビルとの谷間らしい。その詳しい位置については、昨夜のうちに

礼菜から情報を得ている。西荻窪駅から『かがやき荘』へと向かって数分ほど歩いたところだ。

路上に撒《ま》き散らした汚物を片付けた葵は、「じゃあ、ゲロ吐いて気分もスッキリしたから、さっそく現場にいってみましょ！」と赤みを取り戻した顔で前を指差す。

こうして、とりあえずの方針は決まり、二人はようやく現場へ向かって歩き出した。

それから、しばらくの後——

礼菜に教えられた場所に到着してみると、そこに建つのは『東和ハイツ』という名のマンションだ。五階建てだから、そう大した高さではない。そもそも西荻窪には湾岸エリアで見かけるようなタワーマンションなどは皆無なのだ。

「五階建てってのは、まあ、このへんじゃ標準的なマンションよね」

と二階建てシェアハウスの住人である葵が、他人の建物を見上げながら、まあまあ偉そうに呟《つぶや》く。

ガラス張りの共用玄関があり、オートロックを解除するためのナンバーキーがある。美緒たちが眺める間にも、ひとりの若い女性がオートロックを自ら解除して、建物の中へと消えていった。その後ろ姿を見やりながら葵がいった。

「だけど美緒、殺人現場は、ここじゃないからね」

「判《わか》っとるっちゃ。この隣じゃろ」

厳密にいうなら、隣の建物との隙間《すきま》にあるデッドスペース。そこが現場なのだ。

美緒は葵とともに『東和ハイツ』の玄関先を離れ、隣の建物へと移動した。そこに建つのは四階建ての古いビル。ただし、こちらはマンションではなくて雑居ビルだ。『北商ビル』というらしい。入口の案内板によると入居しているのは、歯科医院、不動産仲介業、骨董《こっとう》店に占いの館《やかた》、と業種は多岐にわたっている。まさに雑居ビルという名前が相応《ふさわ》しい。

「これもまあ、どこにでもあるタイプのビルね」

「まあ、占いの館は、あんまりどこにでもはないけどなー」

そんな会話を交わしながら、いよいよ二人はビルとビルとの谷間のスペースへと足を踏み入れていった。すると、その直後――「おや!?」

声を発して葵がピタリと足を止める。美緒も「ん!?」と眉根《まゆね》を寄せた。

二人は昼なお薄暗いビルの谷間に目を凝らす。数メートル先の地面に、両手両膝《りょうひざ》を突きながら四つん這いになった若い女性の姿があった。グレーのパーカーに細身のジーンズ。俯《うつむ》いた体勢なので表情は窺《うかが》えないが、その口からは「うッ、ううッ……」というような声が漏れ聞こえる。

「まさに嗚咽《おえつ》の声っちゃねえ……」美緒がしみじみ呟くと、

「かわいそうに」と葵の口からも同情の声。「あの娘《こ》も飲みすぎたのかしら……」

「違うっちゃよ、葵ちゃん！」美緒はガクッとばかりに《昭和のコケ方》を披露して叫ぶ。「あの娘、泣いてるっちゃ！」

「はあ!?　美緒がいったんじゃない。まさに『オエッ』の声って」

「『オエッ』の声じゃのうて、『オエッ』の声じゃが！」

一歳上の友人を横目で睨《にら》みながら、美緒は小声で囁いた。「あの娘、たぶん被害者のことを悲しんで泣いとるっちゃよ」

「てことは、殺された中里綾香って女の知り合いか何かかね」

各種報道によれば、脇腹《わきばら》を刺されて死んだ中里綾香は二十八歳。目の前で泣き崩れる若い女性も、ほぼ同年代に見える。これは当たってみる価値がありそうだ。

顔を見合わせて頷《うなず》いた二人は、嗚咽の声を漏らしている彼女のもとへと歩み寄った。

「なーなー、どねーしたん、あんた？　そねーところで四つん這いになって……」

覗《のぞ》き込むようにして美緒が尋ねると、女は顔を上げながら、

「は、はい……実は昨夜、飲みすぎてしまって、ちょっと気分が……オエッ」

「ほらぁ、やっぱりぃ」と、まるで逆転の一打を放ったかのように胸を張る葵。

「ごめ〜〜ん、葵ちゃ〜〜ん」美緒は両手を擦り合わせて謝罪のポーズだ。

そんな二人の前で、若い女性はふらりと立ち上がる。そして綺麗《きれい》なハンカチで口許《くちもと》と目許を拭《ぬぐ》ってから、あらためて二人のほうを向いた。

「泣いてるように見えましたか？　だけど、それもまた事実なんです。実は昨夜、この場所で私の大切な人が死んだんです。それが悲しくて……うッ……うッ……」

「ほら、見てみぃ、葵ちゃん」と今度は美緒が勝ち誇る番だ。

葵は両手を合わせて「ゴメンね」のポーズ。そして若い女性に問い掛けた。「あなたと被害者さんって、どういう関係だったの？」

「私と綾香とは会社の同僚です。同じ総務課で机を並べる仲でした」

「ふうん、そうだったの。じゃあ、せっかくだから尋ねるけれど、中里綾香さんって、どういう女性だった？　誰かに狙《ねら》われるような心当たりとか、あったのかしら。あるいは何らかのトラブルを抱えていたとか、そういった気配はなかった？」

「それは、まあ、彼女も一人前の女性ですから、悩み事のひとつや二つは抱えていたでしょうが」といった直後、彼女は悪い想像を振り払うようにブンブンと顔を左右に振りながら、「だけど、そもそも綾香は凶暴な女子高生の見境のない暴力の餌食《えじき》になって死んだのですよね。だったら彼女の抱えていたトラブルなど、事件とは関係ないはずです」

「凶暴な女子高生ねえ……」

「見境のない暴力って……」

誰に聞いたか知らないが、どうやら礼菜のことらしい。あまりの酷い評判に、美緒はここにいない礼菜のことが不憫《ふびん》に思えた。すると葵も同じ気持ちだったのだろう。鼻の上の眼鏡を指先でくいっと押し上げながら、「いや、そのことなんだけどさ。礼菜本人は、自分は殺していない――って、そういっているのよねえ」

葵の無防備かつ無頓着《むとんちゃく》すぎる発言に、目の前の女性はキョトンだ。

「はあ!?　礼菜さんって、いったい誰？」そう呟いた彼女の顔に、やがて浮かぶハッとした表情。そして次の瞬間には、女性の伸ばした右手が、葵の胸倉をむんずとばかりに摑《つか》み上げた。「おら、貴様らかぁ！　あたしの大切なダチを殺《や》ったのはぁ！」

「ち、違う違う！」葵は恐怖に顔を強張《こわば》らせて、「こ、殺したのは、礼菜だから……」

「それも違うっちゃよ、葵ちゃん。礼菜は殺してないけえ」美緒は二人の間に割って入りながら訴える。「礼菜は殺人犯と間違われて追われとるだけっちゃ！」

美緒の懸命な表情を見て、葵の胸倉を摑んだ女性の腕が緩む。そして彼女は手を離すと、元どおりの真面目《まじめ》な口調に戻って二人にいった。

「どうやら、いろいろと事情がありそうですね。ならば、詳しい話を聞かせていただけませんか。私も知っていることは、隠さずにお話ししますので」

それは願ったり叶《かな》ったり——というわけで葵と美緒は、落ち着いて話ができる場所を捜した。現場付近にあるお洒落《しゃれ》なカフェは二人にとって敷居が高く、落ち着ける空間ではない。二人は敢《あ》えてそこを避け、昔ながらの喫茶店にその女性を誘った。ボックス席に腰を落ち着け、あらためて初対面の挨拶《あいさつ》を交わす。

女性の名前は杉本智美《すぎもとともみ》、年齢は二十七歳。職場は新宿に本社がある某大手電機メーカー。そこの総務課に所属する正社員だという。今日は有給休暇を使って、あの現場を訪れたのだと、彼女は語った。

「——で、お二人は？」

尋ね返された二人は一瞬迷った挙句、コンビニ店員の葵は「某大手流通チェーンの販売職よ」、牛丼《ぎゅうどん》店でバイトする美緒は「某食肉加工会社の製造販売っちゃ」と少しだけマシに響くような答え方をチョイス。ただし杉本智美からの「ちなみに礼菜さんという方は、どちらの高校ですか？」という質問に対しては、「いんや、あの娘はコスプレ店のバイトじゃけえ」「だから、いい歳して女子高生に間違われるんだわ」と容赦なく真実をぶちまけた。

「そ、そうですか……」恐れをなしたように杉本智美が肩をすくめる。そして目の前のアラサー女二人に要求した。「では、その礼菜さんのことを、お話しいただけますか。なぜ、その人が犯人に間違われるに至ったのか、その経緯を……」

問われて二人は、昨夜に礼菜本人から聞いた話を繰り返す。それを黙って聞いていた杉本智美は、しばし考え込む表情。そして、おもむろに口を開いた。

「その礼菜さんの話が事実だとするなら、別の誰かが犯人ということになりますね。その誰かは礼菜さんが気絶している間に、綾香をナイフで刺し殺した。礼菜さんを殴って気絶させたのも、犯人の仕業なのかもしれません」

杉本智美は話の判る女性らしい。我が意を得たり、とばかりに葵が手を叩いた。

「そうなのよ。それで私たち、真犯人の手掛かりを捜してるってわけなの」

「あんた、被害者の友達なら、なんか知っとるんと違う？　たとえば、怪しい奴の心当たりとか」

期待を込めて相手を見詰める美緒。するとテーブル越しに杉本智美は身を乗り出すような素振り。そして他人の耳を気にするように小声で囁いた。

「ええ、実はあります、怪しい奴の心当たりが」

その言葉を聞いて、思わず美緒は隣の葵と顔を見合わせる。

葵は勢い込んで聞いた。「——だ、だだだ、だれだれだれ、だ、誰ッ!?」

「落ち着くっちゃ、葵ちゃん！」

美緒がなだめると、葵は自分の珈琲《コーヒー》をひと口。それから、あらためて杉本智美に尋ねた。「で、いったい誰なのかしら、その心当たりというのは？」

「高原雅史《たかはらまさし》という男です」

「そいつだわ。絶対間違いナシよ！」

「まだ名前しか聞いとらんちゃよ、葵ちゃん！」美緒は興奮気味の葵を押し退《の》けるようにして、自ら質問した。「んで、その高原雅史っていう男は、どねえ人物なん？」

「綾香の、その……付き合っていた男性です」

「付き合っとった!?　ちゅうことは、恋人……」

「はあ、恋人……」と、なぜか腕組みして考え込む杉本智美は、やがて顔を上げると意味深な口調でいった。「いや、恋人というより、むしろ愛人関係ですね。もっとも綾香のほうは、相手のことを恋人と思っていたかもしれませんけど」

「愛人関係……ちゅうことは、その高原っちゅう男には奥さんが……？」

「ええ、います、別居中の奥さんが。にもかかわらず、高原雅史は綾香と交際していたんです」

「そいつじゃ！　ぜってえ間違いないがッ！」と今度は美緒が大声を出す。

「まだ名前と奥さんがいるってことしか聞いてないわよ、美緒！」

先ほどの仕返しとばかりに、葵がピシャリという。美緒は「うッ」と呻いて黙り込むしかない。そこで葵は高原雅史という男についての詳しい情報を求めた。

杉本智美が語ったところによると――

高原雅史は、中里綾香より遥《はる》かに年上の四十代。彼女たちが勤める電機メーカーで営業部長の肩書きを持つ人物らしい。奥さんはいるが子供はいない。その奥さんとの関係は冷え切っているようで、現在、奥さんは自宅を離れて、実家に戻っているとのこと。近々、離婚に至ることは確実である――「と、綾香は生前、そんなふうにいっていました」

「なんか怪しいわね」と葵は警戒するように眼鏡を指先で持ち上げた。「それって、『妻とはそのうち別れるから』とかいって、ズルズルと不倫の関係を続けるパターンじゃないかしら」

「ウチも同感。仮に離婚したとしても、本当に中里綾香と一緒になる気があったかどうか、怪しいっちゃ」

「ええ、私もそう思って、綾香にはいろいろと忠告したんですけれど、結局、彼女は聞く耳を持ってくれませんでした」

「ふーむ、不倫関係の縺《もつ》れが殺人事件に発展する。——よくある話だわ」

葵のいう『よくある話』は主にテレビの中での『よくある話』だから、あんまりアテにはならないと美緒は思ったが、それはともかく——「確かに高原雅史は怪しいっちゃ。けど、それやったら奥さんのほうも疑う必要があるんと違う？　奥さんが『この泥棒猫めえ！』とか何とかいって夫の不倫相手に襲い掛かった。そっちの可能性もあると思うけど」

「それもそうね」葵は頷《うなず》き、杉本智美のほうを向いた。「その点、どう思う？」

「いいえ、奥さんが犯人という可能性は、ごく低いと思います。だって、奥さんの実家って九州の田舎ですから」

「へえ、随分と遠いのねえ。まあ、遠いからって、東京まで出てこられないわけじゃないだろうけど……」そう呟いた葵は、ふと気になったように尋ねた。「ちなみに高原雅史って男は、いまどこに住んでいるのかしら。西荻の近くなの？」

「ええ、近くというか、すぐそことというか……実は彼、西荻窪に住んでいます。『東和ハイツ』の五階です」

「ん……」その名を聞くなり、葵は記憶を手繰るような表情。やがて「ええッ、『東和ハイツ』ですってえ!?」と驚きの声をあげると、テーブルから身を乗り出した。「そのビルって、あのビルじゃない！　ほら、あの殺人が起こったビルとビルの谷間の、その谷間の両側に建つビルとビルの、その片側のマンションのビル！」

「いったい、いくつビルが建っとるんよ！」

葵の言葉を聞く限りでは、現場付近にビルが五棟も六棟もにょきにょき建っているかのようだが、実際はそうではない。現場に建つビルはマンションと雑居ビルの二つだけだ。

美緒は簡潔に事実を語った。「要するに現場の隣にあった、あのマンションっちゃね。そこの五階に高原雅史はひとりで暮らしとる」

「ええ、そのとおりです」と杉本智美は真《ま》っ直《す》ぐに頷いた。

## *6*

四階建ての『北商ビル』、その屋上で青い旗がパッパッパッパッと三度振られる。作戦開始を告げる合図の旗だ。どうやら隣に建つ『東和ハイツ』の五階の角部屋から、男が出てきたらしい。

「けど、葵ちゃん、その合図は大袈裟《おおげさ》すぎるっちゃよ……」

べつに旗で合図を送らなくても、スマホで連絡すれば済むことだろうに——と若干呆れながら占部美緒は、路上にある自販機の陰に身を寄せた。そうしてジッと待つこと数十秒。マンションの共用玄関に人の気配があった。ガラス張りの自動ドアが開き、大柄な中年男性が姿を現す。高原雅史に間違いなかった。

短く刈った髪に、日焼けした横顔。中年太りの体形だが、言葉を変えれば恰幅《かっぷく》が良いともいえる。高級スーツを着せれば、一流企業の重役クラスに見える貫禄《かんろく》だ。ただし現在は土曜日の昼間。会社員にとっては休日なので、今日の高原はスーツ姿ではない。チェックのネルシャツにブルーのデニムパンツ。その上にカーキ色のコートを羽織っている。だが、服装以上に目立つのは、彼が背中に担《かつ》いでいる大きな物体だった。

それは黒い楽器ケースだった。これが小林旭《こばやしあきら》なら『ははん、ギターだな』と即座に断言できるところだが、高原が担いでいる楽器ケースは、ギターケースを遥かに凌《しの》ぐ大きさだ。その中身が何か、美緒にはよく判らなかった。

そうこうするうちに、高原は美緒のいる自販機の前を通りかかる。美緒は変な印象を与えないように、缶珈琲を片手に持ちながら路上でウンコ座り。「はあぁー、やっとられんわぁー」と呟きながら短い茶髪をわしゃわしゃと掻き回す。

そんな美緒に対して、高原は道端の雑草ほどの関心を寄せることもなく、悠然と自販機の前を通り過ぎていった。

男を無事にやり過ごして、再び美緒はすっくと立ち上がる。すると雑居ビルの屋上から降りてきた葵が、彼女のもとへと駆け寄りながら、「さすがね、美緒」と感心するように声を掛けた。「まさに『自販機の傍らで暇を潰《つぶ》すヤンキー女』そのもの。道行く人は誰ひとり、あなたの姿をまともに見ようとしないわ。ほぼ透明人間ね」

「それ、全然褒め言葉になってないっちゃよ」皮肉のこもった視線を葵に向けると、

「ええ、べつに褒めてるつもりもないわ」葵も皮肉たっぷりに言い返す。そして眼鏡越しの鋭い視線を、遠ざかっていく中年男性へと向けた。「さあ、奴《やつ》を追うわよ」

真剣み溢《あふ》れる葵の言葉に、美緒は「らじゃー」と人を小馬鹿《こばか》にしたような敬礼で応《こた》える。

そして二人は高原雅史の背中を追って歩きはじめた。

葵と美緒が高原の尾行を始めて、今日で二日目になる。もっとも初日の金曜日、高原は職場のある新宿と自宅を往復しただけ。美緒たちが期待するような怪しい動きを、昨日の彼はいっさい見せなかった。

「でも、平日に動きがないのは、まあ、当然のことよね」油断なく前方を見詰めながら、葵が呟く。「何か動きがあるなら、この週末だろうと想像はしていたけれど……」

「やっぱり何かありそうっちゃね」

そういう美緒は、高原が背負っている大きな楽器ケースに視線を注ぎながら、

「あれって何のケースじゃろか」

「さあ、チェロとかかしら」

「大きさ的には、そんなところっちゃね」

いずれにしても大型の弦楽器には違いない。

ケースの大きさは、高原の身体《からだ》の大半を覆《おお》い隠すほどもある。まるで楽器ケースに脚が生えて、路上を歩いているかのようだ。

葵と美緒は足音を忍ばせながら、慎重に男を追跡した。高原は西荻窪駅の方角ではなく、吉祥寺方面へと向かっている様子。その途中で何度か、高原は後ろを振り返る素振りを見せる。その度に葵は電柱と抱き合ったりポストと一体化したりで大忙し。美緒は美緒で、コンビニ前にたむろする不良男子高校生に混じったり、路上にいる車好きのヤンキーに混じったりと、かなりの演技力が試される場面が続いた。

だが、そんな二人の追跡劇も、ほんの数分で唐突な幕切れを迎えた。

それは尾行する二人が住宅街にある駐車場に差し掛かったときだ。高原が駐車場の隣の路地をいきなり直角に曲がった。それを追って葵と美緒も同じ角を急いで曲がる。と、その直後――「うッ」

葵は呻き声をあげて、ピタリと足を止めた。美緒は急停止する葵の背中に顔面をぶつけて「ぶッ」とブタが鳴くような声をあげた。「どねえしたん、葵ちゃん……？」

不満を呟きながら前を向くと、葵の正面には通せんぼするように立ちはだかる高原雅史の姿。その表情にはニヤリとした意地悪な笑みが浮かんでいる。葵と美緒は揃って気まずい表情。そんな二人を見下ろすようにして、高原が口を開いた。

「君たちは何者だ？　なぜ私のことをつける？」

どう応えて良いか判らない難しい問い掛け。しかし葵は臆《おく》する様子も見せずに、唯《ゆい》一《いっ》無二の答えを返した。「あら、べつにつけてなんかいないわよ。ただ、あたしたちが歩く前を、あなたが歩いているだけで……」

「んなわけあるか！」高原の顔が怒りに歪《ゆが》む。「知ってるんだぞ、私がマンションを出てから、君たちはずっと私の後をつけていた」

「ホント、偶然ってあるものなのねえ。私たちの行く先、行く先、ずーっとあなたが前を歩いているなんて……いったい、どういう運命かしらね」

「ホンマ、どねえ運命じゃろか」美緒も調子を合わせて首を捻《ひね》る。

あくまでもシラを切る女たちを前にして、中年男性はさすがに呆れ顔だ。

「判った、もういい！　とにかく、これ以上、私をつけ回さないでくれ」

そういって彼は背中に担いだ楽器ケースを背負いなおす仕草。それを見て、葵がタイミング良く質問を発した。「音楽やってるのね。大きなケースだけど、何ギター？」

「ギターなわけあるか。これはウッドベースだ」

「ああ、ジャズとかで見かける恰好いいやつね」

「恰好いい？　ま、まあ、確かにな……」と高原はまんざらでもない表情。

それを見逃すことなく、葵は再び口を開く。「ひとつ聞かせてほしいんだけど」

「え、聞かせてほしい？　私のベースを？　ここでかい？」

「んなわけないでしょ！」葵はキッパリと首を振ると、「聞かせてほしいのは、中里綾香さんのこと。あなた、彼女と交際してたんでしょ。その中里さんが、あなたの住むマンションのすぐ隣で殺されたのは、単なる偶然なの？　それとも何か意味があるのかしら」

単刀直入な葵の問いに、高原はたちまち表情を強張らせて明らかな動揺を示す。それだけでも葵の質問に対する答えとしては充分だと、美緒は感じた。

しばし言葉に詰まった高原は「も、もちろん偶然だとも！」そう吐き捨てるようにいうと、「じゃあな、二度とおかしな真似《まね》をするんじゃないぞ」と二人に警告を発して、ひとり路地を出ていく。

そのまま真っ直ぐ駐車場に向かった高原は、白いミニバンに歩み寄った。スライド・ドアを開け、後部座席にウッドベースのケースを押し込む。そして運転席に乗り込むと、即座にエンジンを掛けて車をスタートさせた。

駐車場を出ていく白いミニバン。それを見送りながら、葵と美緒は揃《そろ》って顔をしかめた。

「間違いなく怪しいわね、あの男……」

「じゃけど、これ以上、尾行するんも無理っちゃよ。どねーする、葵ちゃん？」

「仕方ないわね。いったん戻って仕切りなおしよ。何か別のやり方を考えましょ」

いうが早いか踵《きびす》を返して、いまきた道を引き返す葵。美緒もその背中を追うようにして歩き出す。すると、ほんの数メートルほど歩いたところで、突然、聞き覚えのある男性の声が背後から二人を呼び止めた。「――おい、ちょっと待て。そこの、おまえら！」

中年男性らしい低音。もちろん高原雅史のものではない。もっと野太い声だ。

ひょっとして——と顔を見合わせた葵と美緒は、恐る恐る後ろを振り返る。そんな二人の前に立ちはだかるのは、見覚えのある茶色いコート。そしてハンチングの下には四角くて、いかつい顔。やはり間違いない。
二人の前に現れたのは荻窪署の神楽坂刑事、その人だった。

7

「おまえら、こんなところで、いったい何してるんだ？」

と先に疑問をぶつけてきたのは、神楽坂刑事のほうだった。まるで犯罪者を見るような視線が、油断なく二人に向けられている。

——あんたこそ、何しちょるん？

と素朴な疑念を抱く美緒の隣で、葵は「さあね。何してると思う、刑事さん？」と、とぼけた台詞《せりふ》を口にして中年刑事を挑発する。

「判らないから聞いてるんだ！」神楽坂刑事は早くも短気な面を覗かせた。

「じゃあ、三人で落ち着いて話ができるところへいきましょ」

そういって葵はひとり歩き出した。「ちょうど私も刑事さんに聞きたいことがあったのよねえ」

「ん、聞きたいこと？　何のことだ？」

神楽坂刑事は首を捻るばかりで、サッパリ動き出そうとしない。

美緒は立ちはだかる壁のごとき彼の背中をグイグイと押しながら、「ええけえ、さっさと歩かれーよ！」と中年刑事の前進を促すのだった。


そうして二人が神楽坂刑事を《連行》したのは、住宅街にある小さな公園。片隅に置かれたベンチに無理やり彼を座らせると、おもむろに葵が口を開いた。

「何してるのかって、そう聞いたわよね、神楽坂刑事？」

「ああ、ぜひ聞かせていただきたいな」

「探偵よ」と葵は堂々と胸を張った。「私たち、高原雅史のことを調べているの」

「はあ、探偵ぃ⁉」

一瞬、啞然とした表情を覗かせた神楽坂刑事は、その直後には破顔一笑。豪快すぎる笑い声を公園中に撒《ま》き散らす。すると、のどかだった公園はたちまちパニック。居合わせた赤ん坊はわんわん泣き出して、母親はオロオロ。遊具で遊んでいた子供たちは、恐怖に顔を引き攣《つ》らせてブルブルと震え出す。そんな中、笑い散らかした中年刑事は、いきなり真顔に戻ると、「ふん、馬鹿な！　素人《しろうと》のおまえたちに何ができるってんだ！」

そう一方的に決め付けるのだが――あれ!?　ウチらって、ここ最近、荻窪署管内で起こった凶悪事件を結構、解決に導いてきたんと違う？

その点、美緒は不思議に思って、隣の葵に耳打ちした。「そういやウチらが解決した事件って、いったい誰の手柄になっとるんじゃろ？」

「さあ、少なくとも神楽坂刑事の手柄には、なっていないみたいね」

なるほど、確かにそうらしい、と美緒は気の毒そうな視線を目の前の刑事に向ける。

一方、葵は何食わぬ顔で気の毒な刑事に尋ねた。

「実は、ひとつ判らないことがあるんだけど……神楽坂刑事も高原雅史という男の存在に、いちおう気付いてはいるのよね？」

「ふん、馬鹿にしてもらっちゃ困る。ああ、もちろん知っているとも。高原雅史は殺された中里綾香の交際相手だ」

「正確には不倫相手ね」

「ほう、そこまで知っていたのか」神楽坂刑事はベンチの上で大股《おおまた》を開きながら、葵の顔を見上げた。「で、それが、どうかしたのか？」

「どうかしたのか、じゃないわよ。その関係に気付きながら、警察はなぜ高原雅史のことを疑わないのよ。なぜ彼を放っておくの？」

「ふむ、なぜ彼を疑わないのかって？　その理由は実に簡単。犯人は関礼菜だからだよ。わざわざ他の人物を疑う必要なんて、どこにもないじゃないか」

「一方的すぎるっちゃ！」美緒は刑事の前で声を荒らげた。「礼菜が真犯人じゃなかったら、どねえするんよ」

「どねえもこねえも、するものかっちゃ！」神楽坂刑事は唇を尖《とが》らせながら言い返す。

「間違いなく関礼菜が犯人だっちゃ！」

「こらあーッ、ウチの方言、馬鹿にすなーッ！」

たちまち美緒の目が三角になる。「それにウチ、『〜だっちゃ！』とは絶対いってないけえね！」

激昂《げきこう》のあまり刑事の胸倉を摑みそうになる美緒を、すんでのところで葵が羽交い締めにする。

「落ち着いて、美緒！　安い挑発に乗っちゃ駄目よ」

そして葵は、あらためて神楽坂刑事のほうを向いた。「仮に礼菜の容疑が濃厚だとしても、それで警察が礼菜以外の人物をまったく調べないとも思えない。中でも高原雅史は明らかに怪しい。にもかかわらず、警察が彼のことを疑わないってことは、それなりの理由があるってことね」

「ふむ、よく判っているじゃないか」

神楽坂刑事は少しだけ葵のことを見直したような表情。そして睨むような視線を彼女へと向けた。「で、その理由を教えろ、というのかね？」

「ええ、ぜひ教えてほしいわ。実際どうなのよ？　高原雅史には鉄壁のアリバイでもあるっていうの？　それとも事件のあった夜、密室の中に閉じ込もっていた——とか？」

「ふん、そんな重大なこと、この俺が喋《しゃべ》ると思うか」

「でしょうね」葵は溜《た》め息混じりに頷くと、「だったら取り引きしましょうか。刑事さんは高原雅史について知っていることを教える。代わりに私たちは……」

「おッ、関礼菜の居場所を教えてくれるのか!?」ベンチから腰を浮かせる神楽坂刑事。

すると葵は試すような視線を彼へと向けながら、「ねえ、それ本当に教えてほしい？　礼菜の居場所を知って、どーすんの？　逮捕状持って、その場所に押しかける気？　そんなことして本当に大丈夫なの、神楽坂刑事？　だったら、ここで教えてあげましょうか。いま礼菜が匿《かくま》われているのはねえ、警察の上層部にも多大な影響力を持つ大富豪、法界――」

「わわッ、待て待て！」

たちまち神楽坂刑事はベンチの上で大慌《おおあわ》て。両手を耳に当てパフパフパフパフさせながら、「聞こえない聞こえない！　ぜーんぜん聞こえないもんねー」

あまりのことに葵は唖然となりながら、「やれやれ、大人げない刑事さんねえ……」

「この人、ホンマに礼菜を捕まえたいん？　それとも捕まえたくないん？」

美緒も思わず苦笑いだ。やがて《耳パフパフ》をやめた神楽坂刑事に、葵があらためて妥当な交換条件を告げた。「刑事さんには、礼菜から聞いた事件の詳細を教えてあげるわ。これを聞けば、刑事さんも事件の見方が根本的に変わるはずよ」

そして葵は、礼菜が事件の夜にビルの谷間で体験した出来事について語った。

黙ってそれを聞いていた神楽坂刑事は、葵の話が終わるのを待って口を開いた。

「ふむ、要するに関礼菜が気を失っている間に、すべて事は済んでいた、というわけか。だとすれば、確かに彼女以外の誰かが犯人ということになるが……しかし到底、鵜呑《うの》みにはできんな。なにせ関礼菜自身が語った話というのだから信憑性《しんぴょうせい》に欠ける」

「信じるか信じんかは、刑事さん次第っちゃ」

「そういうことね。さあ、こっちは知ってることを話したんだから、そっちも話しなさいよ。大丈夫。ここで聞いたことは誰にもいわないわ。法界院のオバサンにだって内緒……」

「わわッ」神楽坂刑事は再び耳をパフパフ……「聞こえない聞こえない……」

「もう、いい加減にしてよね、神楽坂刑事！」

「さっさと、知ってること、話すっちゃよ！」

葵と美緒に促されて、ようやく神楽坂刑事はひとつの情報を開陳した。

なぜ警察が高原雅史に対して疑いの目を向けないのか。その理由について、刑事は端的にこう語った。

「要するにだ、高原雅史は事件の起きた夜、『東和ハイツ』から一歩も外に出ていないんだよ」

「それ、誰が証人なのよ？」

「なーに、共用玄関の防犯カメラだよ。その映像には玄関を出入りする全員の姿が記録されている。だが、そこには夕刻に会社から帰宅する高原の姿が映っているだけ。それ以降、彼の姿は防犯カメラに映っていないんだ。もし、これが一階や二階の住人なら窓やベランダから外へ出たという可能性も考えられる。だが、高原の部屋は五階の角部屋だ。マンションから出るには、共用玄関を通るしかない。そして、そこを通れば必ず、その姿は防犯カメラに記録として残るはず。だが防犯カメラを何度チェックしても、そんな姿はないんだ」

「それやったら高原が違う姿に変装しとったんかも……」

「いや、大柄で中年太りの高原は、体形に特徴があるからな。ちょっとぐらい変装したって、こっちは誤魔化されたりしない。高原が変装して密《ひそ》かにマンションを出入りした可能性はない。高原の姿が防犯カメラに映るのは、翌朝の出社時だ。つまり高原雅史は夕刻に部屋に戻って以降、翌朝までずっとマンションの建物の中にいたわけだ。ならば、ビルの谷間での犯行が彼の仕業ということは、当然あり得ない。――そうなるだろ？」

　刑事の問い掛けに、葵と美緒も頷くしかなかった。

　礼菜が犯人ではないことは、間違いない。だが、いまの話を聞く限りでは、高原雅史の犯行という線も、あり得ないということになる。尾行した際の印象では、高原は完全にクロだったのだが、あれはこちらの思い過ごしだったのだろうか。美緒は抱いていた確信がぐらぐらと揺らぐのを感じた。

「うーん、困ったっちゃねえ」

　美緒は短い茶髪を両手で掻《か》き回す。隣で葵は、ぼんやりと思案顔をしながら、

「ふーむ、なかなか難しい事件ねえ」

頭を悩ませるアラサー女二人。

その姿を眺めながらベンチに座る神楽坂刑事は、余裕のポーズでいった。

「ふふん、何も難しいことはあるまい。要するに、犯人は関礼菜なんだよ。そうとしか考えられないじゃないか――」

*8*

結局、神楽坂刑事は最後まで《関礼菜犯人説》を曲げることはなかった。

「とにかく、探偵ごっこもホドホドにするんだな」と痛烈な皮肉を口にした彼は、コートの裾《すそ》を翻《ひるがえ》しながら、「じゃあな、あばよ！」と手を振って、くるりと踵を返す。

そんな彼の背中に向かって、小野寺葵は「ふん、余計なお世話よ！」と精一杯の強がりの言葉を浴びせ、占部美緒は得意の変顔とともに全力の「アッカンベー」をお見舞いする。

神楽坂刑事は振り向くことなく、ひとり公園を去っていった。のどかな公園に日常の風景が戻り、ようやく子供たちの歓声が蘇《よみがえ》った。

それから葵と美緒は公園を後にすると、再び現場へと舞い戻る。そしてそのまま『北商ビル』の屋上へと向かった。

そこは給水塔やらエアコンの室外機などが並ぶ雑然とした空間。周りをぐるりと囲むのは鉄製の手すりだ。そこから身体を乗り出せば、ビルに挟まれた事件現場が見下ろせる。隣に建つ『東和ハイツ』に目をやると、そこに見えるのは高原雅史の住む五階の角部屋だ。カーテンの引かれたサッシ窓や外廊下の様子なども、二人のいる場所からバッチリ見える。だから葵は先ほど、この場所から高原の部屋を見張り、彼が外出するのを確認すると同時に、青旗を振って地上の美緒に合図を送ったのだ（ただし何度もいうが、旗を振る行為は大袈裟なだけだ、と美緒は思う）。

そんな屋上に到着するなり、あらためて二人は今回の事件について意見を交換した。

「高原雅史の印象については、間違いなくクロっちゃ」

「でも印象だけでは決められないわ。彼には確かなアリバイがある」

「アリバイの問題なん？　むしろ密室の問題じゃと思うけど」

「同じことだわ。高原は防犯カメラによって監視された建物の中にいた。いわばマンション自体が密室ってことね。密室の中にいる以上、彼は現場となったビルの谷間に存在できない。これぞまさしく『現場不在証明』ってこと。つまり、これは密室の問題でもあり、アリバイの問題でもある」

「なんか難しいっちゃねえ」

「でも可能性なら、いろいろ考えられるわよ」そういって葵は正面に見える高原の部屋の窓を指差した。「例えば、このサッシ窓からロープを一本地上に下ろす。それを伝って彼はビルの谷間に降り立ち、そして犯行後はそのロープをよじ登って、再び自分の部屋に舞い戻った。これなら共用玄関の防犯カメラに高原の姿は映らないわ」

「理屈はそうじゃけど」と美緒は戸惑いながら、「まさか、あり得んじゃろ、そんな危険な真似」

「ええ、確かに危険すぎるわね。そもそもあの営業部長さん、かなり大柄っていうか、ハッキリいって太ってるわ。ロープを伝って降りたり登ったりは、ちょっと無理ね」

「例えば、一階あたりに高原雅史の知り合いが住んどって、その人に頼んでベランダから外に出してもらった。――なんていうのは、どねえじゃろか」

「さあ、どうかしらね。殺人の片棒担いでくれるほど親密な誰かが一階に住んでいるか否《いな》か、それぐらいは警察だって調べるんじゃないかしら。可能性は低いと思う」

そういって美緒の説を一蹴《いっしゅう》した葵は、ふと顎《あご》に手を当て、ひとつの疑問を口にした。

「そもそも高原が犯人だとして、なぜビルの谷間で殺人を犯す必要があるの？　中里綾香を殺したいなら、自分の住むマンションからもっと離れた場所で殺せばいいじゃない。そのほうが余計な疑いを招かずに済むはずでしょ」

「確かに、葵ちゃんのいうとおりっちゃ。なんで高原はビルの谷間なんぞで愛人を殺したんじゃろ」

「うーん、彼が殺したと決め付けるのは、まだ早すぎるかもしれないけれど……」

そう呟《つぶや》きながら葵は屋上の手すりに歩み寄る。その口から「あら!?」という気付きの声が漏れた。

「どねーしたん、葵ちゃん？」

「うん……ほら、ここ見て」といって葵は手すりの一箇所を指で示す。

美緒はシゲシゲと顔を寄せて、その手すりを見詰めた。

かなり年数を経た鉄製の手すりは、表面もボロボロでみすぼらしい。そんな手すりに、なぜか真新しい傷があった。何か固いもので引っかいたような傷だ。表面の塗装がはげて、鉄の地肌が覗いている。

「ごく最近できた傷みたいよ。何の傷かしら」不思議そうに手すりを見詰める葵。やがて何事かに思い至ったようなハッとした表情を浮かべると、「もしかして、これって……」

「え、葵ちゃん、何か判《わか》ったたん？」

「うん、ひょっとすると、この傷は……」と葵が答えかけた次の瞬間、隣のマンションの外廊下に人の気配。「……わわッ、高原よ。もう戻ってきたみたい！」

小声で叫んだ葵は、すぐさまエアコンの室外機の陰に身を隠す。美緒はそんな葵の背中に寄り添い、自分の身を隠した。

二人が上手に隠れられているか否かは、ともかく――

二人の視線の数メートル先に、高原雅史の姿があった。出掛けたときと、まったく同じ恰好だ。ネルシャツにデニムパンツ、そしてコート。背中に担いだ黒い楽器ケースも、そのままだ。自分の住む角部屋にたどり着いた彼は、雑居ビルの屋上を一瞥《いちべつ》することもなく玄関扉を開ける。そして、そのまま室内へと姿を消した。

「ホーッ」と息を吐きながら立ち上がる美緒。「やれやれ、危なかったっちゃ。――ん、どねーしたん、葵ちゃん？　いきなり誰に電話するん？」

首を傾《かし》げる美緒をよそに、葵はスマホを耳に押し当てる。そして人差し指を唇の前に立てながら、『静かに！』というポーズ。やがて彼女は電話越しの会話を始めた。

「――あ、成瀬君？　私、小野寺だけど」

――なんだ、葵か。どうした。急に何の用だ？

と、つまらなそうに応じる成瀬啓介の声が、こちらまで聞こえてきそうだ。

するど葵は唐突に意外な用件を告げた。「実は車を一台貸してほしいの。なるべく目立たない車がいいわ。法界院のオバサンに頼めば、何とかなるでしょ？　あなたから頼んでみてよ」

――えー、なんで俺が、あのオバサンに頭を下げなくちゃいけないんだよぉ？

と不満げに呟く見習い秘書の姿を勝手に脳裏に思い浮かべて、美緒は密かに笑いを堪《こら》える。だが、それにしても――と、あらためて美緒は不思議に思った。

いったい葵は借りた車で何をするつもりなのだろうか？

## 9

通話を交わして三十分もしないうちに、成瀬啓介は一台の車を転がして、葵と美緒が待つ路地に到着した。だが、いったい彼は葵の要求を法子夫人に対して、どう伝えたのだろうか。彼が法界院邸の車庫から持ち出した車は、ドイツが誇る名車ポルシェだった。

これが果たして《目立たない車》に該当するか否か、美緒は大いに疑問に思ったが、葵は「まあ、色が黒だからセーフかしらね」と呟いて、いちおうの及第点を与えた。

「おい、まさかこの車で、またカーチェイスの真似ごとをする気じゃないだろうな？」

啓介は警戒するような視線を葵に浴びせる。

葵は曖昧《あいまい》な笑みを覗《のぞ》かせながら、「さあ、どうかしらね」とだけいって、彼からキーを受け取った。「ご苦労さん、もう帰っていいわよ」

「畜生、今回の俺、あまりに出番が少なすぎる……」と切実な不満を口にしながら、役目を終えた見習い秘書は徒歩と電車で荻窪へと戻っていった。

一方、念願の車を手に入れた葵は、「さて、これから持久戦になるわよ」といって企《たくら》みに満ちた表情を美緒へと向ける。事ここに至って、美緒はようやく葵の真意を理解した。

彼女は、この《目立たない車？》で再び高原雅史を尾行するつもりなのだ。

そうして二人が車で張り込んだ場所は、しかし『東和ハイツ』ではなかった。そこから数分ほど離れた月極駐車場だ。そこには高原の愛車である白いミニバンが停めてある。

どうやら葵は、高原が再び車でどこかへ出掛けるものと睨《にら》んでいるらしい。それが何を根拠にした推理なのか、美緒にはよく判らない。だが過去には、その慧眼《けいがん》でいくつもの難事件を解決に導いてきた葵のことだ。今回の行動も何らかの勝算があってのものに違いない。そう信じて、駐車場に高原の姿が現れるのを、ひたすら待ち続ける美緒だったが――

結局、その日の張り込みは空振り。二人は路肩に停めたポルシェの車内で、代わりばんこに睡眠を取りながら、結局、何事も起こらない一夜をやり過ごしたのだった。

そうして迎えた翌日。日曜日の夜は月の輝く明るい夜だった。

「明日になれば、高原には会社員としての仕事がある。彼が動くとすれば、きっと今夜ね」

運転席で力強く断言する葵の前に、期待したとおりにお目当ての男性が姿を現したのは、時計の針が午後九時を回ったころだった。

「ほら、見なさい、美緒！　高原雅史よ」

葵の指差す方向を見やると、そこには確かに見覚えのある男性の姿。大柄な体形もさることながら、それにも増して特徴的な点が美緒の興味を引いた。

「あいつ、また楽器ケース、担いでるっちゃよ」

「こんな夜に誰かとセッションするわけでもあるまいにね」

皮肉を呟く葵の視線の先、高原雅史は駐車場に足を踏み入れ、真っ直ぐ愛車のもとへと歩み寄った。スライド・ドアを開けて後部座席に楽器ケースを押し込んだ彼は、そのまま運転席へ。すぐさまエンジンを掛けると、車をスタートさせる。白いミニバンは駐車場を出ると、その進路を西へと向けた。

「よーし、追跡開始！」

標的をロックオンした葵は、ポルシェのアクセルを踏み込む。唸《うな》りを上げた黒いポルシェは、白いミニバンに纏《まと》わり付く影法師のように、その後方を追尾するのだった。

それから小一時間ほどが経過したころ——

前をいくミニバンは一般道を西へ西へと向かった挙句、大きな川へとたどり着いた。

「どこよ、ここ？」ハンドルを握る葵が、目をパチクリさせながら窓の外を見やる。

美緒はカーナビを覗き込みながら、

「多摩川っちゃよ。立川市と日野市の境界っちゃ」

「多摩川!?　そう、じゃあ、きっとここが最終地点ね」

キッパリ断言する葵の言葉どおり、前をいくミニバンは河川敷の道へと降りていき、その道端に静かに停車した。葵は敢《あ》えて河川敷には向かわず、土手の上にポルシェを停めた。車から出た二人は河川敷に駆け降りると、生い茂る雑草と暗闇《くらやみ》を隠れ蓑《みの》にしながら、白いミニバンに接近する。ちょうど高原雅史は、愛車の後部座席から楽器ケースを下ろしたところだ。スライド・ドアを閉めてケースを担ぐと、彼はそのまま川の流れるほうへ、ゆっくりと歩き出した。

「あいつ、こんなところで、何する気じゃろ？」

呟きながら美緒は葵とともに男の背中を追った。やがて、周囲の景色は雑草の茂る河川敷の風景から、石や岩がゴロゴロと転がる川原のそれへと変わった。葵と美緒は大きな岩の陰に身を隠して、高原の様子を窺《うかが》った。

幸い彼は二人の尾行に気付いていない。川原にたどり着くと、ようやくそこで大きな楽器ケースを背中から下ろす。そして、おもむろにケースの蓋《ふた》を開けると、その場にしゃがみ込み、何らかの作業に没頭しはじめた。暗闇の中でゴソゴソしながら蠢《うごめ》く中年男性のシルエット。その様子を岩陰から眺める美緒の目に、彼の行動は酷《ひど》く謎《なぞ》めいたものに映る。

「あいつ、いったい何しょうるん？」

一方、葵の目には、彼の行動の意味するところが明確に理解できるらしい。岩陰で舌打ちした葵は、ひと言「――証拠隠滅よ」と呟くように答えた。

するとそのとき、ようやく作業を終えたのだろうか、中年男のシルエットがすっくと立ち上がる。そして再び楽器ケースを両手で抱えると、よろけるような足取りで多摩川の川岸へと歩み寄っていく。ここまでくれば、高原雅史がおこなおうとしていることは、美緒の目にもハッキリ判る。高原は、あの楽器ケースを川に沈めようとしているのだ。彼が川原でおこなっていた謎の作業。それは楽器ケースに大きな石を詰め込んで、沈みやすくすることだったに違いない。それがすなわち葵のいう『証拠隠滅』の意味だろう。

ここで証拠の品を川に沈められたりしたら、おそらく回収するのは容易ではない。焦《あせ》りを覚えた美緒は、隣の葵にいった。「こうなったら仕方がないっちゃ。もはや実力行使あるのみ。無理やりにでも奴を止めるっちゃ！」

「そうね。こっちは二人いるんだし！」

即座に頷《うなず》いた葵は、次の瞬間には岩陰を飛び出す。そしてポケットからペンライトを取り出すと、その光を真っ直ぐ男へと向けた。「待ちなさい、そこの人！」

瞬間、光の輪の中で驚いたように高原が振り向く。同時に楽器ケースが彼の手を離れ、川岸の地面にドスンと横倒しになった。「――だ、誰だ⁉」

「私よ、私」と葵が答えた。「昨日の昼間にもお会いしたはずよねえ」

高原は眩《まばゆ》い光を掌《てのひら》で遮りながら、「うッ、おまえたち……なぜこんなところに？」

「ホント、不思議よねえ、私たちの行く先、行く先に、ずっとあなたの姿が……」

「んなわけあるか！　畜生、また後をつけてやがったな！」

「まあ、そうだけど……」アッサリ頷いた葵は悪びれる様子も見せず、男に尋ね返した。「そういうあなたは、こんなところで何をしているの？」

「お、おまえたちには関係がないだろ」

「うんにゃ、関係あるっちゃ」堪《たま》らず美緒は横から口を挟んだ。「おまえのせいでウチらの大事な仲間が、濡《ぬ》れ衣着《ぎぬ》せられそうになっとるんじゃけえね！」

「ぬ、濡れ衣⁉　な、何のことだかサッパリ……」

「しらばっくれるなっちゃ！」まさに堪忍袋《かんにんぶくろ》の緒が切れるとは、このことだ。怒り心頭の美緒は、葵の隣からひとり猛然と駆け出した。そのまま一直線に高原のもとに接近すると、問題の楽器ケースの前にしゃがみこむ。「この中に、証拠の品が入っとるんじゃろーが」

いうが早いか、美緒はケースの金具を外して大きな蓋を開け放つ。次の瞬間、目に飛び込んできたのは意外な光景。楽器ケースの中は大きな石が詰められているばかり。それ以外は完全にカラッポな状態だった。「あ……あれえ⁉」

アテが外れて美緒はキョトン。そんな彼女の首のあたりに次の瞬間、なぜか冷たい金属を当てられたようなヒヤリとした感触があった。咄嗟《とっさ》に動きを止めてゴクリと唾《つば》を呑む美緒。その耳元で高原雅史の低音が不気味に響いた。

「動くなよ。動いたら、おまえの喉笛《のどぶえ》、掻き切るからな」

## 10

占部美緒の軽率な行動と高原雅史の迅速な対応によって状況は一変した。

残忍な笑みを浮かべる高原の右手には、ギラリと光る一本のナイフ。手が出せない葵は、離れた場所でワナワナと拳《こぶし》を震わせるしかない。一方の美緒は生きた心地もせずに、ただ「うッうッ……」と短い呻《うめ》き声を発するばかり。

だが現場の緊張感が最高潮に達した、そのとき――

「うッうッ、ウチのことは気にせんでええけえ、この悪党をやっつけるっちゃ、葵ちゃん！　それがウチの最後の望みだっちゃ――って、そういいたいのね、美緒！」

と葵がいった。

「こらあ、勝手に決めるなっちゃ、葵ちゃん！」友人のあまりの理不尽さに、美緒は恐怖を忘れて叫び声をあげた。「正直いって、ウチまだ死にたくないっちゃ。それとあと、何度もいうようじゃけど、ウチは『〜だっちゃ』とは絶対いわんけえね！」

「こら、黙れ、女！　んなこと、どうでもいいだろ！」

高原の構えるナイフが、美緒の首にピタリと押し当てられる。

そのとき再び葵が叫んだ。

「美緒を殺したって意味ないわよ。だって、その娘《こ》は事の真相を何も知らない。ただ乱暴なだけの女子なんだから」

——ただ乱暴なだけ、とは酷いっちゃよ、葵ちゃん！

美緒は思わずムッとなったが、しかし葵の言葉は確かに効果があったらしい。高原はナイフの刃先を美緒の首から僅《わず》かに遠ざけると、「なんだと!?　じゃあ、そういうおまえは事の真相を知っているというのか」

「ええ、知ってるわ。たぶん間違いないはず。それじゃあ、最初から説明するわね」

「いや、説明しなくていい！　いま、それどころじゃな……」

「ええっと、まず明らかにすべきは、本当の犯行現場よね……」

と一方的に喋り出した葵は、この切羽詰った状況の中で悠然と事件の絵解きを開始した。

——いったい何、考えちょるん、葵ちゃん？

美緒は泣き出したい気分だったが、状況が状況なので泣くわけにもいかない。ただ葵の言葉を黙って聞くばかりだった。

「いい？　今回の中里綾香殺害事件はビルの谷間で起こった殺人事件であると、一般にそう思われてきたわよね。でも本当にそうかしら？　私は、その点に疑問を覚えた。だってわざわざ、あんな場所で人殺しをする理由がないわ。確かに被害者の死体はビルの谷間に転がっていた。だけど実際の犯行現場は、たぶんそこではないわ」

「じゃ、じゃあ、いったいどこだ？」高原が質問を投げる。

——あんた、なんだかんだいって、話を聞く気あるみたいやねえ！

高原雅史の意外な律儀《りちぎ》さに、美緒は少し安堵《あんど》する。葵は彼の問いにズバリと答えた。

「殺人がおこなわれたのは『東和ハイツ』の五階の一室。つまり高原雅史、あなたの部屋よ」

「………」図星を指されたのか、高原は言葉もない様子。

それを見て、葵はさらに説明を続けた。「あなたは自分の部屋で、愛人である中里綾香さんを殺害した。詳しい動機は知らないけれど、いずれにしてもそれは突発的な犯行だったはず。別れ話が拗《こじ》れた挙句、ついカッとなって、相手の脇腹《わきばら》をナイフで刺した——みたいなね。とにかく、あなたは中里綾香をナイフで殺害した。となると、次に問題になるのは死体の始末よね。部屋に置いておくわけにはいかない。死体はどこかに捨てにいく必要がある。そこであなたは死体の入れ物として、ウッドベースのケースを利用することにした。あの大きな楽器ケースは、小柄な女性の死体を収めるのに、うってつけだったはずよ。あなたは楽器ケースに死体を詰めた。ところがその直後、あなたは困難な問題に直面して頭を抱えることとなった」

高原は黙って葵の話を聞いている。葵は一方的に話を進めた。

「問題は防犯カメラよ。死体を詰めた楽器ケースを外へと運び出すためには、マンションのエレベーターと共用玄関、この二箇所をどうしても通らなくてはならない。だけど、その二箇所には確実に防犯カメラがある。そのカメラの前を、あなたが死体の詰まった楽器ケースを軽々と背負って歩けるのなら、何も問題はないわ。でも、そんなことまず不可能よねえ。それを運ぼうとするなら、ケースごと台車に乗せるか、あるいはズルズルと引きずるようにして運ぶしかない。そんな不自然な姿を防犯カメラに記録されてしまっては、やがて警察の疑惑を招くことになるのは確実。そこで、あなたは別のやり方を考えた。エレベーターも共用玄関も通ることなく、マンションの外に死体を運び出す方法を――」

そして葵は人差し指を一本立てると、こう断言した。

「やり方はひとつだけ。長いロープを使って死体の詰まった楽器ケースを吊《つ》り下げ、五階の窓から真下の地面に下ろすの。雑居ビルとマンションの谷間にある、あの狭い空間にね」

「ふん、無理だ。いくらなんでも重すぎる。小柄な女性の死体だって五十キロ近くあるはずだからな」

高原の反論に、葵は動じる素振りも見せずに頷いた。

「ええ、そうね。確かに一本のロープで五十キロの物体を吊り下げて地面に下ろすのは、よほど腕力のある人でも難しい。でも工夫次第で、その作業はぐっとラクになるはずよ」

「…………」高原は無言のまま、葵の話を聞いている。

「あなたはロープの先端にカギ状の金具を括《くく》り付けた。カギ状の金具が具体的に何かは判らないけど、家中探せば何かしら利用できるものがあったはずよ。あなたは、そのカギ状の金具が付いたロープを、隣に建つ雑居ビルの屋上目掛けて投げた。投げ縄の要領でね。するとカギ状の金具が、屋上の手すりに引っ掛かる。これでロープに二つの支点ができたことになるわ。片方は屋上の手すり、もう片方はロープを持つあなた。このロープを楽器ケースの肩ヒモあたりに通して、ケースを窓から吊り下げるの。

これだとロープは二箇所で支えられているから、あなたに掛かる負担は遥《はる》かに軽くなる。大柄な成人男性にとって、けっして支えきれない重量ではなかったはずよ」

「……うッ……そ、それは……」

「あなたは慎重にロープを伸ばしながら、死体の入った楽器ケースを少しずつ地上へと降下させていった。――ところが、ここで思わぬアクシデント発生よ。しかも二つ同時に！」

「え、アクシデントって何なん、葵ちゃん!?」

思わず普通のテンションで尋ねる美緒。

すると背後の高原が即座に声を荒らげて、「こら、おまえは喋るな！」と手にしたナイフで美緒を威嚇《いかく》する。たちまち美緒は首をすくめた。

葵は淡々とした口調で続けた。「ひとつ目のアクシデント、それは三毛猫を追いかけていた礼菜が、ビルの谷間のスペースに偶然、足を踏み入れてしまったこと」

「あの女子高生のことだな？」

「ええ、そうよ。実際は二十九歳だけどね」

と付け加えてから、葵は続けた。

「礼菜が足許《あしもと》の三毛猫に気を取られている間、死体入りの楽器ケースは、彼女の頭上にぶら下がったままブラブラと揺れていたはず。あなたはロープを握りながら、礼菜が頭上の楽器ケースに気付かないよう、懸命に祈っていたんでしょうね。しかし、その祈りも虚《むな》しく、そこで二つ目のアクシデントが起こった。楽器ケースの蓋が中身の重みに耐え切れず、突然パカッと開いてしまったのね。結果、中の死体はケースから飛び出し、数メートル下の地面に落下してしまった」

——おお、なんと！　あまりの意外な展開に、むしろ美緒のほうが目を見張った。

葵はさらに説明を続ける。

「ただし、死体はまともに地面に落下したわけじゃなかった。死体の一部——おそらく頭か肩か踵《かかと》のあたり——が礼菜の後頭部を直撃したはず。つまり死体は礼菜の頭でワンクッションあった上で地面に落ちたってわけね。一方、後頭部に打撃を受けた礼菜もまた、その場で転倒して気絶してしまった。その様子を五階の窓から見下ろしていたあなたは、さぞやビックリしたはず。しかしあなたは臨機応変に、そのアクシデントに対応した。すぐさま空になった楽器ケースを五階まで引き上げて回収。そして手すりに引っ掛けていたカギ状の金具を外して、ロープ自体も回収した。こうしてビルの谷間には、中里綾香の死体と気絶した礼菜だけが残された」

「…………」

「死体の脇腹に刺さっていたはずのナイフは、おそらく落下の際の衝撃で抜け落ちたんでしょうね。間もなく目を覚ました礼菜は、迂闊《うかつ》にもそのナイフを手に摑《つか》んだ。そして、その場面を通りかかった巡査に見られた。慌てた礼菜はナイフを投げ捨てて、その場から逃げ出したってわけ。——どう、これがあの夜にビルの谷間で起こった出来事のすべてよ。何か間違っているところがあるかしら?」

葵の推理に間違いはなかったらしい。高原は沈黙を貫くばかりだった。

「さあ、これで判ったでしょ。その娘を殺したって、もうあなたは助からないの。無駄な罪を重ねるのはやめて、おとなしく自首でもしたらどう?　そのほうが、あなたのためよ」

一歩前に踏み出す葵。すると沈黙を続けていた高原が、突然の怒声を響かせた。

「う、うるさい!　なんで、おまえらごときのために、この私が捕まらなくちゃならんのだ。——くそッ、こうなったら二人とも纏《ま》めて地獄に送ってやる!」

「あら、勇ましいこと。だけど、そんなに上手《うま》くいくものかしら?」

「ああ、簡単なことさ。まずこいつを葬《ほうむ》って、それからおまえの番だ」

「あらそう!?　じゃあ、私も殺されちゃうのね」と葵は困ったような声。そして暗闇を見詰めながら、「だけど、もうひとりいるわよ」と意外な台詞《せりふ》。瞬間、葵の顔に勝利を確信したような余裕の笑み。そして彼女は叫んだ。「――いまよ、神楽坂刑事！」

「え、神楽坂……!?」と思わず目を瞬《しばた》かせたのは、美緒のほうだ。

その直後、彼女の背後で突然「ぐうッ」という男の呻き声。ハッとなって振り向けば、目の前には動きを封じられて必死にもがく高原の姿。その大きな身体を背後から羽交い締めにしているのは、茶色いコートを着た中年男性だ。見覚えある神楽坂刑事の四角い顔が、そこにあった。

「け、刑事さん！」目を見開いて、美緒が叫ぶ。

高原は顔を歪《ゆが》めて苦悶《くもん》の表情。だが彼の身体《からだ》を締め上げる中年刑事にも、それ以上の攻め手はないらしい。両者の我慢比べが続く中、美緒は中年男二人から距離を取る。そして短い助走から勢いをつけると、「とりゃあぁぁ――ッ」と大きくひと声叫んで渾身《こんしん》のハイキック。それは見事に高原の顔面を捉《とら》えた。彼の右手から滑り落ちたナイフが、川原の石の上で虚しい金属音を響かせる。すると、ここが勝機と見たのだろう。体勢を入れ替えた神楽坂刑事は、がら空きになった相手の右腕を取ると、目にも留まらぬ速さで見事な一本背負いをお見舞い。たちまち勝負は決した。

地面に叩《たた》きつけられ息も絶え絶えの中年男性に、神楽坂刑事が「逮捕だ、高原雅史！」と、ひと声叫んで手錠を打つ。「ふう、やれやれ、手こずらせやがって……」

これにて一件落着、とばかりに額の汗を拭《ぬぐ》う神楽坂刑事。そして川原に立ちながら、「うーん」と腰を伸ばしてオッサン臭い仕草。

そんな彼に、美緒は唖然《あぜん》として尋ねた。

「ええっと、刑事さん……あんた、なんでこんなところにおるん？」

「ん、なんでって？」判りきったことを聞くな、といわんばかりの表情を浮かべながら、刑事は答えた。「そりゃあ、おまえたちが、この場所にきたからじゃないか。俺も正直、高原を逮捕するような場面は予想してなかったがな」

「はあ、どーゆーこと!?」刑事の説明を聞いても、やっぱり美緒には訳が判らない。

その隣で、葵がいった。「要するに、私たちが高原の車を尾行する間、神楽坂刑事も密かに尾行していたのよ。高原ではなくて、私たちの車をね」

*11*

「ふうーん。そういうことだったんですかぁ。つまり、その刑事さんは、葵ちゃんたちを尾行していれば、いずれ礼菜と接触するに違いないって、そう睨んでいたんですねぇ」

関礼菜の可愛《かわい》らしくも間延びした声が、広い室内に響き渡る。

場所は荻窪にある法界院邸。法子夫人の執務室だ。多摩川での捕り物から一夜が明けた月曜日の午前。葵と美緒はレンタルしていたポルシェを返却するために、そして何より預けてあった礼菜を《返却》してもらうために、この場所を訪れたのだった。

ソファに座る葵は事件解決に至る顚末《てんまつ》を、ちょうど語り終えたところ。その向かいに座って葵の話を聞いていた礼菜は、意外な話の展開にかなり驚いた様子。一方、葵の隣に座る美緒は、昨夜の恐怖体験が脳裏に蘇って、思わずブルッと身体を震わせた。

そんな三人の様子を巨大なデスク越しに眺めているのは、法界院法子夫人だ。平日の朝っぱらから馬鹿《ばか》みたいに真紅のドレスを身に纏った夫人は、愛用のプレジデント・チェアに座ってアラサー女たちの話に耳を傾けている。

そして見習い秘書、成瀬啓介の姿はもはや執務室のどこにも存在していなかった。

今回あまりに出番が少ない彼は、もはや用ナシと見なされて、どこかに飛ばされたのかもしれない。——美緒はそのような心配を覚えた。

「にしても美緒ちゃん、ツイていましたねぇ」と礼菜は見習い秘書の不在など気にも留めない様子で、さらに事件の感想を述べた。「だってぇ、葵ちゃんの長ったらしい説明があったお陰で、その刑事さんは犯人の背後に回り込めたわけですからぁ。凄《すご》くツイてますぅ」

「全然ツイてないっちゃ。もう少しで頸動脈《けいどうみゃく》が赤い噴水に変わるところだったんじゃけえ」

美緒は憤然としてソファの上で腕を組む。すると隣の葵も不満げな顔で訴えた。

「あのね礼菜、勘違いしないでくれる？　あれはツキでも何でもない。あれは神楽坂刑事の存在にいち早く気付いた私が、咄嗟に機転を利《き》かせたファインプレー。見事な時間稼ぎ。神楽坂刑事にとって、最高のアシストだったに違いないんだから」

「ホントですかぁ⁉　どうも、偶然のファインプレーって感じに思えますけどぉ」

「どこが偶然よ！　昨夜の出来事は、すべて私の計算どおりだったんだから」

「ほいじゃあ、ウチが人質にされたんも計算どおりなん？」

と素朴な疑問を口にする美緒。そんな三人の様子を眺めながら法子夫人は、

「まあまあ、とにかく三人無事に集まれたんだから、結果オーライでしょ」

といって、ひとまず安堵の表情。そしてプレジデント・チェアから立ち上がると、自らソファに歩み寄り、礼菜の隣に腰を下ろした。「でも、まだ判らないところがあるわね」

そういって法子夫人は、いくつかの質問を葵に投げた。

「高原雅史が中里綾香を殺害した動機は何か。刑事さんは、どういっているの？」

「それについては私の睨んだとおり。不倫関係の縺《もつ》れよ。高原は奥さんとは別居中だったけど、離婚する考えは全然なかった。そのことを察した中里綾香と口論になって、たまたま近くにあった果物ナイフで彼女を刺した。それだけのことらしいわ」

「粗雑な犯行だったわけね。でも、それなら『東和ハイツ』の防犯カメラには、マンションに入っていく中里綾香の姿が映っていたはずよね？」

「ええ、実際、映っていたのよ。ただし、マスクと帽子とサングラスで完全に人相を隠した状態でね。中里綾香は普段から人目を憚《はばか》るようにして高原の部屋を訪れていたのね」

「そう、じゃあ次――葵の推理に出てきた《カギ状の金具》って、要するに何だったの？」

「楽器スタンドの一部だったそうよ。金属製の棒の先にウッドベースのネックを支えるためのフックが付いているの。要するにL字形をした金具ね。それをロープの先に結び付け、向かいの雑居ビルの屋上に放り投げて、手すりに引っ掛けたってわけね」

「そのロープで死体の入った楽器ケースを吊り下げたのね。その際、楽器ケースの中は当然、被害者の血で汚れたはず。だから、その楽器ケースを密かに始末することが、高原にとっての懸案事項となった。それは判るんだけれど、確か土曜の昼間にも、彼は楽器ケースを車に乗せて出掛けたはずよね。だったら、なぜ彼はその日に処分せずに、また同じケースを自宅に持ち帰ったのかしら」

「それは処分するに相応《ふさわ》しい場所を見つけきれなかったからね。ウッドベースのケースって、そりゃあ馬鹿でかいもの。穴を掘って地面に埋めるなんて無理。となると水に沈めるのがいちばんだけど、結局そんな作業を昼間におこなうのはリスクが大きすぎた。それで高原は日を改めて日曜の夜、多摩川の河川敷を訪れたのね。実際、押収された楽器ケースの内側には、被害者の血痕《けっこん》が付着していたそうよ。それが動かぬ証拠となったってわけ」

葵との間で質疑応答を終えて、法子夫人はようやく納得した表情を浮かべた。

「どうやら礼菜の容疑は、これで完全に晴れたようね」そういって頷くと、夫人は隣に座る礼菜を指差しながら、「だったら、すぐにこの娘を『かがやき荘』に連れ帰ってちょうだい。こんな大酒飲みの『女子高生』に居座られたら、我が家の酒蔵はたちまちカラッポになってしまうわ」

法子夫人の嘆き節を聞いて、美緒は思わず眉根《まゆね》を寄せた。

「はあ、礼菜、このお屋敷にいる間、そねえ飲ませてもろーてたん？」

「はぁい、一日中、何もやることがありませんでしたのでぇ……朝からぁ晩までぇ……『響《ひびき》』からぁ『ジョニ黒』までぇ……」

「うわ、サイテーっちゃね！」美緒が呆《あき》れた声をあげると、

「あら、サイコーじゃない？」葵が羨望《せんぼう》の言葉を口にする。

法子夫人はうんざりした顔で、「どこがよ？」と呟くばかりだった。

そんな執務室の片隅では一台のテレビが点《つ》けっぱなしの状態。ニュース番組が『西荻窪OL殺害事件』の犯人逮捕を報じている。VTR映像の中で意気揚々と犯人を連行しているのは、茶色いコート姿の神楽坂刑事だ。その映像に男性アナウンサーの声が重なった。

『逮捕されたのは会社員、高原雅史容疑者、四十五歳。高原容疑者は交際相手である中里綾香さんを殺害した疑いを持たれています。警察は事件の背景について、今後も慎重に調べを続けていく方針です。——それでは続いて、パンダの赤ちゃんのニュースです♥』

Case 3

# 長谷川邸のありふれた密室

## 1

黒塗りのベンツが激しいダンスを踊るかのように、路上でケツを振る。住宅街の角をほぼ直角に曲がると、タイヤは発情した雌猫のように悲鳴をあげた。運転席に座るのは、一見高級そうなスーツを着た若い男、成瀬啓介。彼は可能な限り安全運転を心掛けつつ、猛スピードで目的地を目指すという矛盾したミッションに取り組んでいる最中だった。

幸い彼の操るドイツ車は、猫を撥《は》ねることも鼠捕《ねずみと》りに引っ掛かることもなく、無事に目的地である西荻窪に到着。キキーッというブレーキ音を撒《ま》き散らしながら、とある建物の門前にピッタリと横付けする——はずだったのだが、最後の最後でバンパーの端が門柱にほんの僅《わず》か接触し、高級車の前方からガリガリガリと耳障《みみざわ》りな音。それを耳にする啓介の心臓も、同様の不協和音を奏《かな》でた。

――ウガガガッ、シマッタ！　あのお方のベンツがあッ！

見習い秘書である啓介は、雇い主である法界院財閥会長、法界院法子夫人の鬼の形相を脳裏に思い描き、思わず冷や汗。だが落胆している場合ではない。運転席から路上に降り立った彼は、さっそく『かがやき荘』と書かれた門の中へ。そこに建つサイコロのごとき四角四面の建物へと一直線に駆け寄った。

玄関の呼び鈴を鳴らして「おい、誰かいるか」と無粋な扉に向かって呼び掛ける。だが応答はない。それでも啓介は諦《あきら》めることなく、「僕だ、成瀬だ。誰かいるなら開けてくれ。おい――いまは月末じゃないだろ。家賃の催促にきたわけじゃないから安心しろ」

すると一連の言葉のどこに反応したのか（たぶん『家賃～じゃない』の部分だと思うのだが）いままで天の岩戸のごとく微動だにしなかった玄関扉が、静かに押し開かれた。ただしチェーンロックは掛かったままだ。したがって扉は薄く開かれただけ。そこから顔を覗《のぞ》かせたのは、三人のアラサー女子たちだった。縦一列に並ぶ三つの顔は、さながら魔除《まよ》けのトーテムポールのよう。啓介は思わずギョッとして一歩後ろに下がった。

「な、なんだよ、おまえら、全員揃《そろ》っていたのか……」

目を瞬《しばたた》かせる彼に、トーテムポールのいちばん下の童顔が「本当に家賃のお話ではないんですかぁ？」と問い掛ける。舌足らずな甘ったるい声は関礼菜だ。

するとトーテムポールの真ん中に位置する険しい顔が「騙《だま》されたらいけんちゃ、ワナかもしれんけえ」と警戒を呼び掛ける。中国地方らしい独特の方言の彼女は、占部美緒だ。

そして最後に口を開いたのは、トーテムポールの最上位に君臨するクールな顔だ。

「だったら何か証拠を見せなさいよ。家賃の催促ではないという証拠を」

眼鏡越しに冷たい視線を浴びせてくる彼女は、三人組のリーダー格、小野寺葵だ。

彼女の要求を耳にした啓介は、おもむろにスーツの胸ポケットへと右手を滑らせた。

「証拠になるかどうか知らないが、法子夫人からこんなものを預かった」

彼の右手がトーテムポールの六つの眸《ひとみ》の前に差し出したのは、財閥会長であると同時に『かがやき荘』の大家でもある法子夫人の名刺だった。裏面の空白部分には、夫人からのメッセージが記されている。

三人組を代表する形で、葵がその文章を読み上げた。

「えー、なになに、『女たち三人へ。家賃の話はいっさいしないと約束するから、大人しく扉を開けなさい。そして成瀬君の話をよく聞くように』――ですってよ！」

「うわー、うちらの行動、完璧《かんぺき》に読まれてるっちゃ！」

「さっすが、法子夫人！　成功者は一味違いますぅ！」

と感心しきりの美緒と礼菜。そんな彼女たちの前に啓介は顔を突き出しながら、

「いいから、さっさと扉を開けろ。事態は一刻を争うんだからな」

「判《わか》ったわよ。――いや、やっぱりよく判らないけど、とにかく開けてあげるから」

そういって葵はチェーンロックを解錠。扉を大きく開け放ち、ようやく啓介を建物の中へと招き入れる。そして、ふいに門前の光景を見て眉《まゆ》をひそめた。「ねえ、あのベンツ、路上駐車だけど、あれでいいわけ？」

「――ん!?」いわれて啓介は門前の高級車を一瞥《いちべつ》。そして親指を立てると、「大丈夫だ。ベンツの上級車種は、どこに停めようと駐車違反を取られない」と、あり得ない都市伝説を口にして、さっさと建物の中へ。そして今度は自ら扉にチェーンロックを掛けなおすと、靴を脱ぎながら三人組を見回した。「ところで、ここにいるのは君たちだけか」

「ええ、私たち三人だけよ」白いシャツにデニムパンツ姿の葵が答える。

「いま四人になりましたぁ」礼菜はいつもどおり女子高生っぽい制服ルック。

「なに慌《あわ》てとるん、啓介？」美緒は赤いパーカーに短パン姿だ。

そんな美緒が眉間《みけん》に皺《しわ》を寄せながら尋ねる。「その慌てっぷりから察するに、また何か事件っちゃね。さては、法子夫人が何者かの手で殺害された、とか？」

「そんなわけあるか」殺されたなら、先ほどのメッセージは残せない。「確かに殺人事件だが、殺されたのは残念ながら法子夫人ではない。――あ、『残念ながら』っていうのは、『残念ながら不正解』っていう意味だぞ。会長が殺されたら清々するとか、僕は一ミリも思っていないからな」

「んなこというて、心の中では、ちょっとは思っとるくせに」

そんな戯言《たわごと》を口にしながら、美緒はスーツの背中をぐいぐい押して、啓介をリビングへと向かわせる。すぐさま礼菜が「まずは落ち着いてくださぁい」といって水の入ったコップを差し出す。ソファに座らされた啓介は、渡された水を一気に飲み干し、「ふーッ」と大きな息。葵はそんな彼の隣に腰を下ろして、デニムパンツの両脚を組んだ。「――で、殺人事件って、いったいどんなやつよ？　現場はどこ？　殺されたのは誰なの？」

好奇心に満ちた葵の視線を浴びながら、啓介は口を開いた。

「それが、どうにも奇妙な事件なんだ。現場は法子夫人の知り合いの住む豪邸。その離れにある一室で男性が変死体となって発見された。脇腹《わきばら》を包丁で刺されている。自殺なんかじゃない。間違いなく殺人だ。だが現場は完全な密室だった。犯人は鍵《かぎ》の掛かった密室の中で殺人を犯し、そこから煙のように消え去った。そうとしか思えない状況なんだ」

啓介の言葉を聞いた瞬間、三人は揃って息を呑《の》み、互いに顔を見合わせる。そんな中から、代表するような形で口を開いたのは、やはり葵だった。

「密室って、どういうこと？　状況がよく判るように、詳しく説明してもらえる？」

啓介は「判った」と短く答えて、説明を開始した。

事の発端は昨日の夜のこと。場面は高級料理店で開かれた食事会の席へと遡《さかのぼ》る――

*2*

和食の『はせ川』といえば、荻窪の高級住宅地の一角に看板を掲げる有名料理店。舌の肥えた荻窪マダムはもちろんのこと、超大物政治家、経済界の超大御所、超有名スポーツ選手や超人気芸能人、さらには超一流出版社の超有名編集長が超一流のミステリ作家を連れてくることもしばしば――という、とにかくやたらと《超》の付く人気店である。

したがって成瀬啓介がその夜、『はせ川』を訪れたのも、

「もう十二月だし、人気の店で鍋《なべ》など突《つつ》きながら軽く一杯やるか……」

などと考えたからでは、もちろんない。薄給に泣く見習い秘書に、そんな余裕はそもそもない。あくまでも彼は法界院法子夫人のお供として、とある食事会に参加を命じられて、その店の敷居を跨《また》いだのである。

会食の相手は、かねてから親交のある長谷川《はせがわ》夫妻だった。夫の長谷川隆三《りゅうぞう》は七十の大台をいくらか超えた白髪の男性。一方、妻の春江《はるえ》は還暦までは、まだ数年の余裕があるという小柄な中年女性だ。長谷川という名字から想像できるように、二人は和食の『はせ川』を切り盛りする両輪である。隆三は『はせ川』のオーナーであり、かつては自らも名料理人として厨房《ちゅうぼう》で腕をふるっていたという。そんな職人肌の夫に成り代わって、実質的に店をやりくりしてきたのが、経営者としての才覚に優れる春江夫人ということらしい。

「春江さんと私は、女性経営者同士ということもあって仲良しなの。――ねえ、春江さん」

巨大財閥の会長からこんなふうに『仲良し』を押し付けられては、誰だって首を横

に振る度胸はあるまい。そう思って見ていると、案の定、春江夫人は、「ええ、もう随分と長い付き合いになるわねえ、法子さん」と引き攣《つ》った笑みを覗かせた。

「ええ、そうね。この店には何年も通ってるし、隆三さんの現役時代の味も覚えているわ」

「それは有難い。私が現場を退いて、そろそろ二年になりますかねえ」

広々としたテーブル越しに、隆三が懐《なつ》かしそうな笑みを覗かせる。その眸の奥に、何かしら寂しげな雰囲気を感じて、啓介は思わず尋ねた。「有名な板前さんだったそうですね。なぜ、おやめになられたのですか」

「はあ、実は体調を崩しましてね。糖尿病を患《わずら》って足腰をやられてしまい、厨房での立ち仕事がつらくなったのです。腕前だけは錆《さ》び付かないようにと、いまでもときどき包丁は持つのですが、店の厨房はもう若い料理人たちに任せています。これから出てくる料理も、弟子たちが造り上げたものです。お口に合うと良いのですが……」

といって、かつての名人は妙に心配そうな顔つきで、厨房を気にする素振り。その姿を見て、啓介も若干の不安を覚えたが、どうやらそれは杞憂《きゆう》だったらしい。

やがて四人のテーブルに次から次へと提供される創作和食の数々。それらは、いずれも啓介の舌に合う絶品料理だった。いや、ひょっとすると《啓介の舌に合う》という部分こそが、最大の心配要因でありマイナスポイントなのかもしれないが、少なくとも啓介自身はこの『はせ川』の味を大いに堪能《たんのう》した。

満足したのは、どうやら法子夫人も同じだったらしい。

コース料理がひと通り出された直後、四十代と思《おぼ》しき板前が四人のテーブルに挨拶《あいさつ》に訪れると、たちまち法子夫人の口から絶賛の嵐《あらし》が吹き荒れた。

「ああ、富田《とみた》さん。お久しぶりね。今日の料理、とっても素晴らしかったわ。あの白身魚をぐちゃぐちゃにしたペースト状のものを野菜に塗りたくって蒸したのも美味《おい》しかったし、こんがり焼いた和牛の肉に何を混ぜたか知らないけれどドロドロのソースを掛けていただく、あの料理も凄《すご》く斬新《ざんしん》で面白かったわ。――富田さん、あなた、腕を上げたわね！」

最大級の賛辞を浴びせられた現在の料理長、富田正和《まさかず》は「ありがとうございます」と満面の笑みで応《こた》える。その一方で、かつての料理長である長谷川隆三は愛弟子《まなでし》の姿を横目で見ながら、どこか不満げな表情。富田料理長と法子夫人の会話を中途でぶった切るかのように、いきなり横から声を発した。

「では法子さん、食事も終わったことですし、どうぞ我が家へいらっしゃってくださ
い。昔取ったナントカです。今度はこの私が、とっておきの酒と肴《さかな》をご用意いたしま

すよ」

長谷川邸はカネ持ちの屋敷が立ち並ぶ荻窪においても、ひと際目《きわ》を引く豪邸。その建物は『はせ川』の店舗に隣接している。料理店の厨房を通り、裏口を抜ければ、そこはもう長谷川家の裏庭。目の前に建つ和洋折衷の二階建て建築こそが、長谷川邸の母屋《おもや》である。

成瀬啓介と法界院法子夫人は、長谷川夫妻に引き連れられて、その屋敷を訪れた。リビングに案内されると、そこに新しく二人の美女が姿を現した。ひとりは純白のワンピースを身に纏《まと》った、お嬢様然とした女性。黒くて長いストレートヘアが魅力的だ。その背後におとなしく控えるのは、エプロンドレスを着た女性。こちらは耳元が露《あらわ》になるほどのショートヘアだ。春江夫人は初対面の啓介に対して、白いワンピースの美女を紹介した。

「ひとり娘の綾乃《あやの》です」

「初めまして。長谷川綾乃です。いまは父の店の仕事を手伝っております」

「やあ、そうなんですか。じゃあ、やがては『はせ川』の女将《おかみ》ですね」

啓介の言葉に、綾乃は「そんな、女将だなんて……」と口許《くちもと》をほころばせる。

調子に乗った啓介は、自分の胸に手を当てると、

「成瀬です。成瀬啓介。いまは法界院グループで会長の仕事を手伝っています」

と、どこにも嘘《うそ》のない自己紹介。それを聞いた綾乃は目を丸くしながら、

「まあ、そうなんですか。じゃあ、やがては法界院グループの会長とか――」

「それはないわ」現会長が綾乃の言葉を遮るように口を挟む。そして啓介に対して鋭い一瞥をくれると、「あなたも、そんな野望は一瞬たりとも抱かぬように!」

と太い釘《くぎ》をブスリと刺す。啓介は背筋が凍るような恐怖を味わい、その一方でリビングは和やかな笑い(?)に包まれた。頰を引き攣らせる啓介は、なんとか話題を変えようと、エプロンドレスの女性を手で示した。「ところで、そちらの彼女は?」

「ああ、この娘《こ》は永井《ながい》早苗《さなえ》さん」と隆三が答えた。「住み込みの家政婦として働いてもらっているんです。――ああ、そうだ、早苗さん、お客様のために久しぶりに包丁をふるいたいんだが、手伝ってもらえるかね」

「はい、旦那《だんな》様」と静かにお辞儀する永井早苗。

控えめな態度に、啓介は好感を持った。

こうして隆三と早苗は揃ってリビングを出て、キッチンへと向かう。啓介と法子夫人は勧められるまま、L字型のソファに腰を下ろす。L字の短い辺に春江夫人と綾乃

の二人が座った。法子と春江の両夫人は高級ウイスキーをロックでたしなむ。啓介と綾乃はハイボールのグラスを手にしながら話に加わった。

その会話の中で判ったことだが、どうやら綾乃はそう遠くない将来、富田正和と結婚することが内定しているらしい。

――なんだ。じゃあ、この俺に『はせ川』を継ぐチャンスはないな！

と啓介が人知れず肩を落としたころ、再びリビングに隆三が姿を現した。背後に控える早苗は、酒の肴の乗った大皿を手にしている。いかにも和食の達人が包丁をふるったと判る、目にも鮮やかな一品料理の数々。短い時間で、よくぞここまでと思えるほどの繊細な仕事振りだ。早苗は慎重な手つきで、大皿をテーブルの上に置く。そんな彼女に、隆三がねぎらいの言葉を掛けた。「ああ、早苗さん、ありがとう。もう休んでいいよ」

その言葉にエプロンドレスの家政婦はホッとした表情。深々と頭を垂れながら、

「それでは、わたくしはこれにて、お暇《いとま》させていただきます。お休みなさいませ」

と一同に向かって別れの挨拶。そして早苗はひとりリビングを出ていった。

その姿が見えなくなるのを待って、さっそく法子夫人が箸《はし》を取る。そして大皿に並ぶ料理のひとつを箸で摘《つま》み、口へと運んだ次の瞬間、再び法子夫人の口から飛び出し

た絶賛の嵐が、今度は長谷川邸のリビングを襲った。「まあ、おいしい！　この何だか判らない白身魚を、これまた何だか判らない海藻のようなもので包んでぐるぐる巻きにした、これ！　まさに絶品だわ。――ねえ、隆三さん、これはいったい何ですの？　この黒いのは？」

「昆布です」

「昆布ッ！」法子夫人は唖然《あぜん》として目を剝《む》くと、「じゃあ、この白いのは……」

「鯛《たい》です」

「鯛ッ！」

――いや、会長、昆布とか鯛とか、見た目や味で判りません？

心底呆《あき》れる啓介だったが、しかし法子夫人の表情に恥じ入る様子はいっさい見えない。それどころか彼女は和食の達人を前にしながら臆面《おくめん》もなく、こう言い放った。

「うーん、さすが『はせ川』を、たった一代で名店と呼ばれるまでに押し上げた男だわ。――隆三さん、引退しても、その腕、少しも鈍っていないようね」

「あ、ありがとうございます」若干、苦々しい表情を覗かせながらも隆三は、「とにかく喜んでいただけて、何よりです」と最終的には満面の笑みを浮かべた。

だが実際、隆三の腕前とは、どの程度のものなのか。訝《いぶか》しく思いつつ、啓介は大皿の中から同じ料理をいただいてみる。たちまち口の中に広がったのは、昆布と鯛の旨《うま》みが醸《かも》し出す絶妙のハーモニー。これぞ、まさしく素材の良さを引き出す匠《たくみ》の技。富田正和の技巧を凝らした創作料理も悪くないが、隆三の料理には王道を極めた完成度がある。

どちらの料理が優れているか、それを判断するだけの舌を啓介は残念ながら持ち合わせていない。だが、そんな彼にも、ひとつだけハッキリと判ったことがある。

――師匠の長谷川隆三と弟子の富田正和。この二人、絶対に仲が悪い！

その後は隆三も含めた五人で大皿を囲み、リビングでのお喋《しゃべ》りはダラダラと続いた。やがて大皿をいっぱいに満たしていた料理も、あらかた片付き、時計の針も深夜零時に差し掛かる。そのころになると、法子夫人もどうやら酔いが回ったのか、どこにも焦点の定まらない虚《うつ》ろな目。呂律《ろれつ》も怪しくなって、化粧に覆《おお》われた肌にも独特のテカリが目立ちはじめる。さすがに潮時だろうと察した啓介は、頃合を見ながら、

「それでは会長、そろそろ僕らもお暇を……」

と隣の法子夫人に目配せ。すると次の瞬間――

法子夫人の首が突然ガクッと折れ曲がる。テカった顔が真下を向いたかと思うと、

全身から力が抜けたように、彼女の上半身が斜めに傾く。

「わわッ、オバサ……いえ、会長、しっかりしてください！」

慌てて呼び掛ける啓介だったが、その甲斐《かい》もなく法子夫人はソファの上にバッタリ。そのまま長々と横になって、「すぅーすぅー」と安らかな寝息を立てはじめた。

「ああもう、駄目じゃないですか、こんなところで寝落ちしちゃ！」

啓介は法子夫人の身体《からだ》を揺さぶる。そんな彼に春江夫人が鷹揚《おうよう》にいった。

「まあまあ、そう無理に起こすことありませんよ。きっとお疲れなのでしょう」

「いいえ、単なる飲みすぎです」

「まあ、そうかもしれませんけど、理由はともかく、せっかく気持ちよく寝ているのを起こしちゃ可哀想《かわいそう》ですよ。このまま寝かせてあげれば、いいじゃないですか」

「あら、駄目よ、母さん。こんなところで寝ていたら、風邪引いちゃうわ」

――いえいえ、この人は道端でひと晩寝たって、風邪なんか引かない人ですよ。

そんなことを思う啓介の前で、隆三が顎《あご》に手を当てて頷《うなず》いた。

「ふむ、確かに風邪を引かれちゃ困るな。では、離れの部屋に移ってもらって、そこで休んでいただくというのはどうだろう？　離れの部屋は空いているはずだ」

「離れ!?」啓介は目を瞬かせて隆三に尋ねた。「こちらのお宅には、離れがあるのですか」

「ええ、いまは富田が居室として使っています。だけど、それ以外にも部屋があるから問題はありません。そちらにお連れしましょう。――成瀬さんも泊まっていかれますよね？」

「え、この酔っ払……会長と一緒にですかぁ！」それは、どうかご勘弁を――というように顔をしかめると、綾乃が笑いを堪《こら》えるようにして口を挟んできた。

「大丈夫ですよ、成瀬さん、お部屋は二つ余っていますから」

「ああ、なんだ。そうですか」それなら間違いはない。いや、仮に同じ部屋で同じ布《ふ》団《とん》に寝かされたって、この酔っ払いのオバサンと間違いなど起こるはずもないのだけれど、とにもかくにも啓介は「ほぉ～～～ッ」と大きく胸を撫《な》で下ろした。

そんなわけで、啓介は法子夫人を離れの一室まで運搬することを余儀なくされたわけだが、この仕事はそう簡単ではなかった。何しろ泥酔《でいすい》して正体をなくした中年女性は、たぶん死体の次ぐらいに重い。啓介ひとりで運ぶことなど、到底不可能だろう。どう考えても、最低もうひとりは男手が必要なのだが、高齢の隆三では残念ながら力不足といわざるを得ない。そこで春江夫人が気を利《き》かせた。

「じゃあ、富田さんを呼んできましょうか。きっと離れにいるわ」

「いや、富田なら、この時間はもう寝ているだろう」と隆三が首を振る。するとと綾乃が窓の外を見やりながら、「あ、ちょっと待って、店の厨房に誰か居残っているみたいよ。——たぶん、森崎《もりさき》さんだわ。私、呼んでくるわね」

いうが早いか、綾乃はワンピースの裾《すそ》を翻《ひるがえ》しながらリビングを出ていく。その姿を見送った啓介は、あらためて長谷川夫妻に尋ねた。

「えーっと、森崎さんというのは？」

「私の弟子のひとりです」と隆三が答えた。「森崎弘樹《ひろき》といいましてね。研究熱心というか何というか、とにかくよく働く男です。店が終わった後も、ひとりで厨房に残って、新しいメニューの開発に余念がない。今夜も、そのために居残っているようです。彼なら身体もデカイし腕っ節も強い。きっと力になってくれるはずですよ」

そんな隆三の言葉も、なるほど嘘ではなかった。綾乃とともにリビングに現れた若い板前、森崎弘樹はまるで格闘家を思わせるような立派な体格。白い調理服の上からでも、盛り上がった筋肉が容易に想像できた。そんな森崎は「お困りだそうですね。助太刀いたしますよ」といって、さっそく法子夫人の右腕を持ち上げる。啓介は「やあ、助かります」といって、夫人の左腕を抱え持った。泥酔した法子夫人は、いわゆる《捕らえられた宇宙人》の恰好《かっこう》で、ソファから無理やり立たされる。そして啓介と森崎の二人は、綾乃と春江夫人に導かれながら離れの建物を目指した。

たどり着いてみると、それはまるで土蔵か何かのような重厚な雰囲気。白壁に黒い瓦屋根《かわらやね》を乗せた古い建物だ。だが出入口の重たい扉を開けると、意外にもそこは現代的な空間。カーペットの敷かれた細長い廊下。突き当たりはお手洗いと表示された扉が見えるが、それとは別に三つの扉が廊下に面していた。

「もともとは蔵だった建物を、お客様が泊まれるように改造したんです。靴のままでどうぞ」

と、春江夫人が説明を加える。一方、綾乃は出入口にいちばん近い扉を片手で開け放ちながら、「奥の部屋は富田さんが使っていますから、法子さんはこの部屋へ」

啓介と森崎は、綾乃が開けた扉の中へと法子夫人を運び込んだ。室内はホテルの一室を思わせるような機能的な造りだ。小さめではあるが窓もある。ベッドは壁際に寄せる形で置かれていた。春江夫人が布団を捲《めく》り、啓介たちはそこに法子夫人の身体を横たえた。

すると次の瞬間、泥酔しているはずの彼女の両目がカッとばかりに見開かれたかと思うと、「もうッ、何やってんのよ、啓介君！　給料、減らすわよ。しっかりやんなさい！」と見習い秘書に対して、いきなり激しい叱責《しっせき》の言葉。それから彼女は再び目を閉じると、「むにゃむにゃ……」と何事か呟《つぶや》きながら、今度こそ深い眠りの底に落ちていった。

「ホッ、なんだ、寝言か」啓介は思わず安堵《あんど》の溜《た》め息を漏らした。――にしても、彼女の夢の中で自分はどんな失態をやらかしたのだろうか？

そんなことを気に病みつつ、啓介は今宵《こよい》最後の大仕事を無事に終えたのだった。

### 3

翌朝、目覚めると、眼前には見覚えのない天井。

はて、いったいここは、どこかしらん――と啓介は首を捻《ひね》りながら、ベッドの上で身体を起こす。壁に掛けられた見知らぬ時計は、午前八時を示している。そして啓介は、ようやく昨夜のことを思い出した。

泥酔した法子夫人を離れの部屋のベッドに横たえた後、啓介はその隣の部屋をかりそめの寝室として与えられた。そのベッドで彼は一夜を明かしたのだ。

「オバサンはまだ寝てるのかな……」

会長の前ではけっして口にできない呟きを漏らしながら、啓介は身なりを整えて部屋を出る。すると、ちょうど離れの出入口を開けて、綾乃が姿を現した。背後にはエプロンドレス姿の家政婦、永井早苗の姿も見える。

綾乃は啓介の顔を見るなり、「おはようございます」と頭を下げて、にっこりと微笑《ほほえ》んだ。「昨夜はよく眠れましたか」

「ええ、普段よりずっとよく眠れましたよ」

「それは良かったですね。法子さんはまだ寝ていらっしゃるのかしら」

「昨夜の様子じゃあ、きっと布団の中で二日酔いでしょう。――僕が起こしますね」

そういって、啓介は法子夫人の部屋の前に立ち、その扉を拳《こぶし》でノックした。

「起きてください、会長。もう八時ですよ。マトモな会社員なら会社に出掛けていく時刻ですよ」

ドンドンドンと扉を叩《たた》く啓介。その一方で、いちばん奥の部屋の前では、早苗がトントントンと優しく扉を叩く。昨夜の話によれば、そこは富田正和の部屋だ。

「富田さん、起きてください。もう八時ですよ」マトモな板前なら、厨房で下ごしらえを始める時刻ですよ――とは、いわなかったが、とにもかくにも家政婦のノックは続く。

先に開かれたのは啓介の叩く扉だった。法子夫人は薄く開けた扉の隙間《すきま》から、化粧の崩れた顔だけを突き出しながら、「オウッ、ハウッ、ヨウッ」

「あれ、会長!?　朝っぱらから、オットセイの鳴き真似《まね》ですか」

「違うわよ、『おはよう』っていったのよ！」叫んだ瞬間、法子夫人は普段の滑舌の良さを取り戻す。そして廊下をキョロキョロと見回しながら、「ここは、どこ？　私は誰？」

啓介は、ここが長谷川邸の離れであり、あなたは法界院財閥の総帥《そうすい》なのですよ、ということを簡潔に説明してあげた。傍らに佇《たたず》む綾乃は二人のやり取りを聞きながら苦笑いだ。

そうする間も家政婦のノックの音は続いている。異変を察した綾乃が、家政婦のもとへと歩み寄って問い掛けた。「どうしたの、早苗さん？　何かあったの？」

「判りません。ただ、いくらノックをしても返事がなくて……」

「そう、それは変ねえ」といって綾乃はドアノブに手を伸ばす。だが、どうやら中から施錠《せじょう》されているらしく、ノブはくるりとは回らない。諦めたようにノブから手を離した綾乃は、扉を叩いて呼び掛けた。「正和さん、どうしました！　いるなら返事をして！」

啓介は綾乃たちのほうに歩み寄りながら、「もう起きて、部屋を出たんじゃありませんか」

だが綾乃は首を振りながら、「それなら母屋の人たちに顔を見せているはずです……まだ部屋の中にいると思うんですが……」

悪い予感を覚えたのか、綾乃の口調に不安の色が滲《にじ》む。すると、いつの間にか部屋を出てきた法子夫人が、皺のよったスーツ姿のままで威厳に満ちた声を発した。

「啓介君、外へ出てみましょう。窓から中の様子が覗けるはずよ」

いうが早いか、法子夫人は自ら率先して、離れの出入口から外へと飛び出す。もちろん啓介も後に続いた。土蔵のような建物を回りこむようにして、いちばん奥の部屋を目指す。富田の部屋は角部屋なので窓は二方向に向かって開いている。建物のいちばん奥に位置する窓は曇りガラスで、しかも鉄製の格子《こうし》が嵌《はま》っている。だが啓介の部屋の窓と並んで位置する腰高窓は、ごく普通のサッシ窓。ガラスは透明だから、中を覗くことは可能だ。幸いカーテンは半開きの状態だった。

啓介と法子夫人は素早くアイ・コンタクト。肩を並べるようにして室内を覗き込むと、二人の口から、ほぼ同時に「ああッ」という叫び声があがった。

長方形の部屋の中央付近、フローリングの床の上に、ひとりの男がうつ伏せに倒れていた。床に突っ伏したその横顔は、富田正和のものに違いない。富田は寝間着姿。

その周囲には赤い液体が、楕円《だえん》状に広がっている。血だ。富田は血を流しながら倒れている。よくよく見れば、その脇腹から刃物の柄のようなものが、にょっきりと生えているのが判る。

「し……死んでいるの……？」

「わ、判りません、中に入ってみないと……だけど、この窓、中から鍵が掛かっていますね」啓介は透明なガラスごしに、閉じたクレセント錠を指差す。

「だけど、もうひとつの窓は鉄の格子が嵌っているわ。入るなら、こっちの窓ね。仕方がない。事態は一刻を争うわ。啓介君、その窓ガラスを破って中に入りなさい」

「ええッ、長谷川家の窓ですよ。まるで自分の家みたいにいいますけど……」

「いいえ、構いませんわ」と、そのとき背後から綾乃の声。二人の叫び声を聞いて駆けつけたのだろう。いつの間にか彼女は二人の真後ろにいた。「どうぞ、その窓、お破りください」

長谷川家のお嬢様が許すというのなら、もう躊躇《ためら》うことはない。啓介は近くにあった庭石を手に取ると、それを透明なガラス窓へと打ち付けた。衝撃音とともにガラスが砕け散り、窓にポッカリと大きな穴が開く。すぐさま片手を突っ込み、クレセント錠を解錠。サッシ窓をいっぱいに開け放つ。そして啓介は窓の外で靴を脱ぐと、「えいッ」と勢いをつけて窓枠を乗り越えた。

そうして室内へと降り立った啓介は、次の瞬間、あたりに散らばるガラスの破片を思いっきり踏みつけて、「あ、イタタタッ」と片足で無様なダンスを踊る。窓の外から「もう、何やってるのよ、啓介君！」と法子夫人の叱責の声が飛ぶ。

そのような定番の茶番が繰り広げられた後、ようやく啓介は富田正和のもとへと歩み寄る。手に触れてみると、まるで体温が感じられない。いちおう脈を診るが、やはりというべきか、すでに手遅れだった。啓介は開いた窓へと顔を向けながら、

「駄目です。完全に冷たくなっています」

瞬間、法子夫人の顔が強張《こわば》る。隣で綾乃は呻《うめ》き声をあげ、両手で顔を覆った。

そんな二人をよそに、啓介は死体と血だまりを慎重に避けながら、部屋の扉へと歩み寄る。サムターンを回すタイプのロックがあり、それは完全に施錠された状態にあった。

そのことを確認して、思わず啓介は「むッ」と眉をひそめる。

彼の脳裏に、そのとき初めて《密室》という二文字が浮かんだ――

「……とまあ、そういうわけなんだ」

## 4

成瀬啓介が事件発覚に至る状況を語り終えたとき、彼はすでに『かがやき荘』のリビングではなく、走行中のベンツの運転席でハンドルを握っていた。アラサー女子たちは後部座席で窮屈そうに身を寄せ合っている。車は現場である長谷川邸へと向かう途上にあった。

なにせ事態は一刻を争うのだ。そう考えた啓介は話の途中で三人組を車に乗せ、フライング気味に『かがやき荘』をスタートしたのだった。啓介の話がひと通り終了するのを待って、真っ先に質問の声をあげたのは、やはり小野寺葵だった。

「それで、警察は呼んだの？」

実に鋭い質問だ。啓介は前を向いたままで、「いや、まだ通報していない」

「なぜ？　通報できない理由でもあるのかしら」

「そうだ」啓介は不都合な真実を簡潔に説明した。「遺体を観察して判ったことだが、実は被害者の脇腹に刺さっていた刃物は、長谷川隆三氏の愛用する包丁だったんだ」

「じゃあ、犯人は隆三氏ってことですかぁ？」と関礼菜が単純すぎる見解を述べる。

「ところが、密室の扉を解錠することのできる唯一《ゆいいつ》の鍵は、春江夫人が管理していたんだ」

「ほんじゃあ、春江夫人が犯人ちゅうこと？」と占部美緒の考えも、やはり単純だ。

「いや、いまはまだ何ともいえない」啓介は慎重な態度で明言を避けた。「だが、現場の状況から合理的に判断すれば、警察が隆三氏や春江夫人に疑いの目を向けることは確実だろう。まさにいま、礼菜や美緒が疑ったようにだ。だから警察を呼ぶわけにはいかない」

「あら、そうかしら」と葵が眼鏡を指先で押し上げて反論する。「むしろ現場の状況から判断するなら、長谷川夫妻が犯人だとは考えられないんじゃないかしら。だって隆三氏が犯人なら、包丁を現場に残すような真似をするわけがない。そんなことすれば、包丁の持ち主である自分が疑われるに決まっているから。同様に春江夫人が犯人なら、現場に鍵を掛けるような真似をするわけがない。そんなことをすれば、鍵を管理している自分が疑われるに決まっているから。ましてや二人が共犯なんてことは、なおさら考えられないでしょうし――いい――ッ！」

　そのとき突然ブレーキが掛かって、車はタイヤを鳴らしながら急停止。発言の途中だった葵は語尾を不自然に引っ張りながら、ガクンと前方に上体を傾けた。

「もう、喋ってるときに急ブレーキ、やめてよね。舌噛《か》んだら、どーすんのよ！」

「すまん」サイドブレーキを引いた啓介は、後部座席に顔を向けながら、「しかし、いまの葵の理屈、いわれてみればもっともだ。だとしたら、君たちをわざわざ長谷川邸に連れていく必要なんて、全然ないんじゃないのか」

「そもそもぉ、礼菜たちを現場に連れていって、何をさせる気だったんですかぁ？」

いや、現場に連れていきたいのは『礼菜たち』ではなくて『葵たち』なのだが、まあ、結局は同じ意味だから、それはいいとして――「そりゃ決まってるだろ。『かがやき荘』が誇るアラサー探偵団に、今回の密室の謎《なぞ》を解いてもらおうと考えたのさ。長谷川夫妻の窮状を見かねた法子夫人が、そのように提案したんだ。とりあえず密室の謎だけでも解ければと、そう考えてね。――だけど、ひょっとすると、いまの葵のロジックを警察にぶつけてやれば、それで事は済むのかもしれない」

「いんや、それじゃ済まんっちゃ！」

と無理やり言い張ったのは美緒だ。「いま葵ちゃんがいったことを、仮に警察にぶつけたなら、彼らはきっとこういうはず。『〈隆三氏が犯人なら、自分の包丁を現場に残すような真似をするわけがない。そんなことをすれば、包丁の持ち主である自分が疑われるに決まっているから〉――と、そう思わせるために、隆三氏は敢《あ》えて自分の包丁を現場に残したのだ』って」

「確かに、彼らのいいそうなことですぅ」

と礼菜も美緒の見解に全面的に賛同した。「同じように彼らは春江夫人について、こういうはずですぅ。『〈春江夫人が犯人なら、現場に鍵を掛けるような真似をするわけがない。そんなことをすれば、鍵を管理している自分が疑われるに決まっているから〉――と、そう思わせるために、春江夫人は敢えて現場に鍵を掛けたのだ』って」

「なるほど」

啓介は美緒と礼菜の反論にいちおう頷きつつも、その一方で、この二人は目の前の面白そうな事件に、ただ首を突っ込みたいだけなのではないか、と疑った。

すると妹分二人の反論を耳にした葵が「ん、でも待ってよ」といって、さらなる反論を試みた。「だったら『〈隆三氏が犯人なら、自分の包丁を現場に残すわけがない。そんなことをすれば、包丁の持ち主である自分が疑われるに決まっているから〉――と、そう思わせるために、隆三氏は敢えて自分の包丁を現場に残したのだ』――って、そう思わせるために隆三氏じゃない別の犯人が現場に隆三氏の包丁を残したのかもしれないじゃない。そして春江夫人のほうも同様に……」

「ああもう、うるさい。判った判った！」

いや、実際にはよく判らないのだが、この議論が不毛であることだけは、啓介にもよーく判った。

「とにかく法子夫人は現在の状況のままで、事件を警察の手に委《ゆだ》ねることは、長谷川夫妻にとって不利であるとの認識だ。だから君たちは文句をいわず、ただ密室の謎を解いてくれれば、それでいい。上手《うま》くいけば『かがやき荘』の家賃もマケてもらえるだろうしな」

「あら、マケてもらえるだけなのね」

「この期《ご》に及んで、ケチ臭いっちゃ」

「全額チャラでは、ないんですかぁ」

「さあ、それは君たちの働き次第だ」

――それと法子夫人のご機嫌次第！

心の中でそう付け加えながら、啓介はサイドブレーキを戻し、再び車を急発進させる。後部座席の三人はシートに背中から叩きつけられながら、「わあッ」「ひゃあッ」「きゃあッ」と三種類の悲鳴をあげた。

それから間もなくして、啓介たちのベンツは長谷川邸に到着。門を入ったところで待ち構えていた法子夫人は、「ひょっとして、サツにつけられてないでしょうね？」と、まるで逃亡中の犯罪者のような台詞《せりふ》を口にしながら、門の外をキョロキョロと警戒する素振り。

「つけられているわけないですよ、会長。事件はまだ公《おおやけ》になっていないんですから」

溜め息混じりにそういって、啓介はベンツの運転席を降りる。「とにかく、言い付けどおりに、三人をお連れしましたよ。ほら――あ、あれ、いない!?」

後部座席に視線を向けると、そこはすでにもぬけの殻。ふと見れば、三人はすでに車を降りて、勝手に長谷川邸のほうへと歩を進めている。

「ふーん、確かに立派なお屋敷だわねえ」

「高い料理で暴利を貪《むさぼ》っとるに違いないっちゃ」

「あ、ほら、あっちに土蔵っぽい建物がありますよぉ」

三人は現場となった離れを発見すると、迷うことなくその建物へと歩み寄っていく。

「あいつら、他人の家だっていうのに、まるで自分の家みたいに……」

啓介が苦い顔で呟くと、隣で法子夫人が諦《あきら》めたような溜め息を漏らした。

「まあ、いいわ。春江さんには了解を得ているんだから、べつに問題はないはずよ。啓介君、あの三人に例の密室を見せてあげなさい」

はい、それでは——と、啓介は夫人に一礼。そして三人の背中を追うようにして、凶行の舞台となった離れへと駆け出していった。

離れの玄関から靴のままで建物の中へと入る。短い廊下に三つの扉が並んでいる。啓介は前をいく三人に的確なアドバイスを与えた。

「いちばん奥の扉。そこが犯行現場だ」

「そう、いちばん奥の扉ね」と頷きながら廊下を進んだ葵は、迷うことなく目の前の扉を開く。現れたのは白い洋式便器だ。葵は怒ったようにバタンと扉を閉じて、抗議の視線を啓介へと向けた。「なにが犯行現場よ。トイレじゃないの！」

啓介は若干呆れながら、「ああ、そうだよ。突き当たりはトイレだって、さっき僕の話の中にもあったはずだ。そうじゃなくって——」といって、トイレの扉から見て斜めの位置にある、もうひとつの扉を開けた。

廊下に並ぶ三つの扉の中では、いちばん奥に位置する扉。そこが富田正和の部屋なのだ。

壁際に置かれたベッド。二箇所にある窓。ひとつはむき出しの透明なガラス窓で、もうひとつの窓は鉄の格子が嵌った曇りガラスだ。その曇りガラスの窓に向かうように一台のライティングデスク。その隣には本棚代わりのカラーボックスが二つ並んでいる。部屋の角に置かれたテレビは、単身者用の小型のものだ。基本的に、あまり物のないシンプルな空間。その中央の床に、白いシーツが広げられている。そのシーツは人間の形状を表すかのように、不自然な形で盛り上がっている。この白い布の下で、すでに富田正和は永遠の眠りに就いているのだ。

「布を取って、その目で遺体を拝んでみるかい？」

啓介が尋ねると、葵はゴクリと唾《つば》を飲み込みながら、「そ、そうね……」と頷く仕草。だが、たちまち妹分二人が葵の暴挙を止めに掛かる。

「やめるっちゃ、葵ちゃん。今後しばらく飯が喉《のど》を通らんようになるけえ！」

「そうですぅ。見るなら、ひとりで見てくださぁい！」

といって礼菜は葵に背中を向ける。葵は困ったような表情を啓介に向けながら、

「どっちがいいと思う、成瀬君？　遺体を見る必要があるか、ないか？」

「ふむ、敢えて見る必要はないかもな。すでに説明したとおり、遺体はうつ伏せになっていて、脇腹に包丁が刺さっているんだ。じゃあ、凶器だけ確認してもらおうか」

そういって啓介はシーツの一部分を指で摘み、軽く持ち上げる。恐る恐る覗《のぞ》き込む彼女たちの前に現れたのは、包丁の柄ではなく死体の手だった。

「うわァ——ッ」

「ぎょえ——ッ」

「きゃあ——ッ」

三人の口から一斉に悲鳴が漏れ、ブレンドされた絶叫が狭い部屋に轟《とどろ》く。啓介は思わず両手で耳を押さえながら、「こら、そんなに悲鳴をあげるな。住宅街なんだぞ。誰かが警察に通報したら、どーすんだ！」

三人組に注意を与えた啓介は、あらためて死体の脇腹のあたりの布をめくった。今度は間違いなく包丁の柄が現れた。刃は完全に死体に刺さっていて、柄の部分のみが脇腹から覗いている。高級品の雰囲気が漂う木製の柄だ。柄の端には黒い刻印が見える。

「この焼印みたいなやつは、何の印なの？」

葵の質問に、啓介が答えた。「製造元の職人の印なんだそうだ。隆三氏は一流の料理人だから、当然ながら包丁にはこだわりがある。彼は、この職人の包丁しか使わない。そして現在『はせ川』で、この包丁を愛用しているのは、隆三氏を措《お》いて他にいない」

「ふうん。つまり、この包丁は隆三氏のものだと、ひと目で判《わか》るってわけね」

そういうこと——と頷きながら、啓介は白いシーツを元に戻した。透明のガラス越しに庭の様子を眺めることができる。ただし、その窓は死体発見時に破壊されて、ガラスには大きな穴が開いている。その窓枠を見やりながら、葵は啓介に尋ねた。

葵は二箇所ある窓のうち、格子の嵌っていない窓のほうへと歩み寄った。透明のガラス越しに庭の様子を眺めることができる。ただし、その窓は死体発見時に破壊されて、ガラスには大きな穴が開いている。その窓枠を見やりながら、葵は啓介に尋ねた。

「このクレセント錠は成瀬君が開けたのね。それ以前は、中から施錠されていた」

「ああ、そのとおりだ。絶対に間違いない」

確信を持って頷く啓介に、そのとき別の方角から美緒が問い掛ける。

「だったら成瀬ぇ、こっちの窓の鍵《かぎ》は、どねえなっとったん？」

美緒はもう一方の窓を指差している。啓介は即座に頷いた。

「ああ、そっちの窓にクレセント錠は掛かっていなかった。だから外から簡単に開けることができた。ただし、その窓の外には鉄の格子が嵌っている。——ほらね」

そういって啓介は自らの手で窓枠をスライドさせ、曇りガラスの窓を開け放つ。そこには動物園の檻《おり》を思わせるような無粋な格子があり、前方の視界を邪魔している。

「こんな具合さ。だから僕はこの窓ではなくて、もう片方の窓ガラスを壊して中に入ったんだ」

「ふうん、なるほどぉ、こっちの窓の外は物干し台になっとるんじゃねえ」

美緒のいうとおり、窓の外には物干し台があり、そこには一本の物干し竿《ざお》が掛かっている。ただし洗濯物は、現在のところ見当たらない。物干し台の数メートル先は高い壁になっており、それを越えればもう隣の家の敷地だ。

すると格子の幅を指で測りながら、礼菜が口を開いた。「この格子の間から犯人が腕だけを室内に伸ばして、手にした包丁で被害者を刺した。——そんな手口は考えられないんでしょうかぁ？」

だが啓介はアッサリと首を横に振った。

「残念ながら、それは無理だ。見て判るとおり、この窓辺にはライティングデスクやカラーボックスなどが置かれている。したがって、被害者が窓辺ギリギリに立つということは、あり得ない。だとすれば、たとえ犯人が包丁を持った手を精一杯伸ばしたとしても、被害者の脇腹《わきばら》を刺すことはできないだろう」

「うーん、確かにそうですねぇ」と礼菜は口惜しそうな表情。僅《わず》かな可能性を探すように真上を向きながら、「じゃあ、天井板の一部が動く、なんてことはぁ……？」

「調べてみるかい？」啓介が冗談っぽくいうと、

「そうね」と意外にも葵が乗り気になった。「礼菜、成瀬君に肩車してもらいなさい」

「嫌ですよぉ。礼菜、スカートですからぁ！」と、この重大な局面において、余計な恥じらいを見せるアラサー女子高生（？）。

　啓介としても成人女性ひとり、肩車で持ち上げるのは結構しんどいので、内心ホッとしていたところ、「仕方ないっちゃね。ほんなら、ウチが」と短パン姿の美緒が、これまた余計な《男らしさ》を発揮して乗り手を引き受ける。結局、啓介はやらずもがなの重労働を強いられることとなった。

　その結果、天井板に不自然なところは何ひとつなく、押しても引いてもビクともしない、という現実を啓介たちは思い知ったのだった。

　もちろん隣室と接する壁にも抜け穴などはない。そもそも隣の部屋には、啓介自身が寝ていたのだから、犯人の脱出経路にはなり得ないのだ。

　それらのことを踏まえて、葵があらためて宣言するようにいった。

「なるほど。確かに密室ね」

「犯人の出入りするところが、どこにもありませぇん」

　だが葵と礼菜が首を傾《かし》げる中、美緒だけは疑り深そうな視線を格子の嵌った窓へと向けた。

「可能性がありそうなのは、やっぱりこの鍵の掛かっていない窓なんと違う？」

「でもぉ、美緒ちゃん、その窓も駄目だって、さっきぃ……」

すると、そのとき礼菜の言葉を遮るように、美緒が「むッ」と声をあげて、いきなり床にしゃがみこむ。そしてライティングデスクとカラーボックスの間にある、僅かな隙間に腕を突っ込んだ。そうして彼女が取り出した物体。それは茶色い紐《ひも》だった。細い麻紐だ。紐は端と端が結ばれて、ひとつの輪になっていた。

美緒が摑《つか》んだ紐を、横から礼菜が覗き込みながら、「なんですかぁ、それ？」

「判らん」と美緒も首を傾げながら、「けど、事件に関係あることは間違いない。だって、ほら、ここんとこ、血が付いとるけえ」

美緒は輪になった紐を指で示す。確かに紐の一部は赤い色に染まっていた。

なぜ、輪になった紐がデスクとカラーボックスとの隙間に落ちていたのか。

なぜ、その紐には血液が付着しているのか。

当然それは被害者の身体から流れた血液とみるべきだろうが、いったいなぜ？

様々な疑問が、啓介の頭の中を駆け巡る。

美緒はとりあえず発見した麻紐をデスクの上に置く。それからしばらくの間、外の景色を眺めていたかと思うと、突然「あ、ひょっとして！」と何事か閃《ひらめ》いたような叫び声。いきなり踵《きびす》を返すと、ひとり猛然と部屋から飛び出していく。

葵と礼菜は顔を見合わせてキョトン。しかし、すぐさま互いに頷き合うと、美緒の後に続く。最後に残された啓介は「おーい、どこへいくんだ、おまえら？」と声をあげながら、三人の後を追うようにして部屋を出ていった。

そうして追いかけた末に啓介がたどり着いたのは、格子の嵌った窓のすぐ外だ。息を弾ませる啓介は、「どうしたんだ、美緒？　ここに何かあるのか――あ、さては！」といって、ひとつの思い付きを口にした。「犯人は鉄の格子を固定しているボルトを外し、格子そのものを窓枠から取り外してから、悠々と部屋に侵入した。――って、そんなこと考えてるんじゃないだろうな？」

「あら、案外ありそうな手口ね」葵が感心したように目を見開いた。「駄目なのかしら、そのやり方じゃ……？」

「ああ、実際に見れば判る」といって、啓介は格子を固定したボルトのひとつを指で示した。「ご覧のとおり、ボルトは長年の風雨に晒《さら》されて薄汚れている。昨夜に何者かが、これを外したり締めなおしたりしたなら、その痕跡《こんせき》は歴然と残っただろう。だが、そんな不自然さはどこにも見当たらない。ここ最近、ボルトが弄《いじ》られていないことは明らかだ」

「なんだ、そうなのね」と落胆の表情を露《あらわ》にする葵。

しかし、その隣で美緒は「んなこと、最初から判っとるっちゃ」と妙に強気な態度で口を開く。「格子を外したり、また嵌めたりなんてやり方、ウチは最初から考えとらん。そねえ手口は面倒くさすぎるけえ」

「だったらぁ、美緒ちゃんは、この密室をどう考えるんですかぁ？」

礼菜の問い掛けにニンマリとした笑顔で応《こた》える美緒。そんな彼女が指差したのは、目の前にある物干し台。正確には、そこに渡された物干し竿だった。

「これよ、これ！」

「はぁ、その物干し竿がどうかしましたかぁ!?」

礼菜の問いをよそに、美緒は物干し竿に顔を寄せてシゲシゲと見詰める。やがて彼女の口から、「ほら、やっぱり」と勝ち誇るような呟きが漏れる。その声に導かれるように、葵と礼菜も物干し竿に歩み寄っていく。啓介も彼女たちの背後から、問題の物干し竿を覗き見た。いまどきは主流といっていい、ステンレス製の物干し竿だ。美緒はその片側の端を黙って指で示す。葵、礼菜、そして啓介が指で示された場所をマジマジと見詰める。やがて三人の口から、ほぼ同時に「あッ」という声があがった。

「何か、竿の表面にこびりついているわね……」

「はい、何か赤いものが……これも血でしょうかぁ……」

「うむ、確かに血のようだ……たぶん被害者の血液だろう……」

口々に驚きの声をあげる三人。その様子を眺めながら、美緒は満足そうに胸を張る。

そして一同を前にして力強く断言した。

「この密室、ウチには見えたっちゃよ！」

5

離れでの大雑把な実況見分が、ひととおり終了した直後——

何らかの閃きを得たらしい占部美緒は、得意げな顔を成瀬啓介へと向けると、今回の事件の関係者をリビングに集めるよう、胸を張って申し出た。

怪しい中国地方の方言を操る彼女の言葉を忠実に再現するならば、「容疑者どもをリビングに集めるっちゃ！　この美緒様が密室の謎を暴《あば》いちゃるけえ！」と大胆不敵なことをいってのけたのだ。

「おいおい、『容疑者ども』じゃなくて、『関係者一同』だろ」

喧嘩腰《けんかごし》の美緒をたしなめる啓介。しかし、そんな美緒の姿に、関礼菜はパチパチと拍手を送りながら、「凄《すご》ぉーい、美緒ちゃん——じゃなかった『美緒様』、いかにも名探偵っぽいですぅ」と無邪気な歓声をあげる。

一方、小野寺葵は眼鏡の奥から半信半疑の視線を強気な妹分へと向けた。

「本当に大丈夫なの？　大勢の前で『美緒様』が赤っ恥をおかきになられても知らないわよ」

すると美緒は「なーに、へーき平気」と気楽な調子で片手を振って、「心配いらんっちゃ。葵ちゃんたちは大船に乗ったつもりでおったらええけえ」と、まるで自信の塊が喋っているかのよう。だが美緒が舵《かじ》を取る船ならば、仮にそれが大船だとしても、船底にはポッカリと穴が開いているのではあるまいか？

啓介は不安を覚えずにはいられない。だが意外にも葵はアッサリと頷いた。

「そう、そこまでいうなら密室の謎解きは美緒に任せたわ」

――え、いいのかよ、それで？

唖然《あぜん》とする啓介をよそに、葵は踵を返して方向転換。前方に建つ立派な和洋折衷の屋敷へと視線を向けながら、

「それじゃあ離れのほうは、もう充分に見させてもらったから、そろそろ母屋《おもや》にいきましょ」

「よっしゃ、リビングで密室の謎解きじゃね」

「なんだかワクワクしますぅ」

三人の女たちは、その表情に妙な期待感を滲ませながら、長谷川邸の母屋へと真《ま》っ直《す》ぐ歩を進める。啓介は大いなる胸騒ぎを覚えつつ、三人の後に続くしかない。

玄関を入って長い廊下を進むと、突き当たりにあるのが広々としたリビング。昨夜、法界院法子夫人が盛大に飲み食いした挙句、酔っ払って潰《つぶ》れた場所だ。リビングには誰もおらず妙にガランとしている。それを好機と捉《とら》えたのか、美緒と礼菜は豪勢な革張りのソファに向かって一直線。誰はばかることなく、どっかと腰を下ろした。

――こらこら、おまえら、自宅のソファじゃないんだぞ！

苦い表情を浮かべる啓介はソファの上であぐらを掻《か》く美緒に、あらためて確認した。

「本当に関係者全員、ここに集めていいんだな？　いいんだったら、集めるぞ。集めていいんだな。どうなっても、知らないぞ。よし、だったら集めよう。全員、集めてやる。さあ、集めるぞ。いいんだな、本当に。やめるなら、いまのうち……」

「集めてえって、いうとるじゃろーが！　さっさと呼んでこられーよ！」

じれったそうに美緒が一喝する。その言葉の勢いに押されるように、啓介は思わず後退した。

「判った判った。呼んでくるさ」

舌打ちしてリビングを飛び出す啓介。すると背後から「だったら私も手伝ってあげるわ」と、なぜか葵の声。結果、啓介と葵の二人は揃《そろ》ってリビングを出た。啓介としては妙な違和感を覚えずにいられない。葵が単なる善意で啓介の仕事を手伝ってくれるはずがないのだ。おそらくは何か裏の目的があるのだろう。

そう確信する啓介は、疑惑に満ちた視線を葵へと向けながら、

「ほう、手伝ってくれるのか？　わざわざ、君が？　この僕を？　そりゃ感激だな」

皮肉を口にすると、当の葵は「なんでこの私が、あなたのことを手伝わなくちゃいけないわけ？」と自分の発言を自分で否定してから、「実は頼みたいことがあるの」

「そんなことだろうと思った」――結局、手伝わされるのは俺のほうかよ！　啓介は小さく溜め息をつくと、「何だよ、頼みたいことって？」

「ビデオカメラがあると助かるのよねえ。できれば二台あると万全なんだけど」

「はあ、ビデオカメラ!?」意外な要求に啓介は思わずキョトンだ。「そんなもの手に入れて、何を撮影する気だ？　これからリビングでおこなわれる美緒の謎解き場面を、映像に収めて何かの記念にする――とか？」

「そうそう、でもって後から、みんなでその映像を見てゲラゲラ笑い合うの――って、そんなわけないでしょ！」葵は笑えないノリツッコミを披露してから、再び真顔にな

った。「そんなくだらない場面を撮影するのに、カメラ二台も必要ないと思わない？」

「うむ、確かに一台で充分——って、え、『くだらない場面』だと!?」啓介は葵の言葉に引っ掛かるものを覚えて、咄嗟《とっさ》に聞き返した。「どういうことだ？　美緒の謎解きする場面が、『くだらない』って……それって要するに……」

これから美緒が披露するであろう推理は『くだらない』。すなわち間違いだといいたいのだろうか。だったら、わざわざ大勢の前でその推理を語らせる必要なんて全然ないのではないか。

そう聞き返そうとする啓介の機先を制するように、葵が口を開いた。

「で、どうなの？　ビデオカメラは用意できそうかしら」

「ふむ、長谷川家はお金持ちだからな。ビデオカメラの一台や二台は当然あるような気がする。法子夫人を通じて春江夫人に頼めば、なんとかなるだろう」

「お願い。できるだけ急いで」といって、葵は啓介の前で形ばかり両手を合わせる。

一方的に拝まれた啓介は、ゆるゆると首を縦に振るしかなかった。「ああ、判った判った。いや、正直よく判らないが、なんとかやってみるよ」

「ありがとう。恩に着るわ」

「恩に着るなら、多少なりと目的を教えて欲しいんだけどな」

「それは駄目、いまは内緒」

――畜生、なんだよ、内緒って！

ムッと唇を歪《ゆが》める啓介。それをよそに満足した様子の葵は「とにかく、任せたわよ」と手を振りながら、再びリビングへと戻っていく。

ひとり残された啓介は法子夫人の姿を求めて、廊下を歩きはじめた。


啓介が法子夫人の姿を発見したのは、長谷川邸の応接室だ。そこで彼女は春江夫人と談話中だった。事情を説明して、「リビングにお集まりいただけますか」と申し出ると、二人の中年女性は驚いた様子で互いに顔を見合わせる。最初に口を開いたのは法子夫人だった。

「そう、判ったわ。葵が何か閃いたのね」

「いいえ」啓介は即座に首を振り、残念な真実を告げた。「閃いたのは、美緒のほうでして……」

その瞬間、法子夫人は絶句。その表情には大いなる不安の影が広がっている。

それから啓介は春江夫人のほうに顔を向けると、「ところで、もし可能ならビデオカメラを二台、お貸しいただけないでしょうか」と葵の要求をそのまま口にする。

当然ながら、春江夫人は一瞬キョトン。だが、その直後には「どうやら何か訳がありそうですね」と興味深そうな表情を覗かせると、「ええ、お貸しできますよ」といって、自ら二台のビデオカメラを取ってきてくれた。

ほぼ新品の最新機種と、古ぼけた型落ちの機種。二台のビデオカメラを啓介に手渡しながら春江夫人は、「だけど、こんなもの、何にお使いになられるのかしら?」と素朴な疑問を口にする。「リビングでの謎解き場面を映像に収める——とか?」

誰でも考えることは同じらしい。啓介は苦笑いを浮かべながら、

「そうですね。そうかもしれません」

と適当に頷《うなず》くしかなかった。

手に入れた二台のビデオカメラを持って、啓介はまずは葵のもとへと舞い戻る。

そして大事な借り物を彼女に渡すと、あらためて残りの関係者たちに声を掛けて回るのだった。

*6*

それから、しばらく後。長谷川邸の静まり返ったリビングには、今回の事件の《容

疑者ども》――じゃない、《関係者一同》が顔を揃えていた。見習い秘書、成瀬啓介は雇い主である法界院法子夫人の背後に立ちながら、一同の様子をざっと見回した。

糖尿病を患《わずら》っている長谷川隆三は、ソファの上で疲れた表情を覗かせている。その隣に座るのは妻の春江夫人だ。女将らしくピンと背筋を伸ばして、小柄な身体《からだ》を大きく見せている。そんな二人から距離を取るように、ソファの端にちょこんと腰を下ろしているのは、ひとり娘の綾乃だ。泣きはらしたせいか、目許《めもと》が若干の赤みを帯びているように映る。

一方、窓辺に佇むのは『はせ川』の若い料理人である森崎弘樹だ。昨夜、店の厨房《ちゅうぼう》で遅くまで居残っていた彼は、結局、家には帰らず、そのまま店で夜を明かしたのだ。昨夜は白い調理服を着ていた彼だが、私服に着替えたのだろう、いまはチノパンに長袖《ながそで》のシャツ姿だ。

その傍らでは、家政婦の永井早苗が表情を硬くしながら畏《かしこ》まっていた。

そんな関係者一同の視線は、主に法子夫人と、その傍らにたむろする三人組に注がれている。法子夫人の背後に立つ啓介は、自分ひとりが透明な存在になってしまったような疎外感《そがいかん》を感じたのだが、それはそれとして――

関係者たちは揃って無言。それでも三人組へと向けられた視線には、「この娘《こ》たち、何者？」「探偵なのか？」「それにしちゃ頼りなくないか？」というような不躾《ぶしつけ》なニュアンスが色濃く感じられる。

とはいえ、そんなアウェーの風に吹かれて、ひるむような彼女たちではない。

小野寺葵は普段どおり涼しい顔。手にした眼鏡のレンズを布で拭《ぬぐ》っている。占部美緒は、関係者全員に喧嘩でも吹っかけるかのように鋭くガンを飛ばしている。そして関礼菜は、我関せずとばかり自慢のツインテールを指先で弄《もてあそ》び、枝毛を探している。

そのような緊張感溢《あふ》れる——とまではいえないリビングにて。沈黙を破って口を開いたのは長谷川隆三だった。彼は事件の関係者一同を代表するかのごとく、《無関係者三人》のことを指差していった。「で、そこの女性たちは、密室の謎が解けたというのだね？」

隆三の言葉に、葵は素っ気なく首を振って、「あら、私は何ともいっていないわよ」

すると礼菜もツインテールを揺らしながら、「『判った』っていったのは、美緒ちゃんですからぁ」といって、隣の茶髪女を指で示す。

名指しされた美緒は「そのとおり」と頷くと、拳《こぶし》で自らの起伏のない胸をドンと叩《たた》いて一歩前へと進み出た。「うちにはハッキリと見えたんよ、この密室の謎が。といっても、べつに難しいことはないっちゃ。今回のコレは、まあまあ、ありふれた密室じゃけえ」

「ありふれた密室ですって!?」声をあげたのは、ソファに座る春江夫人だ。「随分と自信がおありのようね。ならば、さっそくお聞かせいただけるかしら。富田正和さんが被害にあった今回の事件の真相を、わたくしたちにも理解できるように」

丁寧な口調ながら彼女の言葉には、『お手並み拝見……』といわんばかりの挑戦的な響きがある。他の関係者たちも『そうだ、そうだ』というように頷く中、美緒は一歩も引くことなく、むしろ精一杯の強気を示すように胸を張った。

「ほんじゃあ、説明しちゃる。耳の穴かっぽじって、よう聞かれえ」

思いっきり上から目線でそういうと、美緒はおもむろに説明を開始した。

「現場の一室は、いわゆる密室じゃった。けど『蟻《あり》の這《は》い出る隙間《すきま》もない』というほど完璧《かんぺき》な密室でもなかった。窓のひとつはクレセント錠が掛かっとらんで、外から自由に開閉できる状態じゃった」

「ええ、そうでしたね」と合いの手を入れるように春江夫人が頷く。「でも、その窓には鉄製の格子《こうし》が嵌《はま》っていて、犯人の出入りは不可能。そのはずですよね？」

「確かに、犯人が室内に出入りするんは無理じゃろう。けど凶器の包丁を出入りさせるだけやったら、あの鉄格子には充分な隙間があるっちゃ」

「はあ!?」と眉《まゆ》をひそめたのは隆三だった。ソファの上から美緒の姿を真っ直ぐ見詰めながら、「じゃあ、何か。君は犯人が、あの格子の隙間から富田のことを包丁で刺したと、そういいたいのかね。おいおい、それこそ無理な話だぞ」

「判っちょる、判っちょる」美緒は前のめりになる隆三を押し留めるように両手を前にやった。「あの窓際《まどぎわ》にはデスクやカラーボックスが並んどる。ちゅうことは、被害者が窓の傍まで近づくことはない。だとするなら、窓の外にいる犯人が格子の隙間から相手に包丁を突き立てることも不可能。そういいたいんじゃろ？」

「う、うむ、そうだ。君もまあまあ判っているみたいだな……」

実際のところ『まあまあ判っている』も何もない。美緒の指摘したことは、つい先ほど啓介自身が三人組の前で喋《しゃべ》ったこととの引き写しに過ぎないのだ。苦笑いを浮かべる啓介の傍らで、今度は法子夫人が口を挟むようにいった。

「だったら、美緒はどう考えるというの？　窓辺に近づくことのない富田さんの脇腹に、犯人はどうやって包丁を突き立てたのかしら」

法子夫人の問い掛けに美緒は、『待ってました……』とばかりニヤリと笑みを覗かせた。

「問題になっとる窓の前には物干し台があった。そこには当然ながら物干し竿があった。そして、その先端には、ほんの僅かながら血液の痕跡があった。これは被害者の脇腹から流れ出た血液と考えて、まず間違いないじゃろう。ではなぜ、そんな場所に被害者の血が付着したんじゃろうか……」

美緒の言葉に応える者はいない。

黙り込む一同を愉悦の眸《ひとみ》で眺め回すと、やがて美緒はズバリと指摘した。

「答えは簡単。犯人が殺人のために、その物干し竿を利用したから。それしか、考えられんじゃろう。――そう、つまり犯人は、あの長ぁーい物干し竿の先端に凶器の包丁を紐でくくりつけたんよ。そうすることで包丁は、いわば一本の長い槍《やり》になる。その槍を手にして、犯人は窓の外に立った。そして格子の隙間から槍を差し入れ、被害者を狙《ねら》った。これなら、被害者が窓辺に立つ必要もない。仮に被害者が部屋の真ん中、あるいはベッドの傍におったとしても、包丁の先端は相手の身体に充分届く。物干し竿を勢い良く前へと突き出せば、包丁の刃は被害者の脇腹にブスリと突き刺さるはずっちゃ」

美緒の語る意外な推理に、関係者一同は揃って唖然とした表情。そんな中、最初に言葉を発したのは隆三だった。

「なるほど、そのやり方で相手を刺し殺すことは、確かに可能かもしれんが……しかし、富田の脇腹には包丁だけが突き刺さっていたんだよ。そのことは、どう説明するのかね？」

「包丁は物干し竿の先端に紐でくくりつけられとった。おそらく、そのくくりつけ方に工夫があったんじゃろうと思う。物干し竿を突き出すときには、その力が包丁に上手く伝わり相手を突き刺すことができ、その一方で物干し竿を引くときには、包丁が紐からすっぽ抜けて、脇腹に刺さったまま死体に残る。——ていうような、ちょうどいい塩梅《あんばい》のくくりつけ方が、してあったんよ」

「おいおい、『ちょうどいい塩梅』って——君ねえ」ソファの上で腕組みする隆三は口許を歪めながら、「そう上手くいくものかな？」と疑問を呈する。

リビングを埋めた一同の顔にも、『ちょっとテキトーすぎないか!?』といいたげな戸惑いの色が波紋のように広がった。

その悪い雰囲気を吹き払おうとするかのごとく、「それが証拠に！」と、いきなり美緒が声を張りあげた。「問題の窓の傍、ちょうどデスクとカラーボックスとの僅かな隙間に、輪っかになった麻紐が落ちとった。そして、その麻紐にも血痕が付着しとった。——そうじゃろ、成瀬ぇ？」

いきなり同意を求められた啓介は「確かに、そうだったな」と首を縦に振り、そしてようやくピンときた。「そうか。あの輪になった麻紐は、包丁と物干し竿とをくくりつけるために用いられたわけだ。だから被害者の血が付いていたんだな」

「そういうこと。窓の外に立つ犯人は被害者を刺した後、物干し竿を手前に引き寄せて、包丁だけを死体に残すつもりじゃった。けど、いまそこのオッサンがいうたように、事はそう上手くはいかんかったんよ」

そういって美緒は不躾な指先を隆三に向ける。いきなり飛び出した彼女の『オッサン』発言に、啓介の顔面はたちまちサーッと青ざめた。

「馬鹿馬鹿《ばかばか》、誰が『そこのオッサン』だよ！　和食の名人だぞ。そんじょそこらのオッサンとは訳が違うんだからな！」

美緒を叱責《しっせき》すると同時に、啓介は隆三に対して平身低頭。そんな彼の苦労も知らず、美緒は「はあ、名人でも鉄人でもオッサンはオッサンじゃろ……」と納得いかない顔。それから気を取り直すように短い髪を掻き上げると、再び説明に移った。

「確かに、包丁は犯人の目論見《もくろみ》どおりに死体の脇腹に残った。ところが、犯人は包丁と物干し竿をくくりつけとった麻紐まで、室内に残してしもうた。竿の先端から輪っかになった紐がポトリと落ちて、デスクとカラーボックスの隙間に転がったんよ。こうなったら窓の外におる犯人の手では、もうどうしようもない。仕方なく犯人は麻紐を室内に残したままで、物干し竿だけを回収。それを物干し台に戻した。このとき当然ながら犯人は竿の先端に付着した被害者の血痕を、何かで拭ったはず」

「『何か』って、具体的に何よ？」唐突に葵が突っ込む。

「何って……そりゃあ、布とかティッシュとか、そういうやつよ」

曖昧《あいまい》に答えて、美緒はさらに説明を続けた。「けど犯人は焦《あせ》ったんじゃろうね。拭い損なった血痕が、ほんの微量ではあるけど竿の先端に残された。それを類稀《たぐいまれ》なる観察眼で見つけ出したのが、このウチ、占部美緒様ちゅうわけよ」

そういって美緒は自らの胸を拳で叩き、得意の笑みを覗かせた。「なあなあ、どねえ思う、この見事すぎる絵解き。今回の密室を解き明かす理論は、もうこれしかあり得んっちゃよ。なあ、そう思うじゃろ、オッサン！」

「こら、何度もオッサンオッサンって呼ぶな！」堪忍袋《かんにんぶくろ》の緒が切れたとばかり、隆三自身が声を荒らげる。だが、すぐさま平静を取り戻すと、隣に座る春江夫人に向かって、「確かに、いまの話のとおりならば、窓の外から室内にいる富田を刺し殺すことも可能かもしれない」

「ええ、そうね。それ以外の手段は思いつかないし……」と頷く春江夫人。

するとと、いままで黙って話を聞いていた者たちも、それぞれに首を縦に振った。

「そうね。確かに犯人は物干し竿を使ったんだわ」綾乃がいうと、

「ええ、証拠の品も揃っているようですしね」と森崎弘樹も興奮した口調で応える。

家政婦の永井早苗も「これで密室の謎《なぞ》は解けましたね」とホッとした様子である。

美緒の推理に対する関係者たちの評価は上々らしい。だが果たして葵は、どう感じたのだろうか。何より、その点に興味を抱く啓介だったが、そのとき——

「素晴らしいわ、美緒！」

手放しの賞賛の声を響かせたのは、その葵本人だった。盛んに拍手を送りながら、彼女の口からはさらなる賛辞が溢れ出た。

「見事よ。完璧だわ。ブラボーよ、美緒！　あなたの推理こそは今回の密室の謎を解き明かす唯一《ゆいいつ》のものよ。そうに違いないわ」そういって葵は美緒の肩に手を置くと、相手の目を見ていった。「美緒、あなた、腕を上げたわね！」

「あ、葵ちゃん……」

と呟《つぶや》いたきり美緒は絶句。その表情は喜びに満ち、眸は僅かながら潤《うる》んでいる。

そんな二人の姿を傍らで眺める礼菜は唇を震わせながら、「す、凄いですぅ……美緒ちゃんが葵ちゃんを出し抜くなんてぇ……そして葵ちゃんがそれを認めるなんてぇ……ううっ、なんて感激の場面……」と大興奮。その眸にも何やら光るものが見える。

そんな三人の光景を眺めながら、啓介はすっかりいたたまれない気分だった。

――な、何なんだ、この茶番は？

啓介は唖然とするしかない。先ほど葵は、美緒の謎解きなど『くだらない』と切って捨てたはず。では現在の葵の様子は、いったい何なのか。美緒の推理を聞いて、葵はすっかり態度を翻《ひるがえ》したということだろうか。それとも何らかの目的があって、そのフリをしているということか。どちらとも判断がつかない啓介としては、無言を貫くばかりだった。

そんな中、突然我に返ったかのごとく、「ちょっと待ってくれ」と大きな声をあげたのは森崎弘樹だった。「感動しているところ申し訳ないが、彼女のいうようなトリックが用いられたとして、じゃあその犯人というのは、いったい誰になるんだ？」

この当然の質問に対して、美緒は意外にも「ええっと、それは……」と口ごもる。

彼女は密室のトリックを解き明かすことには熱心だったが、どうやらそのトリックを用いた真犯人の究明については、考えが及んでいなかったらしい。

そんな妹分に助け舟を出すかのように、そのとき再び葵が口を開いた。

「まあまあ、そんな無慈悲なことをいわないでやってください」

「はあ、無慈悲だって……!?」森崎弘樹が首を傾げる。

「ええ、そうですとも。考えてもみてください。私たち、いきなり赤の他人の屋敷に連れてこられて、密室の謎を解いてみろといわれたのですよ。この困難な状況の中で、美緒は見事に密室の謎だけは確かに解き明かしたのです。彼女に、これ以上の成果を求めようというのは、酷というものですわ」

「で、ですわ……って？」

なんだか芝居がかってないか、この女——という疑惑の色が森崎の顔に一瞬浮かぶ。だが、そのとき春江夫人の声が葵の発言を後押しした。「確かに彼女のいうとおりだわ。密室の謎を解いてもらえただけでも、そちらのお三方を呼んだ甲斐《かい》は充分ありました。法子さんには感謝しないとなりませんね」

「あら、感謝だなんて、私は何もしていないわ」と、実際何もしていない法子夫人は、謙遜《けんそん》にならない謙遜の言葉を口にしてから、「それより、これからどうするの、春江さん？　いつまでも警察への通報を遅らせるわけにもいかないと思うのだけれど」

「法子さんのいうとおりだわ。とりあえず密室の謎は解けたことだし……」

「そうよ。これで隆三さんが警察に犯人扱いされる危険もなくなったはずだわ」

「そうね。これなら鍵を管理している私が疑われることもなさそうだわ。だったら、後のことは警察に任せましょうか」

二人の夫人の間で話が纏《まと》まったと思われた、そのとき——「待ってください！」

リビングに響く若い女性の声。それを発したのは小野寺葵だった。関係者一同の視線がいっせいに彼女のもとへと注がれる。そんな中、葵はあらためて口を開いた。

「警察を呼ぶのは、もう少しだけ待ってもらえませんか」

「何をいってるの、葵⁉」意外そうに目を丸くするのは法子夫人だ。「事は殺人事件なのよ。速やかに警察に通報するのは、市民として当然の務めじゃないの！」

「いったい、どの口がいうとるんよ」と美緒が突っ込むと、

「散々、通報を遅らせたくせしてぇ」と礼菜も呆《あき》れた顔だ。

確かに二人のいうとおり。小さく頷いた啓介は、葵の真意を確かめるべく尋ねた。

「理由は何なんだよ、葵。警察への通報をこれ以上遅らせることに、どんな意味があるっていうんだ？」

「時間が欲しいのよ」と葵は簡潔に理由を語った。「密室の謎を解くトリックは、もう明らかになっている。後は誰が真犯人か。残る謎はそれだけ。でも、それが判らない。だから、もう少しだけ時間が欲しいの」

「時間さえあれば、葵には判るっていうのか、その真犯人が？」

「そうね」葵の眸が眼鏡の奥で自信ありげに輝く。「判りそうな気がするわ」

「気がする……って」おいおい、随分と曖昧だな！

困惑する啓介は、雇い主の意見を求めようとして、法子夫人に視線を向ける。すると彼女は見習い秘書に対して小さく頷き、それから春江夫人のほうへと向き直った。

「春江さん、彼女がああいっているのですから、もう少しだけ待ってみましょう。なーに、警察への通報が三時間遅れようが五時間遅れようが、大した差ではありませんわ。大丈夫。こう見えても、私、荻窪署の署長とは大変に仲がよろしいんですのよ」

そういって法子夫人は「オホホホッ」と高らかな笑い声を披露。それから一転して真顔に戻ると、射るような視線を葵に投げつけた。「判ってるわね、葵。単なる時間の浪費に終わるようなら、そのときは『かがやき荘』を出ていってもらうわよ」

恫喝《どうかつ》にも似た夫人の発言に、葵は初めて事の重大さを認識した様子。「うッ」と呻《うめ》き声を発すると、「ええ、判ったわよ。謎を解きゃいいんでしょ、ふん！」と憎まれ口を叩いて顔をそむける。その頬のあたりからツーッと一筋流れ落ちる緊張の汗。

啓介は激しい不安に襲われるばかりだった。

## 7

そうしてリビングでの一幕が終わった後、小野寺葵の振る舞いは実に奇妙だった。彼女は料理人、森崎弘樹を摑まえると「ねえ、『はせ川』ってランチはやってないの？」と、べつにどうでも良さそうな質問。森崎の答えは当然、「やってない」だ。すると葵は「じゃあ仕方ないわね」と諦《あきら》めの表情。「まあ、いいわ。少しいけば安い定食屋ぐらいあるでしょうしね。――美緒、礼菜、いくわよ」

そういって葵は屋敷の外へと出ていった。まったく何を考えているのか。この緊迫した状況の中、葵は妹分たちとともに悠々とランチを食べに出掛けたのだ。啓介が葵の本気度を疑ったのも無理はなかった。

「ああもう、昼飯なんか食べている場合かよ！　あいつ、ひょっとして法子夫人の恫喝を冗談か何かだと思ってるのか。いやいや、そんなはずはないよな……」

ひとり気を揉《も》みながら、リビングにて三人の帰宅を待ちわびる啓介。じりじりとするような時間が経過する中、啓介には何もすることがない。すると、そんな彼の耳にいきなり飛び込んできたのは若い女性の悲鳴だ。それは緊急事態を報《しら》せるサイレンのごとく屋敷中に響き渡った。

「きゃあぁぁぁ――ッ」

瞬間、啓介はビクリと背筋を緊張させる。すぐさまリビングを飛び出し、悲鳴の聞こえてきたと思《おぼ》しき方角に向かって、廊下を闇雲《やみくも》に駆け出す。すると啓介の前方に、全開になった扉が見えた。あれは確かトイレの扉だ。明かりの点《つ》いた個室から、若い女性の背中が半分ほど覗《のぞ》いている。

「——大丈夫ですか！」

叫びながら駆け寄ると、若い女性が振り返る。綾乃だった。顔面は蒼白《そうはく》で、唇はワナワナと震えている。言葉を発しようとするが、上手《うま》く声が出せないらしい。

そのころになると、悲鳴を聞きつけて駆けつけたのだろう、春江夫人や法子夫人、森崎弘樹や永井早苗までもが続々と集まってきてトイレの前は大混雑となった。最後に姿を現したのは足許に不安がある隆三だ。

一同の疑問を代表するように、啓介が尋ねた。

「どうしたんですか、綾乃さん。いったい何があったんです？」

すると綾乃は答える代わりに、震える指先を真っ直ぐ前に伸ばす。ほっそりとした指先が示すのは洋式便器だ。それを見るなり、啓介はハッとなった。便器の溜《た》まり水が真っ赤に染まっている。おそらく血だろう。もちろん、切れ痔《じ》に悩む誰かが便器を血で汚したという可能性もゼロではないだろうが、おそらくそうではあるまい。よく見ると、赤く染まった溜まり水には、なにやら白い物体が浮いている。トイレットペーパーではなさそうだ。

啓介は意を決して、その物体を指先で摘み上げた。

「ん……これは、ハンカチみたいですが……」

それは間違いなく女性物の白いハンカチだった。いまは赤い血で汚されて、全体にピンクっぽく変色している。それを目《ま》の当たりにするなり、綾乃の顔に愕然《がくぜん》とした表情が浮かぶ。どうやら見覚えがあるらしい。咄嗟に啓介は彼女に問い掛けた。

「このハンカチは、いったい誰の……？」

問われて綾乃は、しばし困惑の様子。だが、すぐに諦めたように顔を左右に振ると、

「誤魔化しても仕方ありませんね。それは私のハンカチです。間違いありません」

その直後、携帯で連絡を取ると、葵たちは近所の中華料理屋でランチの最中だった。

「おい、昼飯どころじゃないぞ。新しい展開があった。すぐに戻ってこい」

命令口調でいうと、電話越しの葵の声が、「何いってるのよ。そっちこそ、お店にいらっしゃい」と啓介に命じた。「長谷川邸から歩いてすぐだから。待ってるわよ」

――畜生、なんで、こっちが命令されなくちゃならないんだよ！

不満を呟きながらも、啓介は指定された中華料理屋に渋々ながら駆けつける。

店内に飛び込んでキョロキョロと見回すと、三人の見慣れた姿が奥まったテーブル席にあった。

「なんだ、ここにいたのか。おい、よく聞いてくれ。さっき母屋のトイレから……」といってテーブル席へと歩み寄った次の瞬間、彼の口許から「わあッ」と驚愕の声があがった。「こ、こいつら、昼間っから酒飲んでやがる〜〜〜ッ」

テーブルの上にはランチと呼ぶには、こってり濃厚すぎる中華料理の数々。そして三人の手にはアルコール・ドリンクのグラスが、しっかりと握られていた。

「何よ、そんなに慌《あわ》てて？」ビール片手に葵が尋ねる。

「母屋のトイレが、どねーかしたん？」美緒が持つのはチューハイだ。

「まあ、とにかくぅ、けーすけさんもぉ、いっぱい、やってくらさいよぉ」ハイボールを傾ける礼菜に至っては、もう完全にできあがっていて目がトロンとしている。

「た、短時間でよくもここまで……」いったい、どんなペースで飲んだんだ!?

啞然としながらも啓介は、美緒の隣の席に腰を下ろし、先ほどの出来事を手短に説明した。

「母屋のトイレで血に汚れたハンカチが発見された。見つけたのは綾乃さんだ」

啓介の話を聞いて、ようやく三人の顔にも緊張の色が浮かぶ（礼菜の顔色だけは、いっさい変わらない)。葵はビールのグラスをテーブルに置き、真剣な顔を啓介に向けた。

「それ、誰のハンカチか判《わか》る?」

「ああ、綾乃さん自身のものらしい。女性物の白いハンカチだ」

「なんれしょうかぁ。ちのついたハンカチって? なににつかわれたんれしょう」

呂律《ろれつ》の回らない礼菜の問いは、啓介にはよく理解できない。だが美緒は、その不明《ふめい》瞭《りょう》な質問に対して、たちどころに答えた。

「きまっとる。そのハンカチは血を拭ったもの。おそらくは物干し竿の先端についた血を拭うために使われたんじゃろう。どうやら、これで決まりっちゃね!」

パチンと指を弾《はじ》いた美緒はズバリと指摘した。「富田正和殺しの真犯人は、長谷川綾乃っちゃ!」

「綾乃さんが? おい、待て待て、彼女は問題のハンカチを発見した張本人だぞ。自分にとって不利になる証拠の品を、なぜ彼女が自分で発見するんだよ。おかしいじゃないか」

「ふん、何いうとるん。第一発見者を疑うんは捜査の基本じゃろーが」

美緒は蔑《さげす》むような視線を啓介に向けて説明した。「綾乃は物干し竿のトリックを使って、密室の中の富田を刺し殺した。そして自分のハンカチで竿の先端の血を拭った。しかし彼女の密室トリックは、この美緒様の慧眼《けいがん》によって見破られてしまった。焦った綾乃は、証拠となるハンカチをトイレに流して処分しようと考えた。ところが、ハンカチは上手く流れてはくれんかった。そこで仕方なく綾乃は、トイレで偶然ハンカチを発見したフリをして、善意の第一発見者を演じた。——ちゅうわけよ」

「な、なるほど……いわれてみれば、あり得ない話ではないか」

啓介は美緒の話にそれなりの説得力を感じざるを得ない。酔いの回った礼菜に至っては、「さっすが美緒ちゃんれすぅ、きょうはメチャクチャさえまくりれすぅ」と手放しの褒めようだ。

それを聞いて美緒は、まんざらでもない表情。チューハイをグビリとひと口飲むと、葵に得意げな視線を向け、念を押すようにこう尋ねた。

「なあ、どねえ思う、葵ちゃん？　犯人は綾乃で間違いないっちゃよねえ？」

すると葵は悠然とビールのグラスを手にして泡立つ液体をゴクリ。

それから「プファ〜ッ」と盛大に息を吐いたかと思うと、キッパリと首を左右に振って断言した。「いいえ、犯人は綾乃ではないわ」

## 8

　騒がしい中華料理店の中で、そこだけ水を打ったように静まり返るテーブル席。張り詰めた空気を破って、最初に口を開いたのは礼菜だった。

「にゃにゃにゃ、にゃんれすってぇ！　ふぁふぁふぁ、ふぁんにんは、あやのじゃないって、いうんれすかぁ！　それじゃあ、いったいられが……」

「こらこら、無理すんな。いいから、礼菜は黙ってろ！」

　啓介は酔っ払った礼菜を優しく一喝。そして正面に座る葵にあらためて確認した。

「犯人は綾乃ではない。そう断言できるということは、君には真犯人が誰だか、もう判っているってことなのか」

「ええ、おおよそね。たぶん間違っていないと思う。間違えたのは、美緒のほうね」

「なな、なんじゃとぉ!?」啓介の隣で美緒は目を三角にして怒りを露《あらわ》にした。「ウチの推理の、どこが間違っとるん？」

「ひと言でいうなら実現性に乏しいわ。物干し竿《ざお》の先に包丁をくくりつけた即席の槍で、室内にいる被害者を狙いどおりに刺せると、本気でそう思う？　しかも、たった一撃でよ。それって、ほとんど奇跡的な話じゃないかしら。むしろ何度も何度も相手を刺して、たくさん傷を負わせ、その中のひとつが致命傷となる。結果として、密室の中から傷だらけの死体が発見される――っていうのが普通だと思う。要するに非現実的なのよね」

「非現実的でも何でも、実際、物干し竿の先端には血が付いとったし、部屋の中には麻紐《あさひも》が落ちとった。物干し竿のトリックが間違いなら、あれはいったい何なんよ?」

「当然、贋《にせ》の手掛かりってことね」葵は迷いなく断言した。「美緒は、これ見よがしに用意された贋の手掛かりを発見させられ、それを材料にして間違った推理をさせられたのよ。その結果、真実とはかけ離れた結論へと誘導されたってわけ」

「つまり犯人の思う壺《つぼ》ちゅうわけかいや」美緒は憮然《ぶぜん》として腕を組む。「けど待ちーや、葵ちゃん。犯人が贋の手掛かりを用いて、ウチを間違ったトリックに誘導した、その理由は何なん? そねえ面倒なことをして、犯人に何の得があるん?」

「そうね。そこが考えどころだわ。美緒が説明したようなトリックが用いられたと誤認させることで、いったい誰が得をするのか」葵は考える時間を与えるように、ゆっくりとグラスのビールを啜《すす》った。「得をするのは隆三氏と春江夫人じゃないかしら」

「あの夫婦が……?」啓介は眉根を寄せた。「そうかな?」

「そうよ。なぜなら、糖尿病を患っている隆三氏は足許に不安がある。彼には物干し竿と包丁で作った長い槍を、自在に操ることなんて不可能だわ。つまり物干し竿のトリックは、結果として隆三氏を容疑の圏外へと逃す効果がある。一方で、物干し竿のトリックが用いられたとするなら、鍵《かぎ》の管理者である春江夫人以外の人にも犯行は可能となる。これは春江夫人にとって有利なことよね。実際、美緒の推理が語られた直後、誰もがこう考えたはずよ。『これで隆三氏や春江夫人が一方的に疑われる危険性はなくなった』──ってね」

確かに葵のいうとおりだった。だからこそ、春江夫人もいったんは警察を呼ぼうという態度に傾いたのだ。啓介は慎重に口を開いた。

「物干し竿のトリックは、隆三氏を容疑の圏外に置くことになり、長谷川夫妻を利する効果がある。では、その小細工をおこなったのは誰だ？　ひょっとして隆三氏や春江夫人か？　ならば真犯人は、やはりあの二人のうちのどちらかってことになるが──いや、そんなわけないよな」

「ええ、長谷川夫妻は犯人ではないわ。彼らが犯人なら、血で汚れた綾乃のハンカチをトイレの溜まり水に放置するような真似《まね》は絶対にしないはずよ」

葵のいうとおりだと、啓介も思った。隆三が愛するひとり娘に自分の罪をなすりつけようとした、などという話は想像することさえ不可能だ。同様の理由で春江夫人も犯人とは考えられない。「じゃあ、いったい今回の事件、どう考えればいいんだ？」

考えあぐねる啓介を前に、葵は余裕の笑みを浮かべた。

「そもそも、今回の事件には奇妙な点があると思わない？　富田正和を殺害した凶器は隆三氏の包丁。ここだけを見れば、当然もっとも怪しむべきは隆三氏よね」

「そりゃそうだ。だが隆三氏は犯人ではない。きっと犯人は隆三氏を犯人に仕立てようとして、わざと彼の包丁を凶器として使ったんだな」

「ところが、その一方で、物干し竿のトリックを示す贋の手掛かりは、むしろ隆三氏をかばうための小細工に思える。これは明らかに矛盾だわ。犯人は片方で隆三氏を陥《おとしい》れようとしながら、もう片方で隆三氏を救おうとしている。いったい、どういうことだと思う？」

葵の問いを受けても、啓介の脳裏には閃《ひらめ》くものがない。美緒も盛んに首を捻《ひね》っている。礼菜は、とっくの昔に戦力外だ。

すると痺《しび》れを切らしたように、葵が自ら答えを口にした。

「要するに、今回の事件に犯人は二人いるってこと。富田正和を刺した犯人と、物干し竿や麻紐の小細工をおこなった犯人。この二人は別々の人物ってわけ。そう考えれば、さっきいった矛盾は解消されるでしょ」

「な、なるほど、確かに」啓介は目を見開かれる思いで頷いた。「つまり富田正和を殺害し、その罪を隆三氏になすりつけようとする真犯人がいる一方で、そうはさせまいとする、もうひとりの事後共犯者――いや、共犯者って呼び方は変か。むしろ共犯者とは真逆の存在かもしれないが――とにかく、もうひとりの何者かが事件に介在しているってことだ。で、それはいったい誰なんだ？」

「長谷川夫妻に利するような小細工をおこなう謎の人物。当然、その正体は娘の綾乃ってことになるんじゃないかしら」

　葵はズバリとその名を口にして説明した。「綾乃は夜中のうちか、それとも翌朝かに、あの離れを訪れた。そして誰よりも早く富田正和の死体を発見したのね。出入口の扉は中から施錠されていたでしょうから、きっと窓ガラス越しに部屋の中を覗いたんだわ。そうして彼女は死体を発見し、その脇腹《わきばら》に刺さった包丁を見た。彼女にはそれが父親の愛用品だということが、ひと目で判ったはずよ。と同時に、綾乃は早合点をしてしまった。自分の父親が富田正和を包丁で刺し殺したのだと――」

「確かに僕の目から見ても、隆三氏と富田の関係は相当ギクシャクしている感じに見えた」

「その険悪な雰囲気は一緒に暮らす綾乃も当然、感じていたはず。だから、父親の包丁で刺されている富田の死体を見て、それを単純に父親の犯行と決め付けた。当然、綾乃としては父親に捕まってほしくない。とはいえ、現場は密室。部屋の中に入って、死体に刺さった父親の包丁を回収することは不可能な状況よ。そこで彼女は一計を案じたのね。それが『密室殺人に物干し竿のトリックが使われた』と見せかけるトリックってわけ」

「うーむ、『トリックが使われたと見せかけるトリック』か。何だか、ややこしいな」

「べつに、ややこしくないわ。簡単なことよ。綾乃は物干し竿を手にすると、それを鉄格子の隙間から室内に差し入れ、竿の先端を床に広がる血だまりに押し付けた。物干し竿に被害者の血液が付着する。そして今度は血の付いた物干し竿を鉄格子から引抜き、先端を布かティッシュなどで軽く拭う。ただし拭うといっても完璧に綺麗《きれい》な状態にする必要はない。竿の先端に僅《わず》かに血の痕跡《こんせき》が残るようにしておくの」

「あたかも物干し竿が犯行に用いられたかのように装《よそお》うためだな」

「そう。そして拭《ふ》き取った血は、輪っかにした麻紐にも塗りつけておく。そうやって血に汚れた麻紐を、鉄格子の隙間から室内に投げ入れる。綾乃がやったことは、これだけよ。これだけのことで、綾乃は愛する父親を容疑の圏外へと逃がしたってわけ」

と同時に、それは母親である春江夫人の容疑を薄める効果もある。綾乃は鍵の掛かった部屋に一歩も立ち入ることなく、密室殺人の外観のみを作り変えることで、愛する両親を守ろうとした。そして、そのような綾乃の目論見は、ある程度までは確かに成功したのだ。

「ほいじゃあ、その綾乃の小細工に、まんまと乗せられたのが、このウチっちゅうわけかいな。ウチは得意顔で関係者たちを呼び集めて、間違ったトリックを語ってしもうた……」

自らの敗北を認めるように、美緒は肩を落として落胆の表情を浮かべる。

葵は「まあ、そういうことね」と涼しい顔で、手にしたビールをグビリと飲む。

そんな葵に、啓介が尋ねた。

「美緒の語ったトリックが間違いなら、実際のトリックはどういうものだったんだ？富田正和が密室で脇腹を刺されて死んでいたことは、間違いなく事実なんだぞ」

「そうね。でも、それについては、美緒の語ったやつとは別の、もうひとつのありふれたトリックで説明できると思うわ」

「何だよ、もうひとつの『ありふれたトリック』って？」

「要は内出血密室ってやつよ。犯人は包丁を持って被害者に襲い掛かり、脇腹を刺した。しかし深々と刺さった刃物が傷口を塞《ふさ》ぐ栓の役割をしたため、傷口からの出血はほとんどなかった。傷を負った被害者は、犯人からのさらなる攻撃を避けようとして、刃物が刺さった状態のままで部屋の扉を閉めて、中から鍵を掛ける。こうして部屋は密室になった。その直後、力尽きた被害者は床にくずおれる。その衝撃で脇腹に刺さった刃物が動き、本格的な大出血となる。結果、刃物で刺された血まみれの死体が、密室の中で発見されるに至った。——というわけ。どう、今回の事件にピッタリ当て嵌まる現象だと思わない？」

「なるほど、確かに、それだと説明がつくな」

咄嗟《とっさ》に手を叩いた啓介だったが、すぐさま別の疑問が浮かんで口を開いた。

「しかし内出血密室だとすると、その場合、実際の犯行現場はいったいどこなんだ？ 被害者が刺された直後、しばらくは動ける状態だったってことは、犯行現場は離れの外という可能性もあるよな？ 被害者は離れの外で刺された後、自分の部屋まで戻り、扉に鍵を掛けて絶命した。そういうことも考えられるだろ」

「そうね。でも、おそらく実際の犯行現場は離れの外ではないわ。なぜなら、あの離れの共同玄関にも個室と同様、扉があって鍵がある。被害者が離れの外で傷を負い、犯人のさらなる攻撃を避けようと思って離れに逃げ込んだとするならば、まずはその共同玄関の扉を閉めて中から鍵を掛けるはず。けれど、実際には共同玄関の扉には中から鍵なんて掛かっていなかった。鍵が掛かっていたのは、富田の部屋の扉だけ。このことから考えるに、被害者が刺されたのは、おそらく離れの中ね。犯人は離れの廊下か、あるいは富田の部屋の扉越しに被害者と向き合い、犯行に及んだ。そう考えるべきだと思う」

「なるほど。だが、ちょっと待てよ。それって犯人の行動として不自然じゃないか？　だって犯行の夜、あの離れには富田の他に、法子夫人と僕の二人が泊まっていたんだぞ。まあ、法子夫人は泥酔《でいすい》していたから犯人にとって脅威ではなかったかもしれないが、僕はそこまで酔ってはいなかった。ということは、犯人が包丁を持って富田と向き合った、ちょうどそのとき、たまたまトイレに向かおうとする僕と廊下で鉢合わせする。そんな危険性も実際にあったということだ。なぜ犯人は、そんな危ない真似をするんだ？」

「犯行自体が偶然だったんと違う？」と横から口を挟んだのは美緒だ。「べつに犯人は殺人を犯すつもりで離れを訪れたわけやなかった。何者かが離れの一室にいる富田を訪ねた後、二人の間で諍《いさか》いが起こって、そこで突発的に殺人が……って、ああ、違うか！」

自らの誤りに気付き、美緒はピシャリと自分の頬を叩く。葵はニンマリと頷《うなず》いた。

「ええ、違うわ。犯人は最初から隆三氏の包丁を凶器として準備していた。離れを訪れた時点で、犯人には殺意があったということよ。いきあたりバッタリの犯行ではないわ」

「てことは……犯人は超人的に肝の据わった奴《やつ》……ちゅうこと？」

――んな、馬鹿な！

と呆れる啓介の前で、葵は悠然と笑みを浮かべていった。

「そうね。あるいは犯人は『今宵《こよい》、離れに二人の酔客が宿泊中』という重大な事実を、たまたま知らなかった人物。そう考えることができるんじゃないかしら」

葵の指摘を耳にした瞬間、啓介の脳裏に浮かんだのは、意外な女性の名前だった。だが間違いない。その女性は、啓介たちが大汗を掻《か》きながら法子夫人を離れに担《かつ》ぎこむ、その騒動の直前に、みんなの前で暇乞《いとまご》いをして、ひとり自室に引っ込んでいった。逆にいうならば、彼女以外の関係者は、あの夜、法子夫人と啓介が離れに宿泊していることを、全員知っていたのだ。啓介は震える唇で、その女性の名前を告げた。

「そ、そうか……犯人は家政婦の永井早苗だったんだな……」

中華料理屋を出たアラサー女三人は真《ま》っ直《す》ぐに――いや、正確には葵と美緒の二人ははほぼ真っ直ぐに、残る礼菜は若干ふらつき気味の足取りで蛇行しながら――長谷川邸への道のりを進んだ。その道すがら、葵は残りの説明を続けた。

「永井早苗は昨夜、ひとりで離れを訪れ、富田正和の部屋の扉をノック。富田が出てきた直後、用意してきた隆三氏の包丁を取り出し、それで相手の脇腹を刺した。富田は咄嗟に扉を閉めて、中から施錠して息絶えた。目的を達した永井早苗は、その場を立ち去った。――え、殺害の動機？　さあ、そんなの知らないわ。二人の間に何かあったんでしょ」

「ち、痴情の縺《もつ》れですぅ！」

餌《えさ》に食いつく魚のように、いきなり礼菜がその話題に食いついた。「家政婦の永井早苗と『はせ川』の料理長、富田正和の間には、実は男女の関係があったんですぅ。にもかかわらずぅ、その一方で富田と綾乃の間には縁談が進行していた。ということは、これはもうドロドロの愛憎劇ですぅ。早苗と富田の間では密《ひそ》かに『別れる』『別れない』の押し問答が繰り返されていたに違いありませぇん」

と、一方的に決め付ける礼菜。それを聞きながら葵は、「あら礼菜、急に呂律が回りだしたみたいね」と苦笑いを浮かべた。「まあ、実際そんなところだったのかもしれないわ。動機はともかく、早苗は富田を離れで刺し殺した。翌朝、密室状態の部屋の中で富田の死体が発見された。そこへ法子夫人の要請を受けて、私たちが駆けつけた。そして一同の前で、美緒が例の物干し竿を用いたトリックを披露したってわけ。あの場面、さぞや早苗は驚いたはずよ。『物干し竿の先端に血がついていた』とか、『輪っかになった麻紐が室内に転がっていた』とか、早苗にとってはまったく身に覚えのないことだものね」

「そりゃそうだ。それは早苗が知らない間に、綾乃がおこなったことだからな」

「だけど早苗はすぐに、それが長谷川夫妻を庇《かば》うための小細工であることに気付いた。ならば、それをおこなったのは綾乃に違いない。私たちと同様の思考経路をたどって、早苗はそういう結論に至ったはずよね」

「おそらく、そうだろうな。――あッ、てことは、血で汚れた綾乃のハンカチがトイレで見つかったのは、つまり！」

「そう、永井早苗が自分の罪を、事後共犯者的な存在である綾乃に押し付けようとして、おこなったことよ。美緒の間違った推理に、早苗は自ら乗っかろうと考えたってわけね」

「うぬぬ、永井早苗め、アコギな奴っちゃねえ！」

義憤なのか私憤なのか。美緒は拳《こぶし》を握って永井早苗への怒りを燃やす。だが、前のめりになる美緒を押し留めるように、啓介は冷静に口を開いた。

「しかし、そうはいっても永井早苗が犯人だという証拠は、いまのところ何もないぞ。ひょっとして犯人は外部の者かもしれないし、やっぱり隆三氏や春江夫人という可能性だってゼロじゃない。どうやって永井早苗がクロだってことを証明するんだ？」

「ふふッ、そのために先手を打っておいたわ」

眼鏡の奥で葵の眸が愉悦に輝く。

啓介は忘れかけていた例のアイテムに、いまさらながら思い至った。

「そうか、ビデオカメラだな。あの借り物のビデオカメラ、どこに設置したんだ？」

「犯行現場よ。あの離れに仕込んでおいたわ。上手く撮れていればいいけど……」

そう呟く葵の前方に、長谷川邸の巨大な門扉《もんぴ》。誰ともなく早足になりながら、四人は門を通り抜ける。そのまま全員が離れの建物を目指して広い庭を横切った。

そうしてたどり着いた離れの一室。シーツに覆《おお》われた死体を避けるようにして、葵は窓際《まどぎわ》のカラーボックスに歩み寄る。二段目の棚に置かれた雑誌類の中に右手を突っ込むと、次の瞬間には、彼女の手に一台のビデオカメラが握られていた。二台借りたうちの最新式のほうだ。

「型落ちのビデオカメラは、どこに置いたんだ」啓介が尋ねると、

「そっちは念のため、庭を撮れるように設置したの。犯人が綾乃に罪をなすりつけるために、贋の証拠品を物干し台の傍に置く。——ひょっとして、そんなケースも考えられると思ってね」

そう説明しながら、葵は最新式のビデオを操作。撮影された映像を小さな液晶画面に再生する。若干下向きになったアングルに映るのは、シーツが掛けられた死体が床に転がる光景だ。

何一つ動くもののない退屈極まる映像。それを早回しで再生し続けると、

「ほら、見て!」

葵の口から歓喜の声。美緒と礼菜、そして啓介がいっせいに液晶画面を覗き込む。

そこに映るのは、確かにエプロン姿の若い家政婦、永井早苗だった。その右手は、ハンカチらしい白い布を握り締めている。早苗は床にしゃがみこむと、その白い布地でもって血に汚れた床をひと拭き。そうすることで純白の布を赤い血で汚すと、彼女の横顔に満足そうな笑顔。そして素早く立ち上がった家政婦はその場で踵《きびす》を返し、次の瞬間にはカメラのフレームの外へと消え去っていった。

葵はビデオカメラの再生をやめて電源を切る。そして勝ち誇るような笑みを啓介へ

と向けた。

「どう？　私、『かがやき荘』を追い出されなくて済みそうかしら」

——もちろん、これなら間違いナシだ！

啓介は頷く代わりに、彼女の前に真っ直ぐ親指を立てた。

## 9

それからの出来事については、特に付け加えることもない。啓介は葵から預かったビデオカメラを法子夫人と長谷川夫妻に提示。すべてを悟った長谷川夫妻が証拠の映像をもとにして、永井早苗を問い詰めると、彼女はアッサリと観念して自らの犯行を認めた。

動機については、礼菜が酔っ払いながら語った《痴情の縺れ説》がおおむね正鵠《せいこく》を射ていたようだ。富田正和は綾乃と永井早苗に二股《ふたまた》をかけ、最終的に綾乃を選ぼうとした。そのことに激怒した早苗は事件の夜に離れを訪れ、隆三の包丁で富田を刺したのだ。あの夜、同じ離れに法子夫人と啓介が宿泊中だったことについては、早苗曰《いわ》く、

「翌朝になって初めて知った」

とのことだった。その後、永井早苗は長谷川夫妻に付き添われて、自ら警察に出頭した。こうして事件は解決した。

そして後日、法界院邸の執務室にて――

プレジデント・チェアに腰を下ろす法子夫人は、デスク越しに直立する見習い秘書に対して、事件に纏《まつ》わるひとつの疑問を口にした。

「ねえ、啓介君、ひょっとして小野寺葵は、あの離れの現場をひと目見た瞬間に、例の内出血密室とやらの可能性を、もう思いついていたんじゃないのかしら。どうも、そんな気がして、しょうがないんだけれど」

「いいえ、それは違いますよ、会長」

啓介は夫人の疑問をキッパリと否定した。「『現場をひと目見た瞬間』ではありません。葵は『かがやき荘』で私の口から事件の詳細を聞いた直後には、もう思いついていたそうです。『ひょっとして、これは内出血密室なんじゃないか』――とね。まあ、密室の答えとしては、あまりにありふれたものなので、敢《あ》えて口にはしなかったようですが」

「なんですって!?」瞬間、法子夫人は唖然《あぜん》とした表情。それから愉快そうに眸《ひとみ》を輝かせると、さらに言葉を続けた。「いずれにしても、美緒の推理が間違いだということとに、葵は最初から気付いていたわけね。気付いていながら美緒の語るに任せ、その推理を自ら賞賛して真犯人の出方を窺《うかが》った。そして決定的場面をビデオに収めた。うーん、さすが葵ね」

「ええ、さすがの推理でした」

啓介が頷くと、「あら、感心すべき点は、彼女の推理じゃないわ」といって、法子夫人は意味深な笑みを浮かべた。「シェアハウスの仲間である美緒に、わざと捨て推理を語らせ、存分に屈辱と敗北感を与えながら、自らは正解を語って美味《おい》しい部分を持っていく。そのガメツさというか情け容赦のなさというか、要するに『自分さえ良ければ……』っていう感じが、さすが小野寺葵――って思うのよねえ」

「……はあ……!?」なに変なところに感心してるんですか、会長！

心の中でそうツッコミながら、啓介はそっと溜め息を漏らすのだった。

Case 4

# 奪われたマントの問題

## *1*

それは普段静かな西荻窪の街にも『ジングルベル』やら『きよしこの夜』、あるいはユーミンやら山下達郎そしてワム！なんかが滅多やたらと鳴り響き、道行く人たちもどこか急ぎがちになる、そんな師走《しわす》のとある土曜日の出来事だった。

　時刻は午後十時ごろ。ＪＲの改札を出た関礼菜は、仲間たちの待つ『かがやき荘』を目指して、ひとり暗い夜道を歩いていた。道行く人の多くは仕事帰りの会社員やコンパを終えた学生たち。そんな彼らは擦れ違いざま、ひとりの例外もなくチラリと礼菜の姿に視線を送る。だが一瞬、目が合ったかと思うと、その直後にはプイッと顔を背けて何食わぬ顔。そのまま逃げるように彼女の前から立ち去っていく。お陰で礼菜は自分がメデューサか何かになったような気分を、たっぷりと味わった。

とはいえ目を逸《そ》らす通行人たちだって、『うわぁ、ヤバイよヤバイよ、石にされちゃうよー』などと思って逃げていくわけでは、もちろんない。

原因はこの日の礼菜が身に纏《まと》った特異なファッションにあった。

上半身は身体《からだ》にピッタリと張り付くようなタイトなブラウスで、色は墨のごとく真っ黒。衿《えり》や袖口《そでぐち》にはレースや刺繍《ししゅう》によって過剰な装飾が施され、非日常的な雰囲気を醸《かも》し出している。下半身を被《おお》った膝丈《ひざたけ》のスカートも、やはり黒。下に着込んだパニエの効果で、そのシルエットは逆さにしたお椀《わん》のように大きく膨らんでいる。

ひと言で表現するなら、ゴスロリと呼ばれる少女趣味のファッション。だが正確に記すならば、今宵《こよい》の礼菜の装《よそお》いは『探偵戦隊サガスンジャー』に登場する美しき悪のヒロイン『モリアーティ夫人』のコスプレに他ならなかった。それが証拠に、黒い衣装の上に羽織った紫色のマント、その背中には『Ｍｒｓ．Ｍｏｒｉａｒｔｙ』の名が華麗な筆記体で染め抜かれ、左の胸には彼女が率いる悪の秘密結社『アンチ・ホームズ』の禍々《まがまが》しいエンブレムが縫い付けられている。

これはもう、どこからどう見ても《邪悪の権化《ごんげ》》。そうでないなら、《ちょっと危ない戦隊ヒーローオタク》と見て間違いないだろう。

もちろん後者に属する礼菜は、この日の夕刻、都内某所で開催された特撮マニア向けのイベントに参加。そこで束《つか》の間《ま》現実を忘れた彼女は、いま西荻の路上にて再び現実に引き戻されつつあるところだった。イベント会場では違和感がないどころか、むしろ賞賛の声すらあがった彼女のコスプレも、ひとたび会場を離れると、たちまち道行く人々の好奇と侮蔑《ぶべつ》の視線を引き寄せてしまう。秋葉原や中野ブロードウェイ付近ならまだしも、オタク文化の空白地帯である西荻の街を、この姿で歩くのは結構キツイ。実年齢は二十九歳でありながら、普段から女子高生ルックで押し通している、そんな礼菜だからこそできる、これはある種の《芸当》かもしれなかった。

「ああ、早く『かがやき荘』にたどり着きたいですぅ……」

そう呟《つぶや》きながら礼菜は、マントの胸元を搔《か》き合わせて住宅街の夜道を進む。すると、前方に現れたのは小さな公園だ。ゾウの滑り台やパンダの乗り物などが配置された、何の変哲もない児童公園。もちろん夜も遅い時刻なので、遊んでいる子供たちの姿などは見当たらない。公園は静寂と暗闇《くらやみ》に支配されている。滑り台のゾウも眠っているかのようだ。

礼菜自身、暗い時間帯に、この公園に立ち入ることは滅多にない。だが人々の不躾《ぶしつけ》な視線に辟易《へきえき》していた彼女は、このとき安易に呟いた。

「そうだ。近道しましょう……」

公園を突っ切っていくほうが、『かがやき荘』には少しだけ早くたどり着ける。礼菜は自販機の明かりで照らされた公園の入口へと、自ら足を踏み入れていった。

「どうか、ベンチで愛を囁《ささや》きあうラブラブなカップルなど、いませんようにぃ……そいつらから笑顔で指など差されませんようにぃ……」

なにせクリスマスも間近に迫った、この時季だ。幽霊や不審者よりも何よりも、礼菜としては幸せなカップルと遭遇するのがいちばん恐《こわ》い。だから礼菜は脇目《わきめ》も振らずに公園を横切るように進んだ。

幸いにして公園のベンチにはカップルどころか、酔っ払ったオヤジの姿さえない。ホッと胸を撫《な》で下ろしながら歩き続けると、敷地の片隅に見えてきたのは小さな建物のシルエットだ。公衆トイレらしいが、べつに用はない。礼菜は紫色のマントの裾《すそ》をはためかせながら、建物の傍を通り過ぎようとする。

だが、その直後――「はッ!?」

背後に気配を感じた礼菜は、息を呑《の》みながら足を止めた。慌《あわ》てて後ろを振り返ると、目に飛び込んできたのは男とも女とも判《わか》らない何者かの人影だ。――いったい誰？

そう尋ねようとしたのも束の間、彼女が口を開くよりも先に目の前の人影が突然、右腕を高々と持ち上げ、そして真下へと振り下ろす。その手に握られていたのは、果たして何だったろうか。棍棒《こんぼう》のようなものともバールのようなものとも思われたそれは、彼女のコメカミのあたりを真《ま》っ直《す》ぐに打ち据えた。瞬間、脳の中で火花が散り、目の奥で星が煌《きらめ》く。

「ぎゃあぁッ！」

口を衝《つ》いて飛び出したのは、あまり可愛《かわい》げのない悲鳴だ。

どうせなら女の子っぽく「きゃあぁぁぁぁーッ」と可愛らしく叫びたかった。そんなどうでもいいことを考えながら、礼菜はガクリと地面に膝を突く。そして、それ以降もう何も考えることができなくなった。

地面にバッタリと倒れ込んだ礼菜は、そのまま気を失ったのだった——

*2*

『関礼菜が何者かに頭を殴られて病院に担《かつ》ぎ込まれたらしい——』

そんな報《しら》せが『かがやき荘』の共用リビングで待つ二人のアラサー女子のもとに届けられたのは、同じ日の深夜のこと。電話してきたのは、法界院財閥の総帥《そうすい》である法界院法子夫人、その見習い秘書を務める男、成瀬啓介だった。

左手にスマートフォン、右手に缶ビールという恰好《かっこう》で啓介からの第一報を聞いた小野寺葵は、「なんですって、礼菜が大怪我《おおけが》を⁉」と大きく口を広げて素っ頓狂《すとんきょう》な叫び声。だが、その直後にはアッサリ普段の表情に戻ると、「でもまあ、きっとたいしたことないわよね」と勝手に決め付けて手許《てもと》のビールをゴクリ。爽快《そうかい》に喉《のど》を鳴らしながら、「――くぅーッ」

するとスマホ越しの二人の会話に聞き耳を立てていた占部美緒が、「ちょっとちょっと、葵ちゃん。『くぅーッ』とか、いうとる場合やないっちゃよ！」とハイボールのグラス片手に両の目を吊《つ》り上げる。「礼菜が怪我したんじゃろ。なに落ち着いとるんよ！」

「あら、だって前にも、これと似たような出来事があったはずよ。確かひと月半ほど前にね」

「ん――ああ、それもそっか」と美緒も葵の言葉にピンときた。あれは今年の秋のこと。ビルとビルの隙間《すきま》で猫を追いかけていた礼菜が、頭を強打されて昏倒《こんとう》。そのせいで警察から、あらぬ疑いを掛けられる――という出来事が確かにあった。つまり礼菜が何者かに頭を打たれるのは、今回で二度目というわけだ。

「だったら、きっと今回も心配ないっちゃね」そういって美緒もハイボールをグビリ。

そして「――かぁーッ！」

　すると、たちまち葵の手にしたスマホから啓介の怒りの声。

『こら、〈くぅーッ〉とか〈かぁーッ〉とか、いってる場合じゃないだろ！　状況は極めて深刻だ。礼菜は意識不明のまま西荻窪総合病院に救急搬送されたらしい。いまから僕も駆けつける。君たちもビールとかハイボールとか飲んでないで、さっさと病院にこい。――いいな！』

　それだけいって、啓介からの電話は切れた。沈黙したスマホを不思議そうに眺めながら、葵は鼻先の眼鏡を指で押し上げていった。「成瀬君、なんで私たちがビールやハイボールを飲んでるって判ったのかしらー。不思議ねー」

「んなこと、どーだってええやん」美緒はすっくと立ち上がると、「いますぐ病院にいくっちゃよ、葵ちゃん」といってグラスに残るハイボールをいちおう全部飲み干す。

「そうね。そうしましょ」

　といって葵も残りのビールを飲み干し、空き缶はくずかごへ。

　そしてモタモタと外出の支度を整えると、酔っ払いのごとくヨタヨタと頼りない足取りで――というか、すでに二人とも酔っ払いそのものなのだが――とにかく病院を目指して二人は『かがやき荘』の玄関を飛び出したのだった。

タクシーを拾うカネがない葵と美緒は、仕方なく駆け足で西荻窪総合病院へ。

そして十数分後、青ざめた表情を浮かべながら病院に到着した二人は、なぜか一階の夜間受付を通過して真っ直ぐトイレへ。でんぐり返りそうな胃袋の中で激しく逆流するアルコール類を、便器を洗う清らかな水の流れに返してあげた二人は（早い話、ゲロった二人は）、ようやくスッキリした表情を取り戻し、あらためて夜間受付に顔を出した。

「関礼菜の知り合いです。礼菜はいまどこに……？」

葵が尋ねると、受付の女性は首を傾《かし》げながら、「セキ……レイナさん……？」と、まるで壊れた『ペッパー君』のごとく頼りない反応。

そこで早々と痺《しび》れを切らした美緒が、

「ゴスロリの十七歳っぽい女が救急車で搬送されたじゃろ？」

嚙《か》み付くような目で問い掛けると、女性は怯《おび》えた様子で唇を震わせた。

「あ、ああ、その方でしたら、いまは二〇一号室に……」

皆まで聞かずに、さっそく二人は階段を二階に駆け上がる。白い廊下の端に大柄な制服巡査の姿。まるで門番のごとく病室の前に仁王立ちしている。その傍にはスーツを着た若い男が、壁に背中を預けながら佇《たたず》んでいる。成瀬啓介だ。アラサー女子たちは真っ直ぐ彼のもとへと駆け寄ると、抗議するような口調で捲《ま》くし立てた。

「ねえ、なんで『かがやき荘』まで車を回してくれなかったわけ？」

「ホンマっちゃ。なんでウチら病院まで走らされにゃならんのよ？」

飲んだ酒を無駄にしたことへの不満を、とりあえず目の前の啓介にぶつける二人。事情を知らない見習い秘書は、困惑した表情を浮かべながら、「はあ!?　歩ける距離だから車を回す必要はないと思っただけだが――ていうか君たち、やってきて最初にする質問がそれか。とりあえず『礼菜の容態は？』じゃないのかよ、普通」

なるほど、それもそうか――と思って、美緒は質問をやりなおした。「で、礼菜の容態は、どねえなん？」

「頭の傷は何針か縫う程度で済んだらしい。いまは意識も戻っていて、刑事さんたちの質問に答えているところだ。それが済めば、君たちも面会できるはずだ」

「そう、それほど重傷ってわけじゃないのね」葵が胸を撫で下ろす。

「そもそも、なんで礼菜が怪我をしたっていう報せが、ウチらより先に成瀬のほうに届いたん？　順番が逆じゃと思うけど」

「ふむ、僕も不思議に思って医者に尋ねてみたんだが、どうやら彼女、救急車に運び込まれる寸前に、一瞬だけ意識を回復したらしい。そのとき連絡先を聞こうとする救急隊員に向かって、彼女はこういったそうだ。『私は法界院法子夫人の身内です』ってな。それだけ告げて、彼女は再び意識を失ったらしいんだが……」

「なーるほどー」と美緒は深く納得した。「それで最初の報せが法界院家にいったんじゃね」

「さすがだわ、礼菜」葵も感じ入った様子で頷《うなず》く。「危機に際して、誰の名前を出すのが最も効果的か。朦朧《もうろう》とした意識の中でも、礼菜は間違わなかったってことね」

実際、法界院法子夫人の名前は、ＪＲ中央線沿線では絶大な効力を発揮する。仮にその名前を出していなければ、礼菜は救急車に乗せられたまま病院という病院をたらい回しにされて、いまごろは国分寺あたりをウロウロしていたかもだ。

礼菜の機転を利《き》かせた図々しさに、美緒は舌を巻く思いだった。

「ところで成瀬君」と再び葵が口を開く。「電話の話によると、礼菜は何者かに頭を殴られたらしいわね。でも、いったい誰が何の目的で？　礼菜、誰かとド突き合いの大喧嘩《おおげんか》でもやらかしたの？」

「はは、まさか。美緒じゃあるまいに……」といって啓介は慌てて口を噤《つぐ》む。

美緒がギロリと凶暴な視線を向けると、啓介は真剣な表情を取り繕う。そして秘書らしく事務的な口調で説明した。

「礼菜は公園の公衆トイレの傍にバッタリ倒れていたらしい。そのトイレを利用しようとした男性会社員が、たまたま彼女の姿を見つけて警察に通報してくれたそうだ。でも、それ以上のことは、まだ判らない。いま警察が事情聴取しているところだから、それで何か判るのかもしれないが……」

啓介がそういった直後、目の前の扉が開き、刑事らしき二名の男たちが病室から現れた。二人は葵と美緒に対しては『何者だ、こいつら？』といわんばかりの訝《いぶか》しげな表情。その一方で法子夫人の見習い秘書に対しては丁寧に頭を下げて、彼らはいったん病室を後にする。

そんな刑事たちの背中を黙って見送った葵と美緒は、待ちわびた思いで病室の扉に手を掛ける。すると実直そうな制服巡査が、彼女たちの前に立ちはだかって、「あなたたちは、どなたです？　患者さんの親族ですか？」と痛いところを衝《つ》いてくる。葵と美緒は、たちまち答えに窮して顔を見合わせた。

「そういや、ここに礼菜の親族は、ひとりもいないわね」

「んなこと、どうだってええやん。ウチら三人には家族以上の鉄の結束があるんじゃけえ」

「おいおい、そんなもん、病院の中じゃ十円の値打ちもないぞ」

そう断言した啓介は、「やれやれ、仕方がないか」と呟き、自ら交渉役を買って出る。巡査の前に進み出ると、名刺を差し出しながら、「あのぉ、実は私、法界院法子夫人の秘書を務めております、成瀬啓介と申します。担当の医師にお取次ぎいただけませんか？　法子夫人の特に親しくする友人二人が、関礼菜さんのお見舞いにきていると――」

啓介の言葉を聞くうちに、制服巡査の顔に動揺の色が広がっていった。

*3*

そんなこんなで、しばらくの間があった後――

小野寺葵と占部美緒そして成瀬啓介の三人は面会を許可され、病室へと足を踏み入れていった。広々とした個室の壁際《かべぎわ》に白いベッドが置かれている。そこに寝間着姿の関礼菜の姿があった。頭に包帯を巻かれた状態で仰向けに横たわっている。

葵と美緒は真っ直ぐベッドに歩み寄る。仲間たちの存在に気付いた礼菜は僅《わず》かに顔を傾けながら、

「ああ、葵ちゃん、美緒ちゃん、わざわざきてくれたんですかぁ……」

葵と美緒はその顔を覗《のぞ》きこむようにしながら、

「良かった、元気そうで。心配して、すぐに駆けつけたのよ、私たち」

「そうそう、報せを聞いて、取るものも取りあえず駆けつけたっちゃ」

ぎこちない笑みを浮かべる二人は、いかに自分たちが友人として真摯《しんし》な態度と迅速な行動を取ったのかを懸命に訴える。その背後で啓介が「嘘《うそ》つけ。飲むものを飲んでから駆けつけたんだろ」とズバリ真実を言い当てたが、二人はいっさい聞こえないフリをした。

「そねえことより」といって美緒は、さっそく尋ねた。「いったい礼菜の身に何が起こったんよ？　頭を殴られたっちゅう話やけど、どーいうことなん？」

「ええ、それなんですけどぉ、なんだか自分でもハッキリしなくてぇ」礼菜は遠くを見るような視線を、白い天井にさまよわせた。「ビルとビルの谷間で猫を追いかけていたところまでは、ハッキリ覚えているんですけどぉ、その後、礼菜の頭に衝撃が走ってぇ……」

その意外すぎる発言を耳にして、葵はワナワナと震え出した。

「た、た、大変よ、美緒！　礼菜の記憶がひと月半ほども後退しているわ」

「け、怪我のせいっちゃ！　頭部への打撃が礼菜の記憶に混乱をもたらしたっちゃ」

美緒は葵とともに手を取り合って、病室の真ん中でオロオロ。すると礼菜は突然、赤い舌をペロリと覗かせながら、「な～んて話は冗談ですけどぉ……」といって悪戯《いたずら》大成功とばかりに会心の笑みを見せる。葵と美緒は「ふぅ～～ッ」「はぁ～～ッ」と空気が抜けたような息を吐いて、床の上にヘナヘナとしゃがみ込んだ。

そんな二人に成り代わり、啓介が「ゴホン」と咳払《せきばら》いして再度尋ねた。

「で、いったい何が起こったんだ、礼菜？　冗談いうほどの元気があるなら、さっさと説明しろ」

ベッドの上で上体を起こした礼菜は、今宵、自らの身に降りかかった災難について詳細を語った。話を終えた礼菜に、さっそく葵が質問を投げた。

「じゃあ結局、あなたを殴った相手の顔は見なかったのね？」

「はい、顔どころか、相手が男か女かさえ、よく判りませんでしたぁ」

「殴られる理由にも心当たりがないのね？」

「ないです、ないですぅ！」礼菜は身体の前でブンブンと両手を振りながら、「礼菜、誰かの恨みを買ったことなんて、まったく一度も絶対ありませんからぁ」

「そんな奴《やつ》、この世にひとりもおらんじゃろ」といって美緒は疑念に満ちた視線を礼菜へと向けた。「自分でも気付かんうちに、他人の恨みを買っとったのかも。――なあ礼菜、あんた最近、飲み屋の酒代、踏み倒すとかしてないん？　酔っ払って隣のオッサンの胸倉摑《つか》んで、『てめー、やかましいわ！』みたいな暴言吐いた記憶とか、本当にないん？」

「ないない、絶対ないですぅ」と礼菜は何度も首を横に振る。美緒は「そっかー、ないんかー」と腕組み。その背後で啓介が「いまの話って、誰の経験談だ？」と素朴な疑問を口にする。美緒は彼の横槍《よこやり》を完全無視して、別の質問に移った。

「単純やけど、物盗《ものと》りの犯行という線は当然考えられるはず。――なあ礼菜、持ち物の中で何か奪われたものとか、ないん？」

「いいえ、バッグは無事でしたぁ」礼菜はベッドサイドの棚に視線を送る。小さな黒いショルダーバッグがそこにあった。「財布や携帯など大事なものはバッグの中に入れてありましたが、すべて無事でしたぁ。犯人は物盗り目的で、礼菜のことを襲ったのではありませぇん」

「まあ、そりゃそうよね」と頷いたのは葵だ。「そもそもカネ目当てなら、わざわざ礼菜を狙《ねら》ったりしないわ」と真面目《まじめ》くさった顔で、まあまあ失敬なことをいう。

だが実際、葵のいうとおりに違いない。犯人の目的は金品ではなかったのだろう。ならば、他に考えられる線は——と黙って思考を巡らせる美緒。そのとき葵がキラリと光る眼鏡の縁に指を当てながら、別の可能性を提示した。

「ひょっとして盗まれたのは、礼菜の『純潔』なんじゃないかしら？」

葵の大胆すぎる指摘は、病室の空気を一瞬にして凍りつかせた。

——『純潔』って？　果たして、そんなもんが礼菜にあるんじゃろか？

美緒は不謹慎にもそんなことを思ったが、その思考は礼菜の「きゃあ！」という悲鳴によって掻き消された。「あああ、葵ちゃん、ばばば、馬鹿《ばか》なこといわないでください！」

「あら、馬鹿なことじゃないわよ。若い女性が暴漢に襲われたとなれば、真っ先に疑うべきはソレでしょ、ソレ。もちろん、ソレの意味は判るわよね？」

葵は意味深な口調で何度も『ソレ』を繰り返す。すると啓介が腕組みしながら、

「実に不思議だ。僕の頭にソレのことは、いままで全然思い浮かばなかったぞ」

「あんたは思い浮かべんでええっちゃ！」

ピシャリといって美緒は見習い秘書を黙らせる。葵はあらためて礼菜に確認した。

「本当にソレの可能性はないのね？」

「ないですないです！　あったら自分で判ります……たぶん」

「ふうん、そうなの。でもまあ、未遂ってことも考えられるしね」

葵の言葉に、美緒も同感だった。犯人は邪悪な欲望を抱えた男。そいつは街中で偶然礼菜を目に留め、彼女の後を密《ひそ》かにつけ回した。そしてついに暗い公園で襲い掛かり、彼女を昏倒させた。だが、そのとき何らかの邪魔が入ったのか、あるいは急に怖《お》じ気《け》づいたのか、男はそれ以上の行為に至ることなく、そのまま公園から立ち去った。そう考えるなら今回の犯行にも、いちおうの理屈が通るではないか。

そう思う美緒の背後で、そのとき啓介が質問の声を発した。

「発見されたとき、礼菜の着衣はどういう状態だったんだ？　さっきの話によれば、変なコスプレ衣装を着ていたはずだよな？」

「変なコスプレじゃありませぇん。モリアーティ夫人ですぅ」

「ああ、はいはい」啓介は面倒くさそうに頷いて、「で、その衣装に乱れはなかったのか？」

「さあ、それはよく判りませぇん。礼菜、気が付いたときには、もう病院が用意した寝間着を着せられていましたからぁ」

「そうか。じゃあ仕方がないな。礼菜が発見されたとき、どんな様子だったのか。第一発見者にでも聞いてみないと、判りようがないか……」

啓介がそんな呟きを漏らした、ちょうどそのとき——ガラッと病室の扉が開かれ、白衣の中年女性が顔を覗かせた。看護師であるその女性は、手に透明なビニール袋を抱えている。中身は黒っぽい衣服らしい。真っ直ぐベッドの傍まで歩み寄ると、看護師はその袋を前方に差し出しながらいった。

「これは関礼菜さんが病院に運び込まれた際に身につけていたモリアーティ夫人のコスですけど、とりあえずお返ししておきますね」

「はあ……」美緒は両手で袋を受け取りながら——けど、なんでこの人、モリアーティ夫人のコスとか知っとるん？　ひょっとして礼菜と同類？　などと若干の戸惑いを覚える。

一方、看護師はとりあえずの用件が済むと「では、私はこれで」と踵《きびす》を返して、病室を出ていく素振り。だが、その背中をベッドの上から礼菜が呼び止めた。

「あ、ちょっと待ってくださぁい！」

「はあ、何か問題でも？」

「ええ、あの……あたしが着ていた服って、これだけでしょうかぁ？」

礼菜は美緒が手にしたブラウスやスカートなどを目で示しながら不思議そうに問い

掛ける。女性看護師はキッパリと答えた。

「ええ、これだけでしたよ。救急車で運ばれてきたとき、関さんはこれらの服を身につけていました。それを、この私が脱がせたのです。何かなくなっているものでも？」

「ええ、実は……」と礼菜は答えた。「マントがないみたいなんですけどぉ……色は紫で、胸に恰好いいエンブレムがあって、背中には……」

「背中には『Ｍｒｓ．Ｍｏｒｉａｒｔｙ』と筆記体で染め抜いてあるやつですね！番組の最終回に百人限定で視聴者プレゼントされたマニア垂涎《すいぜん》のお宝コスチューム！」

「そ、そうですけどぉ」と戸惑いがちに頷く礼菜の顔にもやはり『なんでこの人、こんなに詳しいの？』という疑念と怯えの色が浮かんでいる。

葵は眼鏡を指で押し上げながら確認した。「本当にそのマントってお宝グッズなのね。そして、それがなくなっている。間違いないのね、礼菜？」

「間違いないですッ。あのマントが希少価値の高い値打ちものだってことは、多くの特撮マニアが知っていることですからッ」と、なぜか中年の女性看護師が答える。

悪いけど、あなたには聞いてませんから——というように葵は冷ややかな目で睨《にら》みつけて、特撮好きの看護師を黙らせる。代わって礼菜が問いに答えた。

「本当ですぅ。礼菜、公園で気絶するまではマントを羽織っていたはずですぅ」

「ふむ、じゃあマントだけがなくなっているってわけか」と啓介は腕組み。

「ていうことは、どういうことなんじゃろ？」美緒が首を捻《ひね》る。

葵はズバリと断言した。

「考えるまでもないわ。そのお宝マントこそが、犯人の目的だったのよ！」

*4*

小野寺葵と占部美緒は翌日から、さっそく独自の調査に着手した。なにせ普段から法子夫人の命令に従い、探偵みたいな真似《まね》をさせられている彼女たちだ。仲間のひとりが被害者となった今回の事件を、傍観者としてボンヤリ眺める気などサラサラないのだった。

葵はコンビニ、美緒は牛丼《ぎゅうどん》屋。それぞれのバイトのシフトをやり繰りしながら、現場周辺で聞き込みに当たる。だが彼女たちの頑張りの甲斐《かい》もなく、犯人に繋《つな》がる手掛かりは、いっこうに摑めない。その一方で警察の捜査のほうも難航しているらしく、犯人逮捕の朗報は、彼女たちの耳になかなか入ってこなかった。

そうこうするうち事件から数日が経過。揃《そろ》ってバイトが休みだった葵と美緒は、その日の昼過ぎから探偵活動に精を出していた。本来なら朝から精を出すべきところなのだが、前の晩に飲みすぎた二人は、午前中まるで使いものにならなかったのだ。

しかし、この日も聞き込みの成果が乏しいまま、冬の太陽は瞬《また》く間に西へと傾く。

二人は現場となった児童公園に舞い戻ると、疲弊した身体でベンチに腰掛ける。そして十二ラウンド闘い終えたボクサーのように前かがみになりながら、二人揃って深々と溜《た》め息をついた。

「やっぱり無理っちゃよ、葵ちゃん。闇雲に通行人を呼び止めたって、ウチら怖がられるだけ。これじゃあサッパリ埒《らち》が明かんっちゃ」

「そうね。でも怖がられているのは主にあなたなのよ、美緒。それ判ってる？」

え、そうなん――!?　美緒は腑《ふ》に落ちない思いだったが、ここで言い争っても始まらない。葵の問題発言をとりあえず聞き流して、前向きな提案を口にする。「現場周辺の聞き込みもええけど、むしろ礼菜の交友関係を洗ったほうが早いんと違う？」

「どうして、そう思うのよ」

「礼菜は身につけたものの中で唯一《ゆいいつ》マントだけを盗まれとる。犯人の狙いは、そのお宝マントを盗むことにあったんじゃろう。だとするなら、事件の日に礼菜が参加した都内の特撮イベント、そこに集まっていた連中が怪しいっちゃ。犯人はイベント会場で礼菜のコスプレ姿を目撃。彼女が羽織っているマントが欲しくなった。そこで帰り際、密かに礼菜を尾行して西荻窪までたどり着いたんよ」

「なるほどね。そして夜の公園でついに襲い掛かった。確かに、そういう事件に思えるわ。てことは、私たちが聞き込みすべきは西荻窪近辺ではなくて首都圏全域、いや、下手すりゃ全国に散らばっているかもしれない、不特定多数の特撮マニアってことかしら？」

「まあ、そねえことになるっちゃねえ」

我ながら雲を摑むような話だ、と美緒も思わざるを得なかった。素人《しろうと》探偵である自分たちに、そこまでの調査能力など備わっているわけがない。しかも、いまはメンバーがひとり欠けている状況なのだ。まあ、仮にいたとしても戦力になったか否《いな》かは微妙なところだけど――と、そこまで考えて美緒は深く嘆息した。

「所詮《しょせん》、ウチらには無理なんじゃろか。今回の事件を解決するなんて……」

半ば諦《あきら》め気味に呟くと、突然それに応《こた》えるかのように、

「ねえ、ちょっと、そこのお姉さんたちさぁ」

と背後から響いてきたのは若い男の声。葵と美緒はいっせいにベンチから立ち上がって、後ろを振り返る。夕日に照らされながら佇むのは、長い髪を茶色く染めた長身の男性。いや、まだ少年と呼びたくなるほどの年齢に思える。高校生ぐらいだろうか？　眉《まゆ》をひそめて警戒する葵と美緒。その前で少年は真っ直ぐな視線を二人に向けて聞いてきた。

「お姉さんたち、この公園で起こった例の事件の関係者かい？」

葵と美緒は一瞬ポカンとした顔を互いに見合わせる。そして次の瞬間、二人は勢いよく首を縦に振った。

「そうよ。事件の被害者と私たち二人は、シェアハウスで一緒に暮らす仲間なの」

「そういうあんたは、誰なん？　ひょっとして事件について何か知っとるん？」

期待感を顔いっぱいに滲《にじ》ませながら、美緒はジワリと相手ににじり寄る。

すると少年は「ああ、知ってる知ってる」といって拳《こぶし》で胸を叩《たた》くポーズ。そしてズルそうな笑みを唇の端に覗かせながら、「あの事件のこと、話してあげてもいいけどさ、ここじゃ寒いから、もうちょっと暖かいところにいかないか。実は俺、腹ペコなんだ」

要するに『奢《おご》ってくれ』と少年はいいたいらしい。何か食べさせてやれば、知っていることを話してくれるのだろうか。だが晩飯をご馳走《ちそう》した挙句、しょーもないガセネタを摑まされる。そのような《知ってる知ってる詐欺《さぎ》》の危険性も充分に考えられるところだ。美緒は横目で問い掛けた。

——どねえする、葵ちゃん？

すると葵は小さく溜め息をつきながら頷いた。

「仕方がないわね。どこか、そのへんの店にでも入りましょ」

そうして三人が向かったのは、公園から程近い古びた喫茶店。軽食と珈琲《コーヒー》が両方楽しめる店だが、中途半端《はんぱ》な時間帯ということもあってフロアは閑散としている。

三人は窓際のテーブル席に腰を下ろして、ウェイトレスにさっそく注文。葵と美緒が頼んだのは、敢《あ》えてホット珈琲のみ。しかし一方の少年は、どうやら《遠慮》という概念が存在しない世界の生き物らしい。ミートソースのスパゲティとアイス珈琲をわざわざラージサイズで注文して、葵たちの心証をことさらに悪化させた。

それから注文の品が届くまでの間、三人はしばし雑談。少年の語ったところによると、彼の名前は柴崎智樹《しばさきとしき》。年齢は十八歳。高校を卒業して、現在はフリーのアルバイターとして生計を立てているらしい。自らについての説明を終えると、柴崎はテーブル越しに葵と美緒を見やりながら、「――ところで、お姉さんたちは何して暮らしてんの？」

と気安い口調で、いちばん痛いところを抉《えぐ》ってくる。しかしコンビニバイトの葵は眉ひとつ動かすことなく「私、ショップで働いてるの」と、けっして間違いとはいえない事実を語り、美緒もそれに倣《なら》って「ウチは飲食店勤務っちゃ」と胸を張る。

要するにテーブルを囲む全員がフリーターということなのだが、柴崎がどう理解したのかは判らない。

とにもかくにも自己紹介を終えた三人は、注文の品が届くのを待ってから本題に移った。

「で柴崎君、あなた事件について何を知っているわけ？」

「しょーもない話やったら、食事代は自腹じゃけえね！」

といってテーブル越しに身を乗り出す二人。一方の柴崎は大量のミートソースがかかったパスタをフォークに絡《から》めながら、「実は俺さ、事件の夜に、あの公園にいたんだよ」と意外すぎる告白。そしてズルズルと音を立てながらパスタを啜《すす》りはじめた。

葵と美緒は一瞬キョトン。次の瞬間、美緒は相手の胸倉を摑まんばかりの勢いで猛然と質問を投げた。「事件の夜に公園におった？　それって何時ごろなん？」

「さあ、正確な時刻は知らない……ズズッ……でも少なくとも午後十時は過ぎていたと思う……ズルズルッ……俺は友達と遊んだ帰り道だった……ズッズッ……アパートの部屋に戻る途中で、たまたまあの公園の前を通りかかったんだ……ズルズルッ」

――パスタを蕎麦《そば》みたいに啜るな、ボケ！　話の内容が入ってこんじゃろーが！

美緒は耳を塞《ふさ》ぎたい気分で、彼に尋ねた。

「あんた、その公園で何か見たん？」

「ああ、見た。怪しい男の姿だ」

「なんですって!?」葵が素《す》っ頓狂《とんきょう》な声をあげる。

「それに声も聞いたぜ。若い女の悲鳴だった」意味深な口調で答えた柴崎は、またズルズルとパスタを啜って、「なあ、ポテトも注文していいかい？」と図々しい要求。

「うッ……し、仕方がないわね」葵は渋々ながら彼の要求を呑む。

柴崎はウェイトレスを呼び止めて「フライドポテトひとつねー」と注文してから、ようやく元の話題に戻った。「俺が公園の傍の歩道を歩いていると、突然どこからともなく女の悲鳴が聞こえたんだ。『ぎゃあぁッ』みたいな可愛げのない悲鳴が」

「『可愛げのない悲鳴』って、ひょっとして礼菜かしら。――それで？」

「俺は足を止めて周囲を見回した。だが公園はそれっきり静まり返っている。あれ、何だったんだろう、と首を傾げながら俺は、公園の入口あたりから中を覗き込んだ。けど公園は暗くて見通しが悪くて、奥のほうがどうなっているのか全然判らない。それで諦めて歩道に戻っても良かったんだが、ちょうど公園の入口付近に自販機があったんでな。なんとなく缶珈琲を飲みたくなった俺は、それを買って、その場でしゃがみ込みながら飲みはじめた。するとしばらくして暗い公園の奥のほうから、ひとりの男が小走りで現れたんだ。男は暗がりでしゃがんでいる俺のことが最初、目に入らなかったんだろうな。随分と近くまできて、ハッと驚いたように一瞬ピタリと足を止めた。そして何かマズイと思ったのか、すぐさま顔を伏せると、そのまま公園の外に走り去っていったんだ。——な、怪しいだろ？」

「ええ、メチャクチャ怪しいわね。それで、あなたはどうしたの？」

「俺は最初キョトンさ。それから、さっき聞いた女の悲鳴が、あらためて気になった。それで恐る恐る暗い公園へと足を踏み入れていった。すると公園の片隅、公衆トイレの傍の地面に誰かが倒れている。駆け寄って見ると、十代後半ぐらいの女だ。ゴスロリっていうのかな、黒っぽい、お人形さんみたいな服を着ていた。女は気を失っているようだった」

「やっぱりだわ。それ、礼菜よ！」

「うん、間違いないっちゃ。ただ『十代後半』ってところは大間違いやけど」美緒は鋭くも余計な指摘。それから、あらためて彼の話に首を傾げた。「ん!? けど、ちょい待ち。確か気絶した礼菜を発見して警察に通報したんは、公衆トイレを利用しようとした会社員やったはず……」

「そういや、そうね」葵は、どう見ても会社員とは思えない柴崎の姿をしげしげと眺めながら、「てことは柴崎君、あなた警察に通報しなかったのね。いったいなぜ？」

「だって俺、そのとき酔っ払ってたもん。友達の家で酒を飲んだ、その帰り道だったんだ」

「それの何が問題なわけ？　十八歳ならべつに飲んでも構わないじゃない」

「そうっちゃよ。いまは十八歳にも選挙権があるんじゃけえ」

そうよねえ、そうっちゃねえ――と真顔で頷きあう葵と美緒。

そんな二人の様子を見ながら柴崎は心底呆《あき》れた顔で、「あのなあ、昔もいまも『お酒は二十歳になってから』なんだよ。酔っ払った十八歳が、どのツラ下げて警察なんか呼べるってんだい？」

「ふうん。じゃあ、あなた、気絶した礼菜のことを見捨てて逃げたってわけね」

「サイテーっちゃ！　まさに人間のクズじゃが！」

二人の罵声《ばせい》を馬耳東風とばかりに聞き流しながら、柴崎は悠々とパスタを完食。皿に残ったミートソースまでもスプーンですくって綺麗《きれい》に食べきる。そして追加注文したフライドポテトの皿にフォークを伸ばしながら、

「いっとくが、ただ逃げたんじゃねえからな。いちおう一一〇番通報だってしてやったんだぜ。随分と時間が経《た》ってから、公衆電話を使ってな。もちろん、こっちの名前は名乗らなかったけどよ」

「匿名《とくめい》で一一〇番かいや」――けど、そねえことしたら余計な疑惑を招くんと違う？

そう思って美緒は目の前の少年のことが少しだけ心配になる。一方の葵は大事な質問を口にした。

「気絶していた女――礼菜っていう娘《こ》だけど――その娘は紫色のマントを羽織っていたかしら。あるいは、その娘の傍にマントが落ちていた、なんてことはない？」

「はあ、マント⁉　いや、そんなものはなかったと思うな。女はゴスロリのお洋服を着ていただけ。ちょっと寒そうな恰好だなって、そう思った記憶があるから間違いないぜ」

「そう。じゃあ公園から逃げ出した怪しい男は、マントを手に持っていなかった？」

「いや、そんなものは持っていなかったはず。ああ、でもそいつリュックを背負って

いたな。走り去る男の背中でリュックがパンパンに膨らんでいたっけ」

——だったら、その男に違いないっちゃ、礼菜のマントを奪っていった奴は！

内心で密かに確信する美緒。一方、柴崎はポテトを口に運びながら、

「——にしても変なこと聞きたがるんだな、お姉さんたち。マントなんて、どうだっていいだろ。それよりもっと他に聞くべきことが、あると思うんだけどなぁ」

と妙に思わせぶりな口調。

「判ったわ。じゃあ聞くべきことを聞いてあげる」

といって葵がズバリと尋ねた。「その怪しい男って、どんな顔だった？　あなたは自販機の傍にいたんだから、そこには明かりがあったはずよね。あなた、相手の顔をわりとハッキリ見たんじゃないの？」

「そう、そのとおり。確かに見た。——実は、知ってる顔だったんだ」

意外な話が飛び出して、美緒は思わず「え!?」と声をあげる。葵は「やっぱりね」と呟く。柴崎はアイス珈琲を口にして、また喋《しゃべ》り出した。

「最初見たときは、なんだか見覚えがある顔だなって、漠然と思っただけだった。でも、それからしばらく考えてみて思い出したんだ。俺がときどき利用する古着屋があるんだけど、そこで店主をやっている三十男だ。——たぶん」

「たぶん——かいな?」美緒は眉をひそめながら、「なんか頼りないっちゃねえ」

「仕方ないだろ。ほんの一瞬、見ただけなんだから。でも絶対間違いないと思うぜ」

果たして『たぶん』なのか『絶対』なのか。それはさておき、とりあえず美緒は彼に確認した。

「で、どこの何ていう店なん、その古着屋って?」

「西荻窪の駅の近くにある『めずらし堂』って店さ」

その店なら美緒自身も過去に何度か入ったことがある。ブランド物の高級衣料からストリート系カジュアル、フリフリのロリータ服に至るまで幅広く取り揃える中古服の専門店だ。正直、店主の顔は思い出せないが、つまりは思い出せない程度の顔をした店主なのだろう。

とにもかくにも、これは二人が努力の末にようやく摑んだ有力情報に違いない。しかも柴崎智樹の軽率な行動のせいで、警察はまだこの手掛かりを入手していないのだ。

葵と美緒の顔に思わずニンマリとした笑みが浮かぶ。そんな二人に釘《くぎ》を刺すように、柴崎は慎重な口振りで付け加えた。

「いっとくけど、俺はべつに『めずらし堂』の店主が殺人未遂事件の犯人だなんて、ひと言もいってないからな。事件の夜に現場付近で彼を見たっていうだけの話だ。彼のことを疑うなら、そっちの自己責任でやってくれよな」

そういって柴崎は目の前のフライドポテトを完食した。

葵と美緒は互いの財力を結集して、柴崎智樹の食事代をなんとか支払った。

三人揃って店を出ると、あたりはもうすっかり夜だ。空腹を満たされてご機嫌の柴崎は、「これから、どうする、お姉さんたち？　一緒に飲みにでもいくかい？」と冗談か本気か判らない提案。葵と美緒は声を揃えながら、

「お酒は二十歳になってから！」

するとそのとき「そうだ。そのとおり！」と美緒たちの背後から、いきなり響く野太い声。

どこか聞き覚えのあるその声にハッとなって振り向くと、目の前に立ちはだかるのはアニメの中の警部さんが着るような茶色いコート——通称『銭形コート』——を見事に着こなした中年男性だ。角ばった厳《いか》つい顔を確認するまでもなく、その正体は歴然としている。

荻窪署の神楽坂《かぐらざか》刑事だ。背後には同僚の刑事らしい若い男を従えている。

——なんで、ここに神楽坂刑事が!?

戸惑いながら美緒は一歩引き下がる。しかし葵は何ら怯《ひる》む様子も見せず、鼻先の眼鏡を指で押し上げながら、「あら、神楽坂刑事。私たちに何か用でも？」

「ふん、おまえたちに用なんかない」神楽坂刑事はムッとした顔で吐き捨てると、アラサー女たちの頭越しに、長身の彼へと鋭い視線を向ける。そして背広の胸許から警察手帳をチラリと見せつけながら、「柴崎智樹クンだね。ちょっと君に聞きたいことがある。近所の公園で起こった『ゴスロリアラサー女性殺害未遂事件』のことなんだが――」

「なんじゃ、それ!?　随分ヘンテコな名前で呼ばれとるっちゃね、礼菜の事件って」

「ホントだわ。これじゃあ、被害者が気の毒！」

しかし女たちからの轟々《ごうごう》たる非難もどこ吹く風。神楽坂刑事は涼しい顔で柴崎に質問を続けた。

「『事件の夜に現場の公園付近で怪しい茶髪の男を見た』――そんな目撃証言が複数あってね。そこで念のため聞きたいんだが、柴崎クン、君は事件の夜に……あッ！」

唐突に叫び声を発した中年刑事の視線の先。突然くるりと踵を返した柴崎は、闇雲《やみくも》に逃走を開始する。もちろん神楽坂刑事とその部下が黙って見ているわけがない。

「おい、こら、待てえぇぇぇ――ッ」

二人の刑事たちは葵と美緒の間を割るようにして駆け出すと、柴崎の背中を追って暗い歩道を猛然と突き進む。逃げる柴崎と、それを追う二人の刑事たち。三つの背中は見る見るうちに小さくなって、やがて夜の闇の中に掻《か》き消えていった。

葵は哀れな逃走者にせめてものエールを送る。「頑張ってちょうだい、柴崎君！死ぬ気で逃げて逃げて逃げまくって、なんとか冤罪《えんざい》を免れるのよ！」

美緒はゆるゆると首を左右に振りながら、判りきった事実を告げた。

「無理っちゃよ、葵ちゃん。この状況で逃げおおせるなんて絶対あり得んっちゃ！」

## 5

翌日、小野寺葵と占部美緒は、さっそく西荻窪駅周辺に広がる商店街に足を運んだ。目指すは、もちろん『めずらし堂』だ。それは中央線のガード下に店を構える、こぢんまりとした古着屋だった。サイケデリックな看板が一般客を適度に遠ざけている感じの店だ。

開店と同時に店内に足を踏み入れた二人は、さっそく商品を物色するフリ。視線をさまよわせながら店主である三十男を捜す。男はレジ横に佇《たたず》んでいた。チェックのネルシャツにダメージジーンズ。ロン毛に無精ヒゲという外見も、この店の雰囲気には合っている。

「あのルックスなら、ひと目でそれって判るっちゃね」

「ええ、柴崎君が一瞬で記憶に留めたのも無理ないわ」

マネキンの陰から店主の姿を覗き見ながら、葵と美緒は頷き合う。そして葵は目の前のハンガーに掛かっていた柄物のシャツを手に取ると、「よーし、いくわよ、美緒」と気合のこもった声を発して大股《おおまた》でレジへと向かう。美緒も彼女の後に続いた。

「これください」葵は挑みかかるようにいって、シャツをレジ台へと叩きつける。

すると店主は目の前の商品と葵の姿を交互に眺めて、心配そうなひと言。

「これ、男モノですよ……しかもXL……」

瞬間、葵の口から「えッ!?」という戸惑いの声。しかし、なんとか自然な表情を取り戻した葵は、「か、構わないわよ。彼氏用だから」と無理やり大柄な恋人の存在をデッチ上げる。

「失礼しました」と頭を下げた店主は商品を畳みながら、「一九八〇円になりまーす」

「あら、安いのねえ」葵は自分の財布の中から千円札一枚だけを取り出し、支払いの皿にそれを放ると、「――ねえ美緒、九八〇円、持ってる?」

「えーッ」葵ちゃん、千円しか持たんで店に入ったの？　どーいう根性しとるんよ？

呆れながらも慌《あわ》てて自分の財布を確認する美緒。その間に葵は店主のほうに向き直り、本題を切り出した。「ところでお兄さん、ひとつ聞きたいことがあるんだけれど、いいかしら？　まあ、駄目っていわれても、結局、聞くんだけどね」

「はあ!?」店主はポカンとした表情で、「何のことですか……？」

「たぶん知っているわよね、例の『ゴスロリアラサー女性殺害未遂事件』のこと」

「ああ、『ゴスロリアラサー女性殺害未遂事件』ですか。あの公園で起こった事件。ええ、僕の耳にも入っていますよ。で、『ゴスロリアラサー女性殺害未遂事件』が何か？」

「ええ、実はその『ゴスロリアラサー女性殺害未遂事件』の被害者が……」

「ああもう、うるさいぞ、まったく！」と、そのとき突然、痺《しび》れを切らしたように二人の会話に割り込んできたのは、昨夜も聞いた中年男性の野太い声だ。「なんだなんだ、傍で聞いてりゃ、ゴスロリアラサーごすろりあらさーと何度も何度も繰り返しおって！　いったい誰なんだ、こんな長ったらしい名前を付けたのは！」

「神楽坂刑事であります」

「ん!?　そうか、俺か。――じゃあ仕方がないな」

妙に納得した顔でレジの前に歩み寄ってきたのは、茶色いコートの中年男性。やはり神楽坂刑事だった。背後には昨夜も一緒だった若い刑事を従えている。

二人の姿を見ながら、美緒は考えた。おそらく昨夜、刑事たちは逃げる柴崎智樹と追いかけっこを演じた挙句、彼を捕らえたはず。ならば柴崎は、美緒たちの前で語った内容を、この刑事たちにも話しただろう。その供述の真偽を確かめるために、刑事たちはこの『めずらし堂』を訪れたに違いない。そう推理する美緒の隣で、葵は刑事たちを挑発するがごとく昨夜と同じ台詞《せりふ》を口にした。

「あら、神楽坂刑事。私たちに何か用でも？」

「こらこら、何度も聞くな。おまえらに用なんて、あるわけないだろ」

そういって中年刑事は女二人を押し退《の》けるようにして、レジ前を占拠。そして、おもむろに背広の内ポケットから警察手帳を取り出すと、

「荻窪署の神楽坂です。あなたがこの店のオーナー、望月勲《もちづきいさお》さんですね。ひとつ聞きたいことがあるんですけど、よろしいですかな？　まあ、よろしくないといわれても、結局、お聞きするんですがね」

「あら、駄目よ、そんなの！」と葵が猛然と抗議していった。「私たちが先に質問していたのよ。たとえ警察だって、後からきて割り込む権利はないはずでしょ」

「葵ちゃんの、いうとおり！　警察権力の横暴を許すべきじゃないっちゃ！」

「ふん、なにを生意気な。素人探偵は引っ込んでいてもらおうか」そういって神楽坂刑事は、あらためて店主の望月に視線を向けると、「では、質問よろしいですかな?」

「駄目です。そちらのお客様のほうが先です。権力の横暴は許されません」

望月は警官嫌いらしく断固とした態度。「うッ……」と呻《うめ》き声をあげた神楽坂刑事は、渋々ながらレジ前のスペースを葵たちに譲った。「頼むから、さっさと終わらせてくれよ」

「任せなさい」

とウインクして前に出た葵は、あらためて質問の口火を切った。「事件の夜、現場の公園で、あなたの姿を見たという男の子がいるんだけれど、覚えがあるかしら?」

「事件の夜に公園で……?」小さく首を傾《かし》げた望月は、「ああ、そういえば!」といって手を叩いた。「確かに、あの夜、僕は公園の傍にいましたね。――え、公園に何の用かって?　べつに用があったわけじゃありませんよ。僕の家がそっちの方角なんです。店を閉めた後の帰り際に、たまたま公園の傍を通っただけのこと。それが、どうかしましたか?」

「ふうん、公園の傍を通った?　公園の中に入ったのではなくて?」

「ええ、中には入っていませんね」

「公園の中から現れたあなたの姿を見た——って柴崎君はいっていたけれど」

「それは何かの間違いですよ。ていうか、誰です、柴崎君って？」

「柴崎君は事件の夜、たまたま公園の入口付近に居合わせたフリーターよ。この店も、ときどき利用するらしいわ」

すると望月はあからさまに「なーんだ」という表情。小さく肩をすくめながら禁断の台詞を口にした。「たかがフリーターの証言なんて、アテにはできないでしょ」

「なんじゃと、誰が『たかがフリーター』じゃあ！」

「そーよ、そーよ、あんまりだわ。差別よ、差別！」

突如として声を張り上げ、目を剝《む》いて抗議するアラサー女たち。そのあまりの剣幕に、望月はサッパリ訳が判《わか》らない様子で目を白黒させながら、

「え、ええっと……要するに君たち、何がいいたいんだ？」

「じゃあ単刀直入に聞くわね」葵は望月勲の顔を凝視していった。「公園で礼菜を襲撃したのって、あなたなんじゃないの、望月さん？」

「馬鹿な。そんなことあるか」

望月勲はロン毛を左右に揺らして否定した。「そもそも礼菜って誰だ？　被害に遭

った女性か？　僕は知らない。たぶん会ったこともないぞ」

「じゃあ、背中に『Ｍｒｓ．Ｍｏｒｉａｒｔｙ』と書かれた紫色のマントは？」

「うッ」と言葉に詰まった望月は、今度は首を縦に振って、「それなら知ってるさ。モリアーティ夫人の衣装だろ。うちでも捜しているお宝商品だ。それがどうした？」

「………」なんだか怪しいっちゃね、この男！　直感的にそう思った美緒は、咄嗟《とっさ》に横から口を挟む。「ほいじゃあ、あんた、自分が犯人じゃないって証明できるん？」

「ふん、そんなこと、べつに証明してやる義務はない――って、正直そういいたいところだけど、刑事さんもいることだしな。余計な疑惑を招いちゃ損だから、特別に答えてやるよ。あの夜の僕には、確実なアリバイがあるんだ」

「へえ、アリバイって、どねえやつなん？」

「僕は事件の夜、確かに公園の傍を通った。そこで偶然、知り合いの男に会ったんだ。この店の常連客で、僕の飲み仲間でもある山下正志《やましたまさし》という男だ。山下と僕とは道端で数分ほど会話を交わして、それから近所の飲み屋に向かって歩きはじめた。その道すがら、僕らは駅のほうから歩いてくる被害者の姿を見かけた。ゴスロリ・ファッションに身を包んだ若い女だ。目立つ恰好《かっこう》だから見間違えるはずはない。そういや、紫か黒かよく判らなかったが、マントみたいなものを羽織っていたような気がするな」

「そ、それは、確かに礼菜っちゃねえ……」

「だろうな。僕と山下はその娘と遭遇した直後、行きつけの飲み屋へと二人で入り、そこで深夜まで一緒に飲んだんだ。——な、これで判っただろ。僕らが飲み屋に入る直前まで、その礼菜って娘はピンピンしながら夜道を歩いていたんだ。だったら暴漢に襲われたのは、それから少し後のことだろう。その暴漢が誰かは知らないけれど、この僕でないことだけはハッキリしている。だって、そのゴスロリアラサー女が公園にたどり着いて暴漢に襲われているころ、僕は離れた飲み屋で友人とビールで乾杯していたんだからな」

自らのアリバイを話し終えた望月勲は、そのヒゲ面《づら》に勝ち誇るような表情を浮かべる。それから再び礼儀正しい店主としての顔を取り戻すと、畳み終わったシャツを袋に入れ、あらためて目の前の女たちに告げた。

「——では、一九八〇円になりまーす」

「く、くそ！　判ったちゃ……」悔しい思いでいっぱいになりながら、美緒は自分の財布の中身を覗《のぞ》き込む。それから数秒後、バツの悪そうな顔を上げると、傍らの中年刑事に小声で尋ねた。「……なあ、神楽坂刑事、九八〇円持っとらん？」

*6*

結局、残りの九八〇円は神楽坂刑事ではなく、彼が従えていた若い刑事が立て替えてくれた。驚くべきことだが、神楽坂刑事の財布の中にも、やはり千円札一枚すら存在していなかったのである。

――やれやれ、ウチらの財布と、ええ勝負じゃが！

と心の中で呟《つぶや》く占部美緒。その隣で小野寺葵も哀れむような視線を中年刑事へと向ける。

だが、当の神楽坂刑事は小銭しか入っていない財布を仕舞いながら、「ふん、いまどき流行のキャッシュレス化を図っているんだよ！」といって精一杯の強がりを示すと、「さあ、君たち、用事が済んだなら、そこを退《ど》いてもらおうか。今度は我々が質問する番だ。――ほらほら、聞き耳を立ててるんじゃない。盗み聞きしようたって、そうはいかんぞ。ああもう、邪魔だからさっさと出ていってくれ！」

「はいはい、いわれなくても出ていくわよ」と応えながら、葵は最後にひとつだけ望月勲に質問した。「ねえ、その山下正志って人、どこにいったら会えるかしら？」

「山下なら、目の前の通りを十分ほどいったところで、『山下骨董店《こっとう》』という店を開いている。店頭にガラクタを積み上げたゴミ屋敷みたいな店だ」

それなら簡単に見つかるだろう。葵と美緒はヒゲ面の店主に別れを告げると、神楽坂刑事には「どーぞ、ごゆっくりー」「ウチら、お先にー」と手を振りながら『めずらし堂』を後にする。向かった先は、もちろん『山下骨董店』だ。望月に教えられた道を二人は真《ま》っ直《す》ぐに進む。

しかし、こんなところにゴミ屋敷みたいな店舗などあっただろうか。美緒の胸にそんな疑念が生じはじめた、まさにそのとき——「うわぁ、ホンマにあったぁ！」

道行く二人の目の前に突然それらしい建物が出現。さっそく美緒はガラクタの積み上がった入口に歩み寄り、大きな声で呼び掛けた。

「なあ、ここって『山下骨董店』さん？」

すると中から蓬髪《ほうはつ》の老人が顔を覗かせて、「違うぞ。ここはワシの家だ」

「え、ああ、そうかいな……」どうやら本当のゴミ屋敷だったらしい。

アテが外れて呆然《ぼうぜん》とする美緒。すると葵が「ねえ、アッチじゃないかしら？」といって道路を挟んだ向かいの建物を指で示す。

美緒は短い茶髪をポリポリ掻きながら、「ああ、なんじゃや、コッチか……」といって道路を渡ると、あらためて同じ質問。「なあ、ここって『山下骨董店』さん？」

「そうだよ！　そうだけどさ。なんで、あんなゴミ屋敷と間違えるんだよ。おかしいだろ！」

店頭でガラクタの山に囲まれながら店番をしていた三十男は、どうやら一部始終を見ていたらしい。地団太踏みながら猛烈に悔しがるポーズ。その様子から見て、彼こそがこの店の主《あるじ》、山下正志であることは一目瞭然《りょうぜん》だった。美緒は唇を尖《とが》らせながら、

「そねえ、怒らんでもええんと違う？　こんなもん誰だって間違えるじゃろ？」

「間違えねーよ！　骨董品とゴミの区別ぐらい付くだろ、普通！」

「まあまあ、二人とも落ち着いて……」と両者をなだめてから、葵は店主へと向き直った。「ところで、あなたに聞きたいことがあるんだけど」

「はあ、『買いたいもの』があるんじゃないのかよ？」店主は憮然《ぶぜん》として問い返す。

「うーん、『買いたいもの』って、いわれてもねえ」葵は積み上がったガラクタの山を見やると、半笑いになりながら、「やっぱり『聞きたいこと』だけにしておくわ」

「畜生、さては、おまえら客じゃねーな!?　何だよ、俺に聞きたいことって!?」

ほとんど喧嘩《けんか》腰《ごし》の山下正志だが、質問に答える気はあるらしい。

葵は単刀直入に尋ねた。

「この前の土曜の夜、あなた『めずらし堂』の店主と一緒だった？」

「望月勲のことか？　ああ、土曜の夜なら確かに彼と一緒だった。——え、どこで会ったのかって？　ええっと、確か児童公園の傍だったっけか。——ん!?　おい、お姉ちゃんたち」何事か引っ掛かった様子の山下は、声を潜めて聞いてきた。「ひょっとして、あんたら、あの公園で起こった例のゴスロリアラ……」

「『ゴスロリアラサー女性殺害未遂事件』でしょ。ええ、そうよ。その事件を調べているの」

「ウチら、被害者の同居人なんよ。犯人を捕まえたいんよ」

本当のことを打ち明けると、気難しそうに見えた店主の態度も、たちまち軟化した。

「なんだ、そういうことか。てことは、いわば敵討ちだな。いいぜ、そういうことなら何でも聞いてくれよ。答えてやるぜ」といって山下は拳でドンと胸を叩く。

「ありがとう。良かった、話の判る人で！」葵が嬉《うれ》しそうに目を細めると、

「ホンマ。これえゴミ屋敷みたいな店をやっとっても、心はメッチャ綺麗っちゃ！」

と口の悪い美緒も、ここぞとばかりに絶大なる賛辞を贈る。いちおう褒められている手前、店主は文句もいえず微妙な表情だ。そんな彼に、あらためて葵が尋ねた。

「土曜の夜に、望月勲と一緒になった経緯を教えてもらえるかしら」

「その夜は店を閉めた後、馴染《なじ》みの店に飲みに出掛けようと思ったんだ。それで店に向かって歩いていたら、その道すがら偶然、望月の奴《やつ》に出くわした。それが例の児童公園のすぐ傍の歩道だったってわけだ」

「それは何時ごろ？」

「さあ、だいたい午後十時を少し過ぎたころだったんじゃねーかなあ」

礼菜の話によれば、彼女が公園で襲撃されたのも、やはり午後十時を過ぎたころのことらしい。ならば、ほぼ同時刻に、礼菜と望月は公園の付近にいたわけだ。

「最初に声を掛けたのは、どっちなの？」

「それは俺のほうだ。『よお、望月、何してんだ？　暇なら付き合えよ』って強引に誘ったのさ。それで二人揃って、俺の行き付けの店にいったってわけ。住宅街の外れにある『パピヨン』っていうカラオケスナックだよ」

「その店に向かう途中で、誰か見かけなかったかしら？」

期待のこもった口調で葵が問い掛けると、山下はニヤリと笑いながら「そうくるんじゃないかと思ったぜ」といって、彼女たちの前で深々と頷《うなず》いた。「ああ、確かに会ったよ。ゴスロリ・ファッションの女だろ。黒っぽいマントを羽織って、ひとりで歩いてたな。近くで擦れ違ったけれど、それだけだ。彼女、俯《うつむ》きがちに俺たちの横を通り過ぎていった。いまにして思えば残念な話さ。あの後、暴漢に襲われるって判ってりゃ、俺もひと言、声を掛けたんだがな。——『お嬢ちゃん、公園には立ち入らないほうがいいぜ』ってよ」

店主は口惜しそうに首を左右に振るが、そんな警告を発することができたら、一種の超能力である。所詮、あり得ない話だ。美緒は横から口を挟むように尋ねた。

「で、その娘と擦れ違った後、二人は真っ直ぐ『パピヨン』へいったっちゃね？」

「そう、そこで一緒に深夜の一時まで」

「ずーっと、一緒やったん？」

「ああ、もちろん。——嘘《うそ》だと思うんなら望月に聞いてみなよ」

「意味ねーっちゃ。ウチら、その望月って人から話を聞いて、ここにきたんじゃけぇ」

「ああ、そういうことなのか。ふーん」腕組みした店主は、いまさらながら訝《いぶか》しげな視線を女たちに向けると、「ひょっとして、お姉ちゃんたち、望月のことを疑ってるのかい？　どうして、そういう話になるのか判らないけど、そりゃあ無理筋ってもんだぜ。望月があのゴスロリ女を公園でぶん殴るなんてことは、逆立ちしたって不可能なこった。いまの俺の話を聞けば、そんなこと火を見るより明らかだろ」

確かに、この店主のいうとおりだ。そう感じる美緒には反論の言葉もない。だが一方の葵は「あら、そうかしら」といって眼鏡越しに強気な視線を彼へと向けた。「ひょっとして、あなたが望月さんの共犯者だったとしたら？　不可能は可能になるかもよ」

「おいおい、今度は俺を疑うってか？　冗談じゃねえよ。この俺が嘘をついているように見えるのかい？　犯罪の片棒を担《かつ》いでいるように見・え・ま・す・か！」

自分の胸を掌《てのひら》で五回ほど叩いて、骨董店の店主は堂々と胸を張る。その確信に満ちた表情を見て葵は「うーん、そうよねえ」と呻き声をあげたきり口を閉ざす。美緒もそれ以上は何を聞いていいのか判らない。

結局、葵と美緒は質問を切り上げて、骨董店にサヨナラを告げる。山下正志は手を振りながら「――今度は何か買いにきてくれよな」

「何か買いたいものがあればね」と皮肉をいって葵は片手を挙げる。そして、ささやかな要望を最後に付け加えた。「そのうち茶色いコートを着た中年の刑事さんが、同じような質問をしにくると思うけど、私たちのことは喋らなくていいからね」

「そうかい。よく判らないけど、判った」といって頷く店主。

こうして葵と美緒は『山下骨董店』を後にした。先ほどきた道を引き返す二人。

すると、そのとき通りを隔てた向こう側から、「だから、違うといっとるだろ！」と聞き覚えのある怒鳴り声。見ると例のゴミ屋敷の老人が茶色いコートの中年男を、どやしつけているところだ。「ここは骨董店じゃない。ワシの家なんだよ。何度いえば判るんだ！」

一喝された中年男は、もちろん神楽坂刑事だ。苦い表情の彼は若い部下を引き連れて、今度は向かいの店へ。次の瞬間、山下正志の嘆きの声が再び路上に響き渡った。

「だから、なんで、あんな家と間違えるんだよ！　まったく、どいつもこいつも！」

## 7

その日の夕刻。小野寺葵と占部美緒は病院を訪れて、いまだ入院中の関礼菜を見舞った。お見舞いの品は花や果物ではなくて今日一日の調査報告だ。

ベッドで上半身を起こしながら、二人の話を聞き終えた礼菜は、「そうですかぁ。礼菜、その望月勲って人と事件の夜に擦れ違っていたんですねぇ」といって記憶を手繰るような表情。やがて、それが苦悶《くもん》の色を帯びたかと思うと、彼女は包帯の巻かれた頭を両手で抱える仕草。その口からは「ぜ……ぜぇ……」と言葉にならない声が漏

れる。葵と美緒は思わず中腰になりながら、

「ど、どうしたのよ、礼菜!?」

「ぜ……ぜッ……」

「痛むんか、礼菜。殴られた頭が痛むんか!?」

苦しげな妹分の顔を心配そうに覗き込む二人。すると次の瞬間、礼菜は顔を上げると一転してケロリとした様子で、「ぜ……ぜ……ぜーんぜん、まーったく思い出せませぇん！　本当に礼菜その人と擦れ違ったんでしょうかぁ?」と、ぜーんぜん、まーったく大丈夫な声。してやったりの表情を浮かべる礼菜に対して、

「紛らわしい真似《まね》、するなっちゃ！」

「苦しがってるかと思うじゃない！」

と二人は目を吊《つ》り上げながら揃って猛抗議。礼菜は悪びれる様子もなくペロリと舌を出しながら、

「だって実際よく覚えていないんですからぁ……」

「そう、まあ記憶が曖昧《あいまい》なのは仕方ないけど、私の見る限りでは、あの山下正志って人、嘘はいってないみたいよ」

「うん、ガラクタの片付けは苦手みたいじゃけど、根は善人っぽい男っちゃ」

「そうですかぁ。ちなみにスナック『パピヨン』には、いってみたんですかぁ？」

「ええ、もちろんよ」と葵が答えた。「お店の人の話は、山下正志や望月勲の証言と完全に一致していたわ。二人は土曜の夜の十時過ぎに『パピヨン』にやってきて、そこで深夜一時過ぎまで飲んでいた。間違いないって、店のママさんは太鼓判を押していたわ」

「ということは、その望月っていう古着屋の主人は、シロってことなんだな。だとすると望月の姿を夜の公園で見たと証言している柴崎智樹が嘘をついているのか。あるいは見間違えたのかな。いったい、どっちなんだ？」――と見習い秘書の成瀬啓介が質問を挟む。

葵と美緒は、いま初めてその存在に気が付いたとばかり目を丸くしながら、

「あら、成瀬君、いたのね」

「おったんかいな、成瀬ぇ」

と馬鹿《ばか》にした口調。まるで透明人間のごとき扱いを受けて、啓介はムッと口許《くちもと》を歪《ゆが》める。

「ああ、いたさ。結構、前からな！」

実際は二人が訪れるよりも先に、彼のほうが病室にきていたのである。いままで発

言の機会がなかっただけである。「――で、どうなんだ？　柴崎智樹の証言は信用できるのか」

「そうねえ。正直、柴崎君が嘘をついている印象もないのよねえ。まあ、夜の公園でのことだから、見間違えたっていう可能性は、もちろん否定できないんだけど」

「やっぱり疑うべきは望月のほうっちゃよ」と美緒は拳《こぶし》を振り上げて訴える。「彼は古着屋じゃけえ、お宝マントの値打ちも、ちゃんと判っとる」

「けれど、その望月って人にはアリバイがあるんですよねぇ」

礼菜の率直な言葉に、美緒はいったん上げた拳を下ろさざるを得なかった。結局、問題は望月のアリバイなのだ。それが立ちはだかる限りは、何をいっても虚《むな》しい。

口を噤《つぐ》む美緒の前で、そのとき啓介が口を開いた。「では、望月勲が真犯人で、何らかのアリバイトリックを用いて、礼菜を公園で襲撃したと仮定しよう」

「なんで？」

「馬鹿、『なんで？』じゃないだろ。とにかく、そう仮定するんだよ。余計な茶々を入れるんじゃない」啓介は美緒の横槍を撥《は》ね返すと、話を続けた。「その場合、普通に考えるならば、望月に共犯者がいたっていう話になるはずだ」

「共犯者がおったら、何がどうなるっていうんよ？」

「その共犯者は若い女性なんだよ。で、その女性にゴスロリの衣装を着せてやるんだ。もちろん紫のマントも羽織らせる」

「礼菜の偽者《にせもの》に仕立て上げるっちゅうことかいや？」

「そうだ。そして偽の礼菜を善意の第三者――今回の事件でいうと山下正志――に目撃させる。当然、それを見た山下は礼菜がピンピンして歩いていると思い込むだろ」

「そっか。実際には、それ以前に礼菜は公園で襲われて気絶しとる――っちゅうわけやな」

「そう。これなら山下の目に、望月の犯行は絶対不可能なものと映るはずだ」

「おおッ、なるほど、さすが成瀬――って、いいたいところじゃけど」

若干の疑問を覚えつつ、美緒は彼よりも頼りがいのある彼女に尋ねた。

「――どねえ思う、葵ちゃん？」

「そうねえ、まあまあ面白いアイデアだけど、無理じゃないかしら」

と葵は即答して、その理由を説明した。

「だって山下正志が望月勲と公園付近の路上で出くわしたのは、まったくの偶然だったはず。スナックへ飲みにいこうと誘ったのも、山下のほうだった。そんな山下に、そうそうタイミング良く礼菜の偽者を目撃させることができるかしら？　もしも山下が『パピヨン』じゃなくて、まったく反対方向の店で飲もうと言い張ったなら、どうなってた？　礼菜の偽者と山下たちは永遠に擦れ違うことはなかったはずよねえ。それじゃあアリバイなんて作れないわよ」

「ううむ、それもそうか……」

啓介は悄然《しょうぜん》として肩を落とす。葵はさらに追い討ちを掛けるように続けた。

「それに普段の女子高生ルックならまだしも、あの夜に限って礼菜は特別な衣装を着ていたのよ。それを、どうやって真似するわけ？　あの夜に礼菜が、あんな変な恰好で……」

「変な恰好じゃありませぇん。モリアーティ夫人のコスですからぁ！」

「そうね、ええ、もちろん判ってるわよ」礼菜の憤《いきどお》りを抑えるように片手を振りながら、葵はさらに続けた。「その変な夫人の妙なコスプレ姿で、礼菜が夜道を歩いているなんてことは、誰にも予想できなかったはず。だとすると、やっぱり無理よ。礼菜の偽者を前もって夜道にスタンバイさせておくなんてことは、絶対にできるわけが……ん、待ってよ……偽の礼菜……礼菜を真似する……」

唐突に言葉を止めた葵は、顔をしかめて考え込む仕草。ひょっとして彼女の脳裏に何か引っ掛かるものでも、あったのだろうか。そう思って互いに顔を見合わせた美緒

と啓介は、

「どねーしたん、葵ちゃん？」

「何か思いついたのか、葵？」

といって彼女の顔を覗き込む。

ひとり礼菜だけがベッドの上で、「酷《ひど》いですぅ、『変な夫人の妙なコスプレ』だなんて、あんまりですぅ、葵ちゃん……」と全然ベクトルの違う嘆き声を漏らしている。

そんな中、しばし沈思黙考を続けた葵は、ようやく顔を上げると、

「そうか……ひょっとして……」

と何事か気付いたような独り言。その顔には、いままでになく真剣みが溢《あふ》れている。

そして葵は何を思ったのか、「こうしちゃいられないわね」といって身体《からだ》を反転させると、「美緒、いくわよ」といって、いますぐ病室を飛び出す構え。美緒は訳が判らないながらも当然、葵の後に続こうとする。

だが、そんな二人の背中を啓介が呼び止めた。

「おい、こら、どこへいくんだよ、おまえら？」

「んなこと、ウチも知らんっちゃ」――葵ちゃんに聞いて！　というように美緒は足踏みしながら葵の背中を顎《あご》で示す。すると葵は病室の出口で振り返りながら、

「知りたいの？　だったら成瀬君も一緒にいらっしゃい」

## 8

そうして三人が病室を飛び出してから、しばらくの後。事件現場となった公園のすぐ傍にあるコインパーキングに、一台のベンツが停車した。後部座席から小野寺葵と占部美緒が相次いで降り立つ。最後に車を降りた成瀬啓介は、運転席のドアを閉めながら、「ふん、なにが『一緒にいらっしゃい』だ。結局、僕の車ナシじゃ移動もままならないくせに……」と不満げな呟きを漏らす。それを小耳に挟んだ美緒は、

「あんたの車と違うやん。法子夫人の車じゃが」

と当然のツッコミを口にする。ベンツは見習い秘書の月給で賄《まかな》える車ではないのだ。

「ええ、はいはい、そうですよ」と啓介は美緒の言葉を軽くいなして、葵へと視線を向けた。「で、この事件現場が、どうしたって？　何か捜したいものでもあるのか？」

「ええ、そうよ。礼菜の偽者を捜すの」

「はあ、礼菜の偽者を!?」と驚いたのは美緒のほうだ。「けど、さっきの葵ちゃんの話では、礼菜の偽者を前もって準備することは、まず不可能なはずって……」

「そうね。でも、いまは詳しく説明している暇はないの。とにかく、この公園付近で礼菜とよく似た女性を見かけなかったか。それを近所の人に聞いて回るのよ。三人バラバラに行動しましょう。有力な情報が得られたときは、私のスマホに掛けて。――いいわね？」

葵の指示を受けて、啓介は「判った」と頷くのみ。美緒は胸に拳を押し当てながら「ラジャー！」と真顔で応《こた》える。こうして三人はそれぞれの単独行動に移行した。

美緒は道行く人々に片っ端から声を掛けては、「ゴスロリの衣装を着て、おまけに紫色のマントを羽織って、長い髪を両側で縛った女。――見かけたことない？」と尋ねて回る。

すると大半の者は質問を皆まで聞かずに「知らない」と素っ気ない態度。たまに真剣に耳を傾けてくれる若いお兄さんがいて、「おお、知ってる知ってる」と頷くので、大いに期待を寄せると、その直後には「それって『探偵戦隊サガスンジャー』に出てくるモリアーティ夫人だろ。俺、大好きなんだよ」とオタクっぽさを全開にした返事。美緒の期待は脆《もろ》くも崩れ去るのだった。――ええい、まったくもう！　誰がテレビの中の話をしとるんよ！

と激しく落胆する美緒。

そうかと思うと、次には専業主婦らしい中年女性が「ああ、それなら知ってるわ」といって遠くのほうを指差しながら、「ここからしばらくいったところにサイコロみたいな四角い建物があるの。そこに住んでる娘《こ》が、よくそういう恰好をしているわ」

「あ、ああ、その娘ね」――それって『かがやき荘』の礼菜、そのものやん！

心の中で呟きながら、やはり美緒はガックリと肩を落とすのだった。

そんなこんなで不毛な聞き込み調査は、しばらく続いた。やがて足も疲れて気力も萎《な》えかけたころ、美緒は杖《つえ》を突きながら路地を歩く、ひとりの老人と遭遇した。

「どうせダメモトっちゃね……」と思いつつ、美緒は老人を呼び止める。そして年配の者にも正しく伝わるように気を遣いながら質問を投げた。「ええっと、なんていったらええんじゃろ……お人形さんが着るみたいな黒っぽいフリフリの洋服で、スカートがふわぁーっと広がっとって、レースやらリボンやらがいっぱいあって、華麗で優雅で妖《あや》しくて……」

「ふむ、いわゆるゴスロリ・ファッションじゃな」

「そう、それっちゃ！」美緒は驚きと嬉しさのあまり指をパチンと弾《はじ》き、その指で老人を真っ直ぐ指差した。「意外とよう判ってるやん、爺《じい》さん！」

「こら、誰が『爺さん』じゃ！　ワシはまだ若い」抗議するように杖で地面をトンと叩《たた》いた老人は、あらためて美緒に尋ねた。「――で、ゴスロリがどうしたのかね？」

「そういう恰好の女性、見かけたことない？　たとえば、この前の土曜の夜とかに」

ジワリと探りを入れる美緒。すると老人は重々しく頷きながら、

「ふむ、土曜の夜ではないが、そういう恰好の女性なら知っておるぞ」

「え、ホンマに⁉」前のめりになる美緒は、前もって予防線を張る。「あ、ただし『かがやき荘』の礼菜ちゃんは除外してな。もうこれ以上ガッカリさせられるんは御免じゃけえ」

「はあ、『かがやき荘』だと⁉」老人は首を傾げると、「いいや、そんな名前ではない。あれは確か、そう『けやきハイツ』だ。ワシの自宅の傍にある単身者用アパートだ」

「え、そこにゴスロリ・ファッションの若い女が住んどるって？」

「そうじゃ。二階の最も道路よりの部屋だ。そこの住人が、ときどきそういう恰好をして出掛けておるようじゃ。――あ、しかし誤解せんでくれよ。わざわざ覗いてるわけじゃないぞ。ワシの家の庭から、その娘の部屋の玄関がバッチリ見渡せるんじゃよ。それで偶然、何度か見かけただけだ」

どうやら間違いないらしい。礼菜以外にもそういうファッションを愛好する若い女が、この近所に存在するのだ。葵が突き止めようとしていたのは、この事実だったの

だろう。美緒は『けやきハイツ』の詳しい位置について、あらためて老人から教えを請《こ》うと、「うん、判った。――お爺ちゃん、ありがとうなぁ！」

ブンブンと手を振って老人に別れを告げる。そして美緒はその足で『けやきハイツ』に向かって歩き出した。道すがらスマホを操作して、さっそく葵に連絡を入れる。

「……あ、葵ちゃん？　見つかったたっちゃよ、葵ちゃんのいうとった礼菜の偽者みたいな女が……そう、いま、その女のアパートに向かうところ。場所はな……」

そういって『けやきハイツ』の位置を口頭で葵に伝える。そして美緒はスマホを仕舞うと、目的地に向けて、さらに歩く速度を上げるのだった。

そうしてたどり着いた『けやきハイツ』は狭い路地に建つ、こぢんまりとした二階建て。各階に三部屋ずつ、合計六部屋のみのアパートだ。美緒が到着するのとほぼ同時に、葵も建物の前に駆けつけた。「――よく見つけたわね、美緒」

「二階のいちばん道路よりの部屋らしいっちゃよ」

「判った。とにかくいってみましょ」

二人は鉄製の外階段を上り二階を目指す。階段を半ばまで上ったところで、

「ん、そういえば、成瀬は？」ふいに美緒が尋ねると、

「あ、そうだ、忘れてたわ」葵はシマッタ、というように舌を出しながら、「でもまあ、べつに彼はいてもいなくても関係ないか」と随分アッサリした反応。

するとと突然――

「こらこら、失礼だろ。戦力外みたいにいいやがって！」

不満を訴える男性の声が、なぜか二階のほうから聞こえてくる。慌てて階段を上りきるとアパートの外廊下には、すでに成瀬啓介のスーツ姿があった。美緒は目を丸くしながら、

「なんよ、成瀬ぇ、先にきとったんか」

「ああ、耳寄りな情報を近所の主婦から聞いたんだ」

「ウチは近所のお爺ちゃんから聞いた」

そんな二人の会話を聞きながら、「どうやら間違いないみたいね」と頷いた葵は、眼鏡越しの視線を玄関先のネームプレートへと向けた。『西田《にしだ》』という名字のみが記されている。呼び鈴のボタンを押してみるが、中からの応答はない。何度押しても無駄だった。

「留守みたいだな」と、当たり前のように啓介がいう。

葵は表情を曇らせながら、「留守なら問題ないけれど、本当にそうかしら？」

意味深な口調に、美緒の中でも不安が募っていく。「嫌な予感がするっちゃ……」

「はあ!?　何の予感だよ。僕は全然、感じないけどな」

それはあんたが鈍感すぎるからじゃろ——と心の中で呟きながら、美緒は自らドアノブに右手を掛ける。手首を捻《ひね》ると、ドアノブはくるりと回転する。美緒の中で不安はさらに増幅された。「おかしいっちゃ。この扉、鍵《かぎ》が掛かっとらんみたい……」

若い女性が住む部屋だ。外出するときは短時間でも施錠《せじょう》するだろう。あるいは部屋にいるときも、中から鍵を掛けて過ごすのが普通だと思う。もちろん、鍵の掛け忘れというケースは考えられるが、もしそうでないとするならば——

と、美緒がそこまで考えたとき、痺れを切らしたように葵が口を開いた。

「ええい、こうなったら仕方がないわね。——成瀬君!」

いきなり名前を呼ばれて、啓介は「え!?」と自分を指差す。葵は構わず続けた。

「この扉を開けて部屋の中を確認してちょうだい。——大丈夫!　万が一、不法侵入の罪に問われるようなことになったとしても、あなたのバックには法子夫人がついているわ。彼女なら、その圧倒的なカネの力で少々の罪は揉《も》み消してくれるはず。——そうでしょ?」

「確かに、そうだな」と啓介は頷く。

「え、そうなんか？」と美緒は驚く。

「そういうもんよ！」と葵は断じた。

三人の間に一瞬流れる微妙な空気。

それを振り払うように葵は啓介に再び懇願した。「お願い。これはひょっとするとひょっとする事態かもしれないの。――判るでしょ？」

「いいや、よく判らんが……けど、まあ判った」

漠然と頷いた啓介は、自ら扉の前に進み出る。まずは拳を振り上げて強めのノック。そして扉の向こうにいるかもしれない誰かに対して、宣言するように叫んだ。

「西田さん、いらっしゃいますか？　返事がないようですので、扉を開けさせてもらいますよ。いいですね、開けますよ？　開けますからね。本当に開けちゃいますからね。本当にいいんですね、開けちゃって！　開けるっていったら、本当に開けるんですからね。本当に開けていい……」

「ええい、早《はよ》う開けんかぁーい！」

誰かの思いを代弁するかのように美緒が叫ぶ。その迫力満点の怒声に後押しされたように、啓介は思いっきりドアノブを手前に引く。鍵の掛かっていない玄関扉は音もなく開いた。次の瞬間、三人はなだれ込むように玄関の中へと飛び込んでいった。

短い廊下の向こうに半開きの扉。その向こうがワンルームの居室になっているのだろう。その開いた扉の僅《わず》かな隙間《すきま》から、部屋の明かりが漏れている。そして、なぜか女性の顔が見えた。床に横たわった女性の顔が、廊下側を向いているのだ。カッと見開かれた両目が、こちらを真っ直ぐ見ている。

瞬間、啓介の口から「ひいッ」という驚愕《きょうがく》の声。一方、葵と美緒はすぐさま靴を脱ぐと、怯《ひる》むことなく室内へと上がり込む。半開きの扉を開け放つと、そこはフローリングの部屋。いかにも若い女性の部屋らしく、ピンクのカバーが掛かったベッドや白いクローゼットなどが目に留まる。

そんな中、床の上には髪の長い女性が長々と横たわっている。頭部を中心にして赤茶色の模様が円形に広がっているが、おそらくは血だろう。だが、それはもはや液体ではない。完全に乾ききった状態でフローリングの床にこびりついている。女性は頭から血を流して絶命しているのだ。それは、おそらく数日前の出来事だったろうと思われた。

「頭部を殴打《おうだ》されているわね……」

「礼菜のときと同じっちゃね……」

互いに顔を見合わせる葵と美緒。一拍遅れて部屋へと足を踏み入れた啓介は、目の前の惨状を見て、またギョッとした表情を浮かべると、「――ど、どういうことなんだ、これは？」

その問い掛けを無視して、美緒はキョロキョロと部屋を見回す。そして片隅に置かれた白いクローゼットに歩み寄ると、迷うことなくその扉に手を掛けた。開け放つと、そこに収納されているのは、おびただしい量の洋服の数々。その多くがゴスロリ、あるいはロリータ服と呼ばれるような少女趣味の衣装だ。それらの洋服を眺めていた美緒は、とある一箇所で視線を留めた。

「ほら、これ見て、葵ちゃん！」

そういって美緒が取り出した衣装。それこそは紫色のマントだった。だが礼菜が公園で奪われたお宝マントとは少し違う。背中に『Ｍｒｓ．Ｍｏｒｉａｒｔｙ』の染め抜きはないし、胸のエンブレムも見当たらない。だがパッと見た感じ、よく似たアイテムであることには変わりない。美緒の示したマントを見やりながら、葵は満足そうに頷いた。

「思ったとおりだわ……」

その呟き声を耳にした啓介は、じれったそうな様子で聞いてきた。

「おい、どういうことなんだ、葵。『思ったとおり』って何のことだよ。君はこのことを予想していたのか？　この部屋で、人が死んでいることもか？」

「いいえ。完璧《かんぺき》に予想できていたなら、とっくに警察を呼んでいるわよ。ひょっとしたら——って思う程度だったから、わざわざあなたに玄関を開けさせたんじゃない」

「そうか。そうだよな。だが判らん。この娘はなぜ死んでいるんだ？　これって、どう見ても殺人事件だよな。てことは、やっぱり礼菜の事件と関係あるのか？」

盛んに首を捻る啓介。葵は頷きながら、哀れむような視線を彼へと投げた。

「もちろん関係あるに決まってるでしょ。あら、成瀬君、まだ判らないの……？」

*9*

事の真相は不明だとしても、とにかく変死体が発見された以上、警察に通報しないわけにはいかない。嫌な予感を覚えつつ占部美緒が自分のスマホから一一〇番通報すると、案の定、不安は的中。しばらく経《た》って現場に姿を現したのは、例によって神楽坂刑事である。

茶色いコート姿の中年刑事は、二人のアラサー女を見るなり、「なんだ、また、おまえらか!?」と毎度お馴染みの反応を示す。それから彼は被害者の遺体が運び出されるのを待った後、小野寺葵から死体発見に至った経緯を詳しく聞いた。

すると神楽坂刑事の口から「おいおい、そりゃマズイだろ！」と激しく憤る声。

そんな彼は鬼のように険しい形相を成瀬啓介へと向けると、「君、どういうつもりだ？　理由はどうあれ、他人の家の扉を開けて中を覗くなどという行為は、許されるもんじゃない。これは立派な犯罪だ。君は何の権限があって、そんな真似を……ん、なんだって……君が法界院法子夫人の……見習い秘書だっていうのか……フン！」

神楽坂刑事は『それがどうした馬鹿にするな』といわんばかりに大きな鼻息を披露して、ひと言。「それじゃあ、仕方ないな！」

「仕方ないんかーい！」

と美緒の口からベタなツッコミが飛び出す。だが神楽坂刑事は気にする様子もなく、

「そりゃあ、仕方ないだろ。いや、むしろ感謝状を進呈せねばならないかもだ」

と意外に忖度《そんたく》が激しい一面を覗かせる。

啓介は慌《あわ》てて両手を振りながら、「いえいえ、刑事さん、その必要はありませんから」といって感謝状については、やんわり遠慮する態度だ。

「ところで神楽坂刑事」葵は挑発するような視線を中年刑事へと向けながら、「これで望月勲の主張するアリバイは、完全に崩れたと思うんだけど、どうかしら？　あの

捕まった不良少年の柴崎智樹クンは無事に解放してもらえそう？」

そういって葵は、開きっぱなしになったクローゼットを指で示す。

神楽坂刑事はそこに収納された、ゴスロリっぽい衣装や紫のマントを確認すると、

「ふーむ、なるほど」といって顎に手を当てた。「殺された女性——西田真弓《まゆみ》という名前らしいんだが——彼女は間違いなく土曜の夜に起こった『ゴスロリアラサー女性殺害未遂事件』と関係があるようだな。ということは……そうか！　ひょっとすると西田真弓は関礼菜とそっくりな恰好をすることで、望月勲のアリバイ作りに協力した。すなわち望月の共犯者だったのでは？　そう考えれば、彼女が殺害されたことも辻褄《つじつま》が合うじゃないか。つまり西田真弓は主犯格である望月の手によって口を封じられたってわけだ。——そうだ、そうに決まってる！」

そういって神楽坂刑事は、すでに事件解決を確信したかのような表情。

そんな彼の推理はそこそこ筋が通っているようにも聞こえるのだが、果たしてどうだろうか。——と美緒はいささか疑問に思わざるを得なかった。

もちろん真犯人が望月勲であることについては、美緒としても異論はない。だが西田真弓という女が彼の共犯者であると見なすのは、いかがなものか。土曜の夜に前もって共犯者を公園の傍にスタンバイさせておいて、望月が自分のアリバイを捏造《ねつぞう》する。

そのようなトリックが非現実的であることは、すでに葵が指摘したところだ。ならば、西田真弓は今回の事件において、どのような役割を果たしたのか――

　そんなことを考える美緒の隣で、葵がおもむろに反論を開始した。

「あのね、神楽坂刑事、仮に西田真弓さんが望月勲の共犯者だったとしてよ、じゃあ望月はそうまでして、なぜ礼菜を公園で襲撃しようとしたのかしら？」

「そりゃあ、アレだろ。例のお宝マントのためなんじゃないか？」

「じゃあ、お宝マントを手に入れた望月は、最後の仕上げとばかりに共犯者の口を封じたってわけ？　それって理屈に合っているかしら。盗みがバレないようにするために、わざわざ殺人まで犯すなんて、あまりに馬鹿げていると思わない？」

「むッ、それは確かにそうだが……しかし犯人が常に合理的な判断のもとに事を起こすとは限らないわけだしな……」と苦しい弁明をする中年刑事は、険しい顔を葵に向けると、「じゃあ、そういう君は今回の事件を、どう考えるんだ？」

　問われた葵は毅然《きぜん》として答えた。「西田真弓さんは共犯者でもなんでもない。ただの可哀想《かわいそう》な被害者よ。もちろん犯人は望月勲に間違いないわ。たぶん二人の間には何らかの対立関係があったんでしょうね」

　キッパリ断言する葵を前に、神楽坂刑事は一瞬キョトンとして、

「じゃあ、関礼菜は何なんだよ？」

するとは葵は迷うことなく、こう答えた。

「礼菜はある意味、いちばん可哀想な被害者かもね。だって彼女は西田真弓さんに間違われただけなんだから」


葵の告げた真相は現場の一同を、しばし沈黙させた。そんな中――

「間違われた……だって!?」啓介が唖然《あぜん》とした表情で口を挟む。「てことは、これはミステリでいうところの、いわゆる『間違い殺人』ってやつか」

「あら、勝手に殺さないでよ」葵は口を尖らせながら、「礼菜は生きてるわ」

「ちゅうことは、正確には『間違い殺人未遂事件』っちゃね」

美緒が訂正すると、それを聞いていた神楽坂刑事は首を横に振りながら、「いやいや、もっと正確にいうなら、『ゴスロリアラサー女性間違い殺人未遂事……』」

「長すぎるじゃろ！」

美緒は中年刑事を一喝。そして、あらためて葵に向き直った。「つまり土曜の夜、あの公園の傍には、ゴスロリの衣装を着た若い女が二人おったたっちゅうこと？」

「そういうことね。それも単なるゴスロリ・ファッションではない。モリアーティ夫人のコスプレをした二人よ。べつに西田真弓さんが礼菜の偽者を演じようとしたわけではない。ただ二人は同じキャラクターに成りきろうとして、似たような服を身に着けていた。結果として、同じような外見の二人ができあがったというわけ。もちろん二人は都内某所でおこなわれた同じ特撮イベントに参加していたんでしょうね。そしてイベント終了後、二人はほぼ同じ時間に西荻窪へと戻ってきた――」

「おい、ちょっと待て」と神楽坂刑事が横から疑問を挟む。「そうだとすると土曜の夜、街の至るところで複数のゴスロリ女の姿が目撃されてなきゃおかしい。だが我々が街中で聞き込みをおこなっても、そんな証言はひとつも聞かなかったぞ。どういうことなんだ？」

「そう。だったらたぶん西田さんのほうは、電車じゃなくてタクシーを使って西荻窪まで帰還したんでしょうね。そして彼女は公園の傍でタクシーを降りた。『けやきハイツ』の近所では、その公園が最も判《わか》りやすい目印だったのね」

葵の説明に「ふむ」と頷いたのは啓介だ。「確かに自宅が判りにくいところにある場合、そんなふうに少し離れた場所でタクシーを降りることは、よくある。――てことは、山下正志と望月勲が公園の傍でゴスロリ女と擦れ違ったというのは、その直後のことか」

「そういうこと。そして、そのとき望月はすでに公園内で礼菜を襲撃していたのよ」

　そして葵は事件の流れを時系列に沿って説明した。

「動機は何か知らないわ。でも、とにかく望月は土曜の夜に西田真弓さんを殺害しようと考えたのね。そこで彼は凶器になるような鈍器を隠し持って、彼女のアパートを訪ねた。しかし部屋には誰もいなかった。彼女は都内でおこなわれていた特撮イベントに参加していたのね。望月は目的を果たせないまま、彼女のアパートを後にした。しかし、そんな彼の前に偶然現れたのね、西田さんみたいな恰好《かっこう》の女が――」

「それが礼菜っちゃね」

「そう。だけど望月は、まさかそんな特殊な恰好をする女が、この近所に二人もいるなんて考えない。当然、モリアーティ夫人のコスプレをしている西田さんであると、そう彼は思い込んだ。おそらく西田さんがそういうコスプレをしている姿を、望月は以前にも見たことがあったんでしょうね。そこで彼は公園の公衆トイレの傍で、その女性を襲撃した。彼女の部屋で殺すより、むしろ公園で殺すほうが、通り魔やレイプ目的の犯行に見せかけられる分、望月にとっては都合が良かったんでしょうね。彼は背後から相手に接近して、いきなり頭部を殴打した――」

「礼菜はひと声叫んで気絶した。そこで望月は自分の勘違いに気付いたっちゃね？」

「当然、気付いたでしょうね。西田さんと礼菜は、姿恰好は似ているとしても顔は全然違うわけだから。おそらく望月は愕然としたはずよ。でも、間違えたものは仕方がない。そこで彼は礼菜のマントを奪ってリュックに詰めると、慌てて公園から立ち去った――」

「そう、そこが判らんっちゃ。マントを盗むことに、いったい何の意味があったんじゃろ？」

「もちろん『お宝マントを狙《ねら》った物盗《ものと》りの犯行に見せかけるため』と考えることもできるわ。でも、それだったら財布なんかも奪っていくべきよね。大して手間は掛からないんだし。だけど望月はマントだけを奪った。そうした理由は何か。おそらく望月は、これが間違い殺人であるという事実を隠蔽《いんぺい》したかったのよ。警察に対してはもちろん、何よりも西田真弓さんに対して」

葵の言葉に、神楽坂刑事が深く頷いた。

「そうか。『ひょっとして関礼菜という女性は、自分に間違われて襲われたのではないか』――もしも西田真弓さんがそんな疑念を抱けば、望月にとっては大ピンチになるからな」

「そう。そのためには礼菜と西田さんの外見的な相似をなくすことが必要よね。本当は時間さえ許すのなら、望月は礼菜の衣装を全部脱がせて裸にしたかったはずよ。でも、そんなことをする余裕はない。だから望月は最も特徴的なマントだけを奪っていった。マントがなければ、礼菜の姿はモリアーティ夫人のコスプレとは思われない。単なるゴスロリ・ファッションに見えるわ。事件が公《おおやけ》になって近所で噂《うわさ》になったとしても、西田さんは礼菜という女が自分の身代わりになったとまでは思わないはず。望月はそう期待して礼菜のマントを奪い、公園から逃走したのね」

なるほど、そういうことかいや――と美緒は頷く。その隣で神楽坂刑事は自らの敗北を認めるように、苦々しい表情を浮かべた。

「そうして公園から逃げ出す望月の姿を、たまたま自販機の傍にいた柴崎智樹が目撃したってことか。じゃあ、彼は見たままの事実を語っていたわけだな」

「そういうことね」といって、葵はさらに説明を続けた。「本来なら柴崎君に顔を見られた時点で、望月の命運は尽きていたはず。ところが、ここで彼に思いがけない幸運が舞い降りた。公園を飛び出した直後に、彼は飲み仲間である山下正志に出くわした。望月は一瞬シマッタと思ったでしょうね。しかし強引に飲みに誘われた望月は、断りきれず山下とともに歩き出した。そんな二人の前に、突如としてモリアーティ夫人のコスプレをした女が現れた。そして二人はその女と歩道で擦れ違った」

「西田真弓さんだな。ちょうどタクシーを降りて、自宅へ戻ろうとする彼女だ」

「そうよ。望月はさぞやビックリ仰天したことでしょうね。ついさっき自分が殺しそこなったはずの女が、今度は目の前から歩いてくるんだから。しかし、その場で彼が西田さんのことを、どうこうできるはずもない。彼は何食わぬ顔で彼女をやりすごすしかなかった。そして、そのままスナック『パピヨン』に入り、山下やママさんと一緒に深夜まで飲んだ。そうするうちに、望月はおそらく気付いたはずよ。『ひょっとすると自分には完璧なアリバイができたかもしれない』――ってね」

「ふむ、公園で起こった殺人未遂事件は、やがてニュースになる。きっと山下も事件の詳細を耳にするだろう。そうなれば山下は歩道で擦れ違ったゴスロリ女と公園で襲われた関礼菜のことを、おそらく同一人物だと思い込む。『あのとき擦れ違った女が、その直後に、公園で暴漢に襲われたのだな』と当然そう考える。そして山下は、『だったら、その暴漢が望月であるわけがない』と結論付ける。――なるほど、結果的に望月は自ら策を弄《ろう》することなく、完璧なアリバイを手に入れることができたわけだ」

自分の言葉に深く納得するように、神楽坂刑事は何度も頷く。一方、いままで発言の機会が少なかった啓介は、先ほどまで遺体の転がっていた床を眺めながら、

「葵の話はよく判った。確かに礼菜を襲ったのは望月勲らしい。とすると、さっき僕

らが発見した遺体は、つまり……」

といったきり、啓介は顔をしかめて言葉に詰まる。その後を引き取るように恐る恐る口を開いたのは美緒だ。「つまり、葵ちゃん……間違いに気付いた望月は後日、再びこのアパートにやってきて……西田さんを……？」

「そうね。残念ながら美緒の想像するとおりよ。もっと早く事の真相に気付ければ、良かったんだけど……」

葵は滅多に見せない沈痛な面持ちで、ゆっくりと首を縦に振る。そして静かな怒りのこもった口調で、こう断言した。

「西田真弓さん殺害事件は、未遂に終わった間違い殺人の、やり直しの殺人ってこと。当然、犯人は望月勲以外に考えられないわ」

*10*

「……と、まあ、そういうわけで、完璧と思われた望月勲のアリバイは、小野寺葵の推理によって崩壊。となると、柴崎智樹の目撃証言が俄然《がぜん》、信憑性《しんぴょうせい》を増すのは必然でして……」

西田真弓の遺体が発見されて数日後の午後。場所は荻窪の高級住宅街の中心部にデンと聳《そび》える西洋屋敷、法界院邸。その執務室では、見習い秘書の成瀬啓介がイマイチ使い方の判らないタブレット端末の画面を見やりながら、今回の事件の顛末《てんまつ》について報告中だった。目の前には縦に使えば卓球台になりそうなほどの巨大なデスク。その向こう側にはプレジデント・チェアに悠然と腰を沈める法界院法子夫人の姿があった。

例によって赤いドレスを着た彼女は、静かに目を閉じて秘書の報告を真剣に聞いているか、もしくは完全に居眠りしているか、どちらかの状態である。

そんな彼女の様子をチラリチラリと気にしながら、啓介はなおも手許のタブレットに視線を走らせた。「……そこで神楽坂刑事をはじめとする荻窪署の捜査員は……」

すると、そのとき部屋中に響き渡ったのは、痺《しび》れを切らしたかのような法子夫人の声だ。

「――んなこと、もはや、どうだっていいわ！」

どうやら夫人は居眠りしていたわけではないらしい。突然パチリと両目を開くと、デスク越しに見習い秘書を睨《にら》みつけながら、「結論をいってちょうだい。私が知りたいのは……」

「ああ、感謝状の件ですね。しかし残念ながら会長、あれは神楽坂刑事のリップサービスだったようですよ。あの刑事さん、あれっきり何もいってきませんから」

「あら、そうなの!?　なーんだ、てっきり何かもらえるのかと思って感動的なスピーチの台詞《せりふ》まで考えていたのに――って馬鹿ッ！」法子夫人は久々に得意のノリツッコミを炸裂《さくれつ》させると、身を乗り出すようにして啓介に尋ねた。「私が知りたいのは、望月勲っていう男が逮捕されたか、どうかってことよ。実際どうなったの、その後？」

「ああ、そっちの件ですか」――だけど、この人、財閥会長のくせして新聞とか読まないのかな？　ひょっとして一から十まで、こっちの報告待ちか？

そんな疑念を抱きつつ、啓介は今日の朝刊が大々的に報じたニュースを、そのまま夫人に伝えた。「望月勲は昨日、逮捕されたそうですよ。容疑は西田真弓殺害および関礼菜殺害未遂です。――え、動機ですか？　それが報道によると、平凡極まる話でしてね。どうやら男女関係の揉め事が原因らしいですよ。いわゆる《痴情の縺《もつ》れ》ってやつです」

「あら、またなの？　前回の事件もそうだった気がするわ」

「ええ、たぶん前々回の事件も、そうだったと思いますよ」

「最近、流行《はや》ってるのかしら、西荻で」

「最近、流行ってるんですよ、西荻で」

そう決め付けてから、啓介は説明した。「望月には内縁関係にある妻がいて、実のところ古着屋の店舗も自宅も妻の名義だったそうです。よって望月は妻には頭が上がらない。にもかかわらず彼は店の常連客だった西田真弓と男女の関係を持つようになった――」

「ふ、不倫だわね……むふッ……い、いや、なんて不埒《ふらち》な男なのかしら、その望月って奴《やつ》！」

「ええ、まったくです」と頷《うなず》きながら、啓介は冷ややかな視線をゴシップ大好物の夫人へと向ける。

――なに鼻息荒くしてるんですか、会長！　この手の話に反応しすぎですよ！

心の中で呟《つぶや》きながら、啓介は何食わぬ顔で説明を続けた。

「しかし悪事は長続きしないもの。恋人との不倫関係が奥さんにバレそうになって、望月は慌てたんですね。彼は西田真弓に別れ話を持ちかけるが、彼女は頑としてそれを受け付けない。そうして切羽詰った望月は、ついに土曜の夜に凶器の鉄アレイをバッグに忍ばせながら、彼女のアパートへと向かった。――と、まあ、そういうことだったようですね」

「あらまあ。じゃあ礼菜が襲われた際の凶器も、やっぱり鉄アレイってこと？　そりゃあ、さぞかし痛かったでしょうねえ」自ら鉄アレイ攻撃を喰らったかのごとく法子夫人は眉《まゆ》をしかめる。そして、ふと思い出したように啓介に尋ねた。「そういえば、礼菜は無事に退院できたんでしょうね。葵と美緒は、どうしているのかしら？」

「礼菜なら、すでに退院しているはず。他の二人も相変わらずだと思いますが……」

「ふうん、そうなのね」と短く頷いた法子夫人は、ならば——とばかりにデスクの引き出しへと右手を伸ばす。取り出したのは、怪しげな茶色いファイルだ。夫人はそれを見習い秘書に手渡しながら、「じゃあ、悪いけど今度はこれをお願いね」

啓介は渡されたファイルを一瞥《いちべつ》。そして顔を上げて、ひと言。

「——感謝状ですか？」

そして、その日の夜。法界院法子夫人の命を受けた成瀬啓介は、ひとり西荻窪へ。『かがやき荘』を訪ねると、顔を覗《のぞ》かせた例の三人組は揃《そろ》って警戒心を露《あらわ》にした表情。いかにも渋々といった態度で啓介を共用リビングに通すと、各々《おのおの》が勝手気ままに口を開く。

「今日は何の用なのよ、成瀬君？」ローテーブルの前であぐらをかいた小野寺葵は、訝《いぶか》しげな視線を彼へと向けて、「いまさら礼菜の見舞いじゃないわよねえ」

「あッ、さては！」と何事か気付いた様子の占部美緒は、ソファにドスンと腰を下ろしながら、「もう月末じゃけえ、きっと家賃の催促っちゃね！」

その隣に腰を下ろした関礼菜は、ひと目でそれと判る泣き真似《まね》を披露しつつ、

「うッうッ、入院費を払ったばっかりなのにぃ……その上に家賃だなんてぇ……」

と、こちらの同情を誘う素振り。

だが残念ながら啓介は、この三人に限って同情も何も感じない。葵の正面に腰を下ろし、ローテーブルの上に例の茶色いファイルを提示しながら、おもむろに口を開く。

「感謝状。――ではない」

「でしょうね。――じゃあ、何よ？」

「新しい仕事だ。法子夫人の直々の依頼なんだが――どうだ？」

「はあ、『どうだ？』って、急にいわれてもねえ」と葵はウンザリしたような顔と声で、「私たち、大きな事件に関わったばかりなんだけど、やんなきゃ駄目？」

「ホンマっちゃ！　そねえ法子夫人の都合のいいようには、いかんけえね！」

「美緒ちゃんのいうとおりですぅ。法子夫人は私たちのことを、まるで部下か店子《たなこ》のように扱いすぎですぅ」

――店子なんだよ！　おまえら全員、シェアハウスに間借りしてる店子なの！

呆《あき》れる啓介は、しかし長期間に及ぶ彼女たちとの付き合いの中で、このような場合の対処法を学習済みである。そこで彼は、「そうか。じゃあ仕方がないな」といって首を横に振る。そして、まるで美味《おい》しいお菓子を取り上げるような素早い手つきで、テーブルの上から茶色いファイルを摑《つか》み上げる。それを小脇《こわき》に抱えて立ち上がると、キョトンとする三人組を見やりながら一方的に捲《ま》くし立てた。「判った。今回の仕事の件は、君たちの意思によりキャンセルってことで、法子夫人には伝えておくよ。それじゃあ君たち、良いお年を。——あ、でも新年を迎える前に大晦日《おおみそか》があるな。けどまあ、君たちのことだ。バイトするなり借金するなりして、今年の家賃は今年のうちにキッチリ払ってくれるに違いないよな」

そういって啓介は三人組に念を押すような視線を向ける。それから、くるりと踵《きびす》を返すと、全員に聞こえるような大きな声で独り言——「しかし残念だなぁ。五ヶ月分の家賃を一気に賄える大きな仕事だったんだが、他の誰かに回すしかないかぁ。まあ、本人たちにやる気がないんじゃ、頼んでも仕方がないなぁ。いや、実に残念！」

だが、そんな啓介がリビングを出ていこうとする寸前——

「ちょっと待ちなさい！」

「ちょいと待たれーや！」

「待ってくださぁーい！」

葵、美緒、礼菜。三者三様の声が彼を呼び止める。

啓介は振り向いて「――ん!?」

そんな彼に、葵が歩み寄りながらいった。「ちょっと、勘違いしないでよね。『やらない』なんて誰もいってないでしょ。――ねえ？」

「そうそう、誰もいうてないっちゃ。そもそも、いえる立場じゃないけえ！」

「そうですよぉ。だって私たち、法子夫人の店子ですからぁ」

――そのことを理解しているなら、最初から二つ返事で引き受けろっての！

「まったく何なんだよ、この茶番は？　完全に時間の無駄だろ……」

不満げに呟く啓介は、三人の手で引っ張られながらリビングの中央へと引き戻される。葵は再び彼をローテーブルの前に座らせると、てきぱきとした口調で妹分二人に命じた。

「ほら、美緒、飲み物を用意してちょうだい。ビールよ、ビール。――あ、第三のビールじゃないわよ。第一のビールにしてね！　礼菜はツマミを用意して。――え、缶詰しかない？　サバ缶があるなら充分よ。あるだけ出してあげて！」

と、しばしの間リビングは蜂《はち》の巣をつついたような大騒ぎ。そして数分後にはテーブルの上に人数分の缶ビールとツマミが用意された。普段の彼女たちからは、想像もできない無駄のなさである。さっそく葵が音頭をとって「カンパーイ！」そして直後には、「ぷはーッ、このひと口目がたまんないのよねえ！」という定番のやりとり。

それが済むと、彼女たちは啓介の顔と茶色いファイルの両方に、あらためて強い視線を向けてきた。

「さあ、それじゃあ聞かせてもらいましょうか」

「どねえ仕事なんよ、家賃五ヶ月分の仕事って」

「いままでにない、大仕事の予感がするですぅ」

大いなる期待に眸《ひとみ》を輝かせるアラサー女たち。

「さあて、どんな仕事なのかな……」

気を持たせるようにいって、啓介はゆっくりと茶色いファイルを開く。そして法子夫人から与えられた新たなミッションについて、『かがやき荘』の名探偵たちに説明を始める。

興味津々《しんしん》の三人は、三方向からいっせいにファイルを覗き込むのだった——

この作品は二〇一九年六月新潮社より刊行された。

# かがやき荘西《そうにし》荻《おぎ》探偵局《たんていきょく》 2


新潮文庫　　ひ－44－2

令和四年三月一日発行

著者　東《ひがし》川《がわ》篤《とく》哉《や》

発行者　佐藤隆信

発行所　株式会社新潮社

郵便番号　一六二―八七一一
東京都新宿区矢来町七一
電話　編集部(〇三)三二六六―五四四〇
　　　読者係(〇三)三二六六―五一一一
https://www.shinchosha.co.jp

価格はカバーに表示してあります。





印刷・錦明印刷株式会社　製本・錦明印刷株式会社





ISBN978-4-10-101272-8 C0193